LE TROPHÉE DE L'ALPHA

UNE ROMANCE DE LOUP MÉTAMORPHE MILLIARDAIRE

RENEE ROSE

LEE SAVINO

Traduction par
MARINE HAVEN

MIDNIGHT ROMANCE

Copyright © 2017 e 2020 Alpha's Prize par Renee Rose et Lee Savino

Tous droits réservés. Cet exemplaire est destiné EXCLUSIVEMENT à l'acheteur d'origine de ce livre électronique. Aucune partie de ce livre électronique ne peut être reproduite, scannée ou distribuée sous quelque forme imprimée ou électronique que ce soit sans l'autorisation écrite préalable des auteurs. Veuillez ne pas participer ni encourager le piratage de documents protégés par droits d'auteur en violation des droits des auteures. N'achetez que des éditions autorisées.

Publié aux États-Unis d'Amérique

Renee Rose Romance et Silverwood Press et Midnight Romance

Ce livre électronique est une œuvre de fiction. Bien que certaines références puissent être faites à des évènements historiques réels ou à des lieux existants, les noms, personnages, lieux et évènements sont le fruit de l'imagination des auteures ou sont utilisés de manière fictive, et toute ressemblance avec des personnes réelles, vivantes ou décédées, des établissements commerciaux, des évènements ou des lieux est purement fortuite.

Ce livre contient des descriptions de nombreuses pratiques sexuelles et BDSM, mais il s'agit d'une œuvre de fiction et elle ne devrait en aucun cas être utilisée comme un guide. Les auteures et l'éditeur ne sauraient être tenus pour responsables en cas de perte, dommage, blessure ou décès résultant de l'utilisation des informations contenues dans ce livre. En d'autres termes, ne faites pas ça chez vous, les amis !

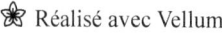 Réalisé avec Vellum

CHAPITRE UN

edona

J'OUVRE les yeux avec difficulté. Ils sont irrités et douloureux. Si je n'étais pas sous ma forme de louve, je les frotterais.

Où suis-je ?

J'essaie de bouger et me cogne contre des barreaux métalliques. *Oh, par le ciel.* Je suis dans une cage – *dans une putain de cage.*

Allons, Sedona, dirait ma mère en pinçant les lèvres. *Tu es vraiment obligée de dire des grossièretés ?*

Oui, maman. S'il y a bien une occasion de dire des gros mots, c'est maintenant, putain.

Je suis dans une cage, comme si j'étais un putain de chien. Un foutu animal de compagnie.

Je frotte ma tête qui pulse contre les barres, mais ça n'aide pas à apaiser ma douleur. J'essaie de déglutir même si j'ai l'impression d'avoir la bouche remplie de coton. C'est pire que toutes mes gueules de bois, malgré mes trois ans de fac. Non que je sois une grosse fêtarde.

Enfin, j'aime bien faire la fête de temps en temps, mais comme tout le monde, non ?

Je me retourne dans l'espace réduit, mais impossible de m'installer confortablement. Un grondement monte dans ma gorge et ma louve semble se préparer à bondir. Je me jette contre les barreaux et pousse un gémissement plaintif. J'essaie encore quelques fois et abandonne, je pose mon museau contre mes pattes et ferme les yeux pour essayer de faire passer la douleur. Mon mal de crâne est lancinant. Mes ravisseurs m'ont injecté quelque chose pour me faire dormir. Depuis combien de temps suis-je là à flotter entre conscience et inconscience ? Douze heures ? Vingt-quatre ?

Je me trouve dans un vaste entrepôt. D'autres cages sont alignées contre d'immenses étagères en métal – le genre utilisé dans les magasins de vente en gros. La plupart sont vides. Un loup noir maigrelet avec des yeux jaunes me regarde fixement depuis la sienne, allongé sur le flanc.

L'odeur d'un cigare emplit l'air. Des voix masculines parlent en espagnol de l'autre côté de la porte. Elle s'ouvre brusquement, un filet de lumière s'infiltre depuis le couloir. Les voix s'approchent et un groupe d'hommes se rassemble autour de ma cage. Les mêmes enfoirés qui m'ont enlevée sur la plage.

Si j'étais intelligente, je reprendrais forme humaine pour leur poser des questions. Qui ils sont, ce qu'ils me veulent. Mais ma louve n'a aucune envie de discuter.

Quand je me redresse, mon dos et ma tête se cognent contre les barreaux de ma minuscule prison. Je retrousse mes babines et montre les crocs. Un grondement meurtrier s'échappe de ma gorge.

« *Que belleza, no* ? » demande un des hommes.

La discussion se poursuit en espagnol, mais je ne comprends rien à part *Americana* et *Monte Lobo*.

À en juger par leur odeur, ce sont tous des loups. Et la manière dont ils me déshabillent du regard déclenche un frisson glacé le long de mon échine.

Je fais claquer mes mâchoires contre les barreaux en grondant.

Les hommes m'ignorent, soulèvent ma cage et la portent dehors jusqu'à une camionnette d'un blanc immaculé. Ils ouvrent les portes du coffre et me placent dedans.

Je me jette à nouveau contre les barres de la cage en aboyant et en grondant.

L'un des hommes s'esclaffe. « *Tranquila, angel, tranquila.* » Il claque les portes pour les refermer et je me retrouve à nouveau seule.

~.~

JE REBONDIS contre la cage dans le noir. La camionnette semble monter, progresse sur une route de plus en plus cahoteuse. Probablement un chemin en terre. Je reprends forme humaine pour réfléchir et me recroqueville contre les barreaux.

Les effets du sédatif commencent à se dissiper et mes pensées sont plus claires, même si mon ventre s'agite toujours comme si je venais de faire un double looping sur des montagnes russes.

Il me faut un plan. Une stratégie pour me tirer de là. Je saisis le verrou à l'extérieur de la cage. Il est solide. Il me faudrait une pince coupante ou des outils de crochetage pour me libérer, mais je n'ai ni l'un ni l'autre. Mon grand frère Garrett m'a appris à crocheter les serrures. Je l'ai vu faire les quatre cents coups pendant son adolescence et forcer toutes les serrures que mon père utilisait pour essayer de l'enfermer (ou de l'empêcher d'entrer, selon la situation).

Mais je n'ai ni épingle à cheveux ni sac. Pas un seul vêtement.

Où m'emmènent-ils ? Mon ventre se noue. Si c'était un kidnapping ordinaire, je serais probablement rendue à ma famille contre une rançon. Mais je suis la fille d'un alpha. Quelqu'un a peut-être un compte à régler avec mon père, et dans ce cas... Je vais être violée en groupe par une meute étrangère. Transformée en esclave sexuelle. Par le ciel, j'espère qu'ils n'aiment pas la torture.

Ma louve pousse un gémissement lorsque l'odeur de ma propre peur bouche mes narines.

Réfléchis, Sedona, réfléchis !

Ce sont des loups. Ils m'ont enlevée sur une plage touristique à San Carlos. Je suis jeune, une femelle. Ils ne me tueront sans doute pas. Les femelles métamorphes sont plus rares que les mâles. Je suis une denrée rare. Ils vont peut-être me vendre aux enchères ?

Merde. Ça craint. Ça craint vraiment.

Garrett n'aimait pas que je parte à San Carlos avec des humains. Comme une idiote, j'ai pris ses inquiétudes à la légère. Je pensais qu'il était trop protecteur. Je suis une métamorphe. Qu'est-ce qui pourrait bien m'arriver ?

Il s'avère qu'en fait, plein de merdes. J'entends presque mon père dire *Je te l'avais bien dit*. Si je sors d'ici vivante, je serai volontiers d'accord avec lui.

La camionnette s'arrête et le moteur est coupé. Ma louve lutte pour prendre le dessus, pour me protéger, mais je la force à reculer. Ma seule carte à jouer est de faire mine de coopérer, puis d'enfoncer les yeux de ces connards avec mes pouces et de courir. Pour avoir l'air docile, mieux vaut être nue et terrifiée, comme ces candidats d'émissions de téléréalité qui partent à l'aventure sur une île déserte sans vêtements.

Je roule sur le flanc, ramène mes genoux contre moi et couvre ma poitrine avec mon avant-bras. *Voilà*. Aussi inoffensive qu'un lapereau.

La porte de la camionnette s'ouvre.

« S'il vous plaît, dis-je d'une voix rauque, je meurs de soif. »

L'un des hommes marmonne quelque chose en espagnol. Oh, c'est vrai. Je vais avoir plus de mal à jouer mon petit numéro parce que je ne parle pas la langue.

Bon sang, pourquoi est-ce que je n'ai pas appris l'espagnol au lycée ? Ah oui, parce que je voulais assister à autant de cours sur l'art que possible. Et je n'imaginais pas que je devrais un jour communiquer avec mes ravisseurs mexicains.

« Laissez-moi sortir de la cage. » Je les supplie en croisant les doigts pour que l'un d'entre eux parle anglais.

Ils m'ignorent. Deux hommes soulèvent ma cage par les poignées de chaque côté et la sortent de la camionnette. Ils ne la reposent pas par terre ; ils l'emmènent le long d'une allée bordée d'arbres, la cage remue et se balance entre eux. Au-delà des pelouses impeccablement tondues et d'un bâtiment entouré d'un mur infranchissable, je ne vois que la forêt. Mes kidnappeurs m'ont emmenée dans une forteresse au sommet d'une montagne.

Mon rythme cardiaque passe la vitesse supérieure. « S'il vous plaît, dis-je d'un ton implorant, j'ai soif. Et faim. Laissez-moi sortir.

— *Cállate* », siffle l'un d'entre eux. Même moi, je connais ce mot. Je vis en Arizona, après tout. *La ferme*.

D'accord, ils sont tout sauf compatissants.

Deux hommes plus âgés (aussi des métamorphes, à leur odeur) vêtus de costumes italiens et de chaussures en cuir qui brillent comme des miroirs émergent de derrière une herse géante en acier et en bois gravé.

Des trafiquants de drogue.

C'est ma première conclusion, en me basant sur leurs tenues. Mais s'il existait un cartel de drogue métamorphe, j'en aurais entendu parler. *Non ?* Mais qui d'autre porte des costumes valant des milliers de dollars en pleine montagne ?

Un des types friqués parle à voix basse à mes ravisseurs et les fait entrer.

J'essaie à nouveau de jouer la jeune fille nue et terrorisée. « Pitié, aidez-moi, *señor*. Je meurs de soif. »

Un des hommes en costume se retourne pour me regarder, et je sais qu'il a compris. Il dit sèchement quelques mots à mes kidnappeurs, qui lui répondent en grommelant.

Ouais, ça ne m'a pas menée bien loin. Mais ils finiront par ouvrir cette cage. Et quand ils le feront, je leur casserai le nez, je muterai et je prendrai la poudre d'escampette. Fini de jouer les gentilles louves.

J'ai un haut-le-cœur lorsque la cage se remet à tanguer. Je dois agripper les barreaux métalliques pour ne pas glisser d'un côté à l'autre avec les mouvements.

Les hommes avancent sur un chemin à l'intérieur de l'enceinte du haut mur poli en argile. Une énorme villa, ou même un palace, en marbre blanc étincelant apparaît de l'autre côté, majestueuse. Elle a l'air un peu hors de ce monde, comme si on se trouvait soudain dans une autre époque. Ou dans une autre dimension.

Nous arrivons devant une porte sécurisée moderne, et un des hommes élégants sort une carte magnétique. Il ouvre, invite mes ravisseurs à entrer et leur fait descendre une volée de marches. Il fait frais et humide. L'odeur de moisi me fait froncer le nez.

Je cligne des yeux pour m'habituer à la pénombre. Oh, bon Dieu. Je suis dans un donjon. Toutes les portes du couloir sont en fer, avec des judas. L'un des hommes âgés aboie un ordre en espagnol, les autres s'arrêtent et posent la cage par terre en attendant qu'il déverrouille la porte d'une cellule.

Je mute dès que je vois ce qui se trouve à l'intérieur, et mes grondements résonnent contre les murs en pierre.

La pièce ne contient qu'un lit avec des menottes en fer aux quatre coins, prêtes à attacher une prisonnière. Et maintenant je sais pourquoi ils m'ont amenée ici.

Je me jette contre les barreaux de la cage. Quelqu'un, n'importe lequel, va sentir mes crocs.

Je sens une vive piqûre dans le cou, et mes jambes se dérobent à nouveau sous moi.

Mon grondement résonne dans mes oreilles tandis que tout redevient noir.

~.~

CARLOS

MES POILS se dressent dans ma nuque alors que don José me précède pour descendre les escaliers en marbre du palais.

« Où va-t-on ? » Mes chaussures vernies glissent sur la pierre, résonnent contre les murs du couloir faiblement éclairé, qui brillent à force d'être frottés et briqués chaque jour.

Le chef du *consejo*, le conseil des anciens, incline la tête. « Nous devons vous montrer quelque chose. » Il continue à marcher sans douter que je vais le suivre, comme si j'étais encore un louveteau inexpérimenté.

Un grondement grave monte dans ma poitrine. Don José regarde par-dessus son épaule, et je ravale la réaction de mon loup.

« Calmez votre loup, Alpha, je vous prie. Vous allez être content. » La légère déférence dans son choix de mots ne s'étend pas à son ton arrogant. Je serre les dents jusqu'à ce qu'il prenne la direction des donjons, là où sont enfermés les loups ennemis et les insurgés.

« Assez », je lance, agacé. La méfiance de mon loup est trop intense pour être ignorée. « Qu'est-ce que vous voulez me montrer ? »

Don José hésite.

« Je ne suis plus un louveteau, dis-je d'une voix plus douce. Je suis votre alpha. »

Le vieux loup soutient mon regard pendant un moment. Il baisse les yeux une seconde avant que ça ne tourne au manque de respect. « Vous savez que le taux de natalité est en baisse ces dernières années.

— Plutôt depuis le dernier demi-siècle.

— En effet. Et la plupart des naissances ne sont que des *defectuosos*, continue don José avec amertume. Des êtres faibles, incapables de muter. Autrefois... »

Je lève le menton, le mettant au défi de terminer sa phrase. Putain, je déteste les proclamations des anciens qui commencent par *autrefois*.

« Autrefois, un métamorphe sans forme animale n'était pas considéré comme tel, dit-il d'une voix guindée. Ils étaient exclus de la meute.

Exclus. Une jolie manière pour dire *tués*.

« Vous connaissez mon avis là-dessus, don José. Tout loup né dans la meute fait partie de la meute. On ne tourne pas le dos aux nôtres.

— Bien sûr. » Il incline à nouveau la tête, son dos raide alors qu'il fixe d'un air renfrogné un point sur ma cravate. « Mais la meute doit rester forte. Sinon, notre sang finira par être si dilué qu'aucun louveteau ne sera capable de muter.

— Bon, dis-je avec humeur en croisant les bras. Où voulez-vous en venir ?

— Le conseil a réfléchi à une solution. Pendant que vous étiez absent pour suivre vos études, nous avons dû prendre beaucoup de décisions difficiles. Pour le bien de la meute.

— Pour le bien de la meute, dis-je dans un murmure. Très bien. Montrez-moi. »

Je suis lentement don José dans le couloir sombre.

« Vous allez voir. » Le regard de don José est roublard lorsqu'il ordonne au garde d'ouvrir la porte de la cellule.

Le problème, c'est que je n'ai pas de bêta. José fait partie du *consejo*, le conseil des anciens. J'aurais facilement le dessus sur n'importe lequel individuellement, mais ensemble, ils sont plus puissants que moi. S'ils me gardent comme leur chef-marionnette, c'est uniquement parce que selon la loi de ma meute, la place d'alpha se transmet par la lignée. Mais ce rôle est surtout symbolique.

La porte de la geôle s'ouvre, et je reste interdit.

Une fille magnifique est menottée sur un lit, nue, jambes et bras écartés. Ses longs cheveux bruns sont étalés autour de sa tête posée sur le matelas. Des seins attirants, un ventre plat, des jambes qui continuent sur des kilomètres. Et entre elles, ah, *carajo*, un pubis parfaitement épilé, et son cœur tendre et rose offert à la vue de tous.

Putain, mais qu'est-ce qui se passe ? Un éclair de chaleur me traverse, fait enfler mon sexe. Je serre les poings. Mon loup est en train de hurler, l'adrénaline bat dans mes veines, mais je ne sais pas si c'est pour me préparer à posséder la sublime femelle ou à me battre pour la libérer.

Elle tire sur ses entraves, elle ouvre si grand les yeux que le blanc encadre ses iris bleus. Ses lèvres charnues sont gercées et saignent. Quand elle pousse un gémissement, je suis pris de folie furieuse. Le besoin de la protéger, de la sortir de là, prend le dessus en effaçant toute trace de mon excitation malvenue.

J'entre dans la pièce et tire sur la chaîne qui retient l'un de ses poignets. « Qu'est-ce que ça signifie ? Détachez-la ! » je tonne.

Par la suite, je me repasserai la scène sans arrêt en maudissant ma stupidité. J'entends un petit rire sinistre et lorsque je fais volte-face, je vois la lourde porte se refermer dans un claquement retentissant.

La rage me fait muter en un éclair, mes vêtements sur mesure se déchirent et je saute sur la porte. Mon loup gigantesque s'écrase dessus de toutes ses forces, mais ne la fait même pas bouger d'un millimètre. Je pousse un rugissement et bondis dans la pièce, ma rage est trop intense pour que j'arrive à avoir des pensées rationnelles. Je fais claquer mes mâchoires et gronde furieusement, tourne en rond dans la pièce en cherchant une issue. Bien sûr, il n'y en a aucune. Je connais bien ces cellules.

Merde.

Je me tourne vers la fille. Étrangement, malgré ma farouche démonstration de férocité, ses yeux bleus ne contiennent plus de panique. Elle m'observe avec vif intérêt. Peut-être parce que nous sommes dans le même bateau : deux prisonniers enfermés ensemble pour qu'ils... *bon sang.*

Je sais ce qu'ils veulent.

Ils ont réussi je ne sais comment à trouver une louve d'une autre meute, et ils l'ont enlevée pour en faire une reproductrice. Je savais déjà qu'ils voulaient que je prenne une compagne, mais je n'aurais jamais imaginé qu'ils iraient si loin.

Je les tuerai tous. J'égorgerai ces vieux *pinches* les uns après les autres. M'emprisonner, moi, leur alpha, pour jouer les foutus étalons reproducteurs ?

Putain, hors de question.

Je rugis et me jette une fois de plus contre la porte, même si je sais que c'est inutile. Je me souviens qu'une caméra se trouve dans un coin de la pièce ; je saute dessus, referme mes mâchoires autour de la boîte en plastique et écrase la lentille en verre entre elles.

Qu'ils aillent se faire foutre.

Je fais encore une fois le tour de la petite pièce avant de m'approcher du lit et de prendre l'une des chaînes qui retient le poignet de la fille entre mes crocs.

Sa main délicate forme un poing pour éloigner ses doigts de ma gueule.

Bon sang, son odeur.

Elle a un parfum... de paradis. Il m'évoque des biscuits sucrés, des amandes et une touche d'agrumes. Et de louve. Aucun doute, cette femelle n'est pas *defectuosa*. Je me demande à quoi ressemble sa louve. Son pelage est-il noir comme le mien ? Gris ? Fauve ?

Je secoue la tête. Peu importe. Je ne coucherai pas avec elle. Je vais la faire sortir d'ici.

Je gronde en tirant sur la chaîne de toutes mes forces pour essayer de l'arracher du mur.

La superbe fille contribue, ses jeunes muscles se bandent, révélant sa silhouette athlétique. Nous avons beau nous démener, la chaîne ne bouge pas.

Je m'assieds sur mon arrière-train.

« Merci d'avoir essayé. » Son accent américain contient une inflexion douce et musicale.

Non. Cette séduisante Américaine ne m'intéresse pas, peu importe à quel point elle est belle et charmante. C'est ce qu'ils veulent.

Ils pensent qu'en m'enfermant avec elle, je vais succomber au trophée qu'ils ont attrapé pour moi. Plonger mes crocs dans sa chair et la marquer pour toujours. Ils comptent sur mon instinct d'alpha pour me faire choisir une compagne alpha et que je me reproduise.

Pensent-ils que j'oublierai ou pardonnerai cette manipulation un jour ? Pensent-ils sérieusement que je les laisserai vivre après un coup pareil ?

Je reprends forme humaine.

Carajo. Maintenant, je suis nu aussi ; mes habits se sont déchirés quand j'ai muté. Et mon érection imposante n'aidera pas la beauté attachée à se sentir rassurée.

Je tourne en hâte mon dos vers le lit. Bon sang. Bien sûr, ma bite est plus dure que la pierre. Peu importe à quel point je suis en colère et combien je veux la secourir, cette belle fille enchaînée est indéniablement la vision la plus érotique que j'ai jamais vue.

« Merde. » Je ramasse les lambeaux de mon pantalon et trouve mon boxer à l'intérieur. Il est déchiré, mais il tiendra peut-être en place si je garde mon bras collé contre ma taille. Je l'enfile.

« Tu parles anglais. » Il y a une note de soulagement dans sa voix.

Je me renfrogne. Elle ne devrait pas me faire confiance. Si elle savait ce que j'ai envie de faire à son corps alléchant, nu et *totalement à ma merci*, elle serait en train de hurler.

Ma chemise est à quelques pas de moi. Je la ramasse et me prépare à endurer la présence enivrante de la fille avant de me retourner.

Ça n'aide pas. Elle est aussi belle que je le pensais. Non ; plus. Sans trop savoir comment, j'arrive à m'approcher du lit et place ma chemise de manière à recouvrir autant que possible sa peau, qui a une teinte dorée, avec un hâle et les marques de bronzage de ce qui devait être un minuscule string. Ma bouche se remplit de salive en l'imaginant sur la plage quand elle a obtenu ce bronzage. Je sais que la manière dont elle remplissait son bikini a dû faire grogner tous les mâles aux alentours.

Je couvre son sexe avec le tissu et tire sur l'autre côté pour le faire remonter sur sa poitrine.

Elle frémit, ses cuisses se contractent, elle tire sur les menottes en fer qui enserrent ses chevilles et je détecte l'odeur de son excitation.

Bon sang, c'est tout ce qu'il lui faut ? Un simple frôlement de ses parties intimes et elle est déjà prête à être possédée ?

Sérieusement, je ne vais pas survivre à ce test.

Arranger la chemise devient une torture en soi parce que lorsque l'odeur pénètre dans mes narines, je tire le tissu trop haut et expose sa chatte, puis il glisse et dévoile ses seins quand je tire à nouveau dessus d'un mouvement brusque vers le bas.

Ses tétons qui se soulèvent au rythme de sa respiration affolée n'aident pas l'affaire, pas plus que ces grands yeux bleus braqués sur moi.

« Putain de merde », je grommelle en tirant simultanément les deux côtés de la chemise. Mes doigts effleurent sa peau et je retiens à peine un grognement d'excitation. Sa peau est douce comme celle d'un bébé. Lisse. Mon sexe se tend vers elle avec enthousiasme et, comme un idiot, j'inspire profondément. Le parfum de ses phéromones et de son désir me fait tourner la tête. D'après son odeur, elle est proche de l'ovulation – ils devaient le savoir. Ils devaient savoir qu'aucun métamorphe dans la force de l'âge enfermé pendant la pleine lune avec une louve alpha en chaleur ne pourrait résister à la tentation de la posséder, sinon de la marquer pour la revendiquer comme sienne pour toujours.

Je réussis à couvrir sa chatte et un sein avec ma chemise avant de lâcher le vêtement et de reculer. Si j'effleure encore sa peau, je jure que je vais la tripoter sous toutes les coutures.

Je parviens à détacher mon regard de son sein exposé, avec son petit téton dressé en pointe. Je me demande quelle partie de ce scénario l'excite : être enchaînée, être nue ou l'effet que me fait son corps sublime. Non, je ne veux pas savoir.

Une nouvelle vague d'excitation me traverse et me coupe le souffle. Je m'éclaircis la gorge. « Tu es Américaine ? »

Elle acquiesce. « Toi aussi ? » Sa voix sort en un mi-murmure, mi-coassement. Elle tousse et humecte ses lèvres gercées de la pointe de sa langue rose.

J'étouffe un grognement.

Dieu sait que j'ai envie de mentir et de répondre *oui*. De prétendre que j'ai été enlevé en Amérique, comme elle, qu'on m'a amené de force à Monte Lobo et jeté dans un cachot. La réalité de la situation me plonge dans une rage telle que je manque de muter à nouveau.

« Non. » Je tends le bras pour déplacer la chemise, mais je n'arrive qu'à la faire glisser et à exposer ses deux seins.

Putain – ces tétons. Ils me supplient de les prendre en bouche, que ma langue leur fasse connaître l'aventure de leur vie.

Je ferme les yeux et fais quelques pas en arrière pour maîtriser mon excitation. « Tu es blessée ? » Ma voix est plus bourrue que je n'en avais l'intention.

« J'ai soif. »

Je m'approche de la porte et écrase ma paume dessus. Le coup contre le métal résonne contre les murs de notre cellule.

Je ne suis pas surpris de ne pas obtenir de réponse. « Elle a besoin d'eau ! » dis-je d'une voix forte en espagnol. Je ne distingue rien à travers la petite fenêtre parce que c'est du verre sans tain, qui permet seulement de voir depuis l'extérieur. Cette fois, j'entends un murmure derrière la porte. Les fils de putes. Ils sont là, en train de tout écouter. Au moins, j'ai détruit la foutue caméra.

« Je m'appelle Carlos. Carlos Montelobo. » Je retiens encore une fois mon souffle avant de me retourner vers elle. « Je suis vraiment navré qu'on t'ait maltraitée de la sorte. »

Elle s'humecte à nouveau les lèvres. Il faut qu'elle arrête de faire ça. « Ce n'est pas ta faute. »

C'est là qu'elle se trompe, et je suis un enfoiré si je ne le lui dis pas.

Ses yeux descendent sur mon torse nu jusqu'à ma taille, avant de remonter vivement et de se poser sur mon visage. Elle rougit.

Oh, Seigneur. Elle est tellement mignonne, putain.

Je me passe les doigts dans les cheveux. « Malheureusement si, c'est ma faute. »

Elle plisse les yeux.

Je lève les mains en l'air. « Je veux dire, je n'étais pas au courant, mais c'est ma meute. Je suis censé être le putain d'alpha, pourtant le conseil des anciens m'a enfermé ici avec toi.

— Pourquoi ? »

Elle sait pourquoi. Je le sais à la façon dont son regard se pose involontairement sur mon érection.

Je déglutis et m'assieds sur le lit en regardant une fois de plus ses entraves, comme si j'allais soudain découvrir un moyen de la libérer. « Notre meute est victime d'un problème de consanguinité. Elle compte de moins en moins de loups et ils sont nombreux à ne même pas pouvoir muter. On les appelle les *defectuosos*. La plupart des louves sont stériles et ne peuvent pas se reproduire. Je savais qu'*el consejo* cherchait un moyen d'encourager de nouvelles naissances, mais je n'aurais jamais imaginé que ce serait leur solution », dis-je en englobant la cellule d'un geste.

« Ils veulent que tu t'accouples avec moi ?

— Oui. » La culpabilité pèse comme une ancre sur ma poitrine, m'entraîne dans ses profondeurs.

Ses jouent rosissent et elle tire sur ses chaînes.

« Chhh. » Je la touche avant de savoir que je vais le faire et caresse sa joue avec mon pouce. « Ne t'inquiète pas, ma belle. Je ne te forcerai à rien, je te le promets. » Quand elle continue à tirer sur ses liens, j'attrape ses poignets sous les menottes. « *Arrête.* » Ma voix prend un ton autoritaire.

Elle se fige, sa louve répond instinctivement à la domination d'un mâle alpha. Mais son regard noir n'est pas accordé à sa docilité.

Et la réaction de son corps n'est pas accordée au sale regard qu'elle me jette.

Ouais, mon corps a exactement la même réaction. La maîtriser a dressé ma bite comme un drapeau. Sa poitrine exquise n'est qu'à quelques centimètres de mon torse. Je peux sentir la chaleur de son corps, son souffle contre mon cou.

« Je ne veux pas que tu te blesses plus que tu ne l'as déjà été. » J'arrête de peser sur elle et relâche ses poignets.

Elle pique un fard, et j'ai envie de m'ouvrir la gorge lorsque des larmes apparaissent dans ces incroyables yeux bleus. L'une s'échappe et coule sur sa joue. Je l'essuie avec mon pouce. « Ne pleure pas, *muñeca*. Je ne te toucherai pas et je ne les laisserai pas te faire de mal. Tu as ma parole. »

Elle éloigne son visage de ma main. « Pourquoi est-ce que je devrais te faire confiance ? »

Elle est intelligente. « Tu ne devrais pas. »

Je ne suis même pas certain de pouvoir tenir ma promesse, mais je sais que je suis prêt à mourir en essayant. « D'accord », lâche-t-elle avec un rire amer.

CHAPITRE DEUX

Ancien du conseil

JE ME TIENS devant la cellule avec les autres membres du conseil, don José et don Mateo, et nous observons les deux loups interagir. J'ai renvoyé les gardes. Ils ne sont pas nécessaires : s'échapper de ces cachots est impossible. « Ce n'est qu'une question de temps. Leur attirance est déjà évidente.

— Je suis d'accord, dit Mateo. Il la marquera avant minuit. Au moins cette partie du plan sera un succès. Mais quand nous le laisserons sortir, il va peut-être nous arracher la tête. Son loup a pris du caractère pendant son absence.

— J'ai un plan pour ça, dit don José en tapotant la porte du doigt. On les endort tous les deux avant de les séparer, puis on provoque une overdose à sa mère. Quand Carlos se réveillera, il devra gérer cette crise en premier. Il oubliera sa colère parce que s'occuper de sa mère le forcera à faire appel à toute la douceur qu'il possède.

— Ce n'est pas un très bon plan, remarque Mateo.

— Quand il retrouvera sa femelle, elle sera enfermée dans une chambre d'amis, vêtue d'une belle robe et traitée comme une reine. Il n'aura plus aucune raison de nous punir pour les moyens employés parce qu'il sera content de la finalité : un beau trophée pour un alpha puissant. Exactement ce dont la meute avait besoin. Bien sûr, nous implorerons humblement son pardon. »

Je plisse les yeux. « C'est risqué. Et s'il la libère ? » C'est moi que les trafiquants ont appelé quand ils ont enlevé la louve américaine, mais c'est don José qui a eu l'idée de l'emprisonner avec notre alpha. J'aurais préféré la fécondation in vitro. Utiliser la fille comme reproductrice pour toute la meute. Une expérience scientifique. On ne peut pas se contenter de dépendre des instincts primaires pour avoir une meute puissante et en bonne santé.

« S'il la marque, il ne pourra plus la laisser partir. La nature suivra son cours, tout comme cette nuit.

— Tu en es sûr. » Ce n'est pas vraiment une question.

« Oui. »

Juanito, un domestique de neuf ans, arrive avec l'eau que je l'ai envoyé chercher. Il représente un petit risque parce que c'est le chouchou de Carlos, mais c'est aussi pour ça que je l'ai choisi. Quelqu'un doit donner à boire et à manger au couple, et je pense que Carlos arrachera potentiellement la main qui passera à travers l'ouverture de la porte. Mais il ne ferait jamais de mal au petit. Il y a trop de bonté en lui. Exactement comme son père.

Et c'est pour ça que nous avons dû nous en débarrasser.

~.~

Sedona

Quand Carlos s'éloigne de moi, je réagis à l'absence de sa proximité comme une plante soudain privée d'eau. Ce qui m'agace. Je n'ai pas envie d'être attirée par le sombre alpha menaçant à moitié nu qui tourne en rond dans notre cellule. Même si ses muscles sont si bien dessinés qu'il pourrait être un bodybuilder. Je l'observe, fascinée. Son torse est imberbe, et un tatouage recouvre son épaule gauche et son biceps, une sorte de motif géométrique. Un deuxième tatouage couvre son biceps droit.

Je n'avais jamais eu une réaction si forte à cause d'un mâle, humain ou métamorphe. Mais bon, je n'avais jamais été enchaînée sur un lit à poil, jambes écartées et totalement offerte à un homme non plus.

Je repense au moment où il m'a maintenue pour que j'arrête de tirer sur mes menottes. Il s'est déplacé à la vitesse de l'éclair, a bondi sur moi et m'a plaquée sur le lit. Pendant une seconde, j'ai cru qu'il allait m'embrasser. *Merde*. Il a une petite barbe proprement taillée. Qu'est-ce que ça ferait de la sentir contre ma peau ?

Comment ce serait d'avoir les poignets emprisonnés au-dessus de la tête pendant qu'il me baise, de sentir toute cette puissance et cette autorité concentrée sur moi ? Est-ce qu'il me ferait mal ? Est-il un amant délicat ?

Même si son ordre m'a agacée, il a eu raison de m'empêcher de tirer sur mes chaînes. Mes poignets ont déjà des bleus et la partie la plus stupide de moi-même adore qu'il ait imposé sa volonté pour mon propre bien. C'est ce qu'un bon alpha devrait faire.

Une ouverture carrée à la base de la lourde porte s'ouvre en glissant sur le côté, et une petite main pousse un verre en plastique à l'intérieur de la cellule.

Carlos passe à l'action et bondit en avant, mais au lieu de se saisir du verre, il attrape le poignet de la personne qui l'a apporté.

« *Ay !* » Le cri de douleur de l'autre côté est distinctement juvénile.

Carlos lâche un juron. « Juanito ?

— *Perdóname, don Carlos.* » Le garçon semble sur le point de fondre en larmes.

Carlos laisse échapper une nouvelle flopée de jurons en espagnol, et j'en reconnais un bon nombre. Il pose une question, mais le garçon renifle sans répondre. Carlos lâche son poignet et recommence à parler d'une voix plus douce. La petite main forme un poing et cogne celui de Carlos avant de disparaître. Carlos prend le verre d'eau et s'approche lentement de moi. Une fureur tenue sous contrôle émane de lui, ce que je trouve étrangement attirant. Mais bon, j'ai été élevée par un loup alpha dominant et généralement de mauvais poil, donc j'imagine que ça représente mon idéal masculin. En fait, ça expliquerait qu'aucun mâle n'a retenu mon attention jusqu'à maintenant. Ma louve ne se soumet qu'à un véritable alpha.

Super. J'espère qu'une psychothérapie pourra m'aider, parce qu'un autre macho qui me dit ce que je dois faire est bien la dernière chose dont j'ai besoin. J'ai déjà un père et un frère surprotecteurs pour ça.

Je regarde ses muscles onduler alors qu'il revient vers le lit.

« Ils envoient un enfant apporter l'eau parce qu'ils savent que je ne lui ferai pas de mal. *Chingala bola de pendejos*.

— Qui est ce garçon ? » Je me demande s'il est de la famille de Carlos.

« Un domestique.

— Il n'y a pas de lois sur le travail des enfants au Mexique ? »

L'expression de Carlos s'assombrit encore plus. « Je sais. Ma meute est... archaïque. Elle... *Nous*, rectifie-t-il d'un ton amer, vivons dans une autre époque. Les faibles servent les forts. Et ils sont volontairement gardés affaiblis. Les contacts et les échanges avec l'extérieur sont interdits, la technologie et les médias ne sont pas autorisés et nous ne faisons même pas de commerce avec les autres meutes. Les seules personnes exemptes de toutes ces règles sont les membres du conseil et moi. »

Il penche le verre en plastique violet vers moi. Avec beaucoup plus de délicatesse que lorsqu'il a tenté de me couvrir avec sa chemise, il glisse une main derrière ma nuque et me fait lever la tête. Je siffle la moitié de l'eau, sans me préoccuper qu'elle coule sur mon menton. « Merci, dis-je en haletant. Si tu n'es pas d'accord avec ces pratiques, pourquoi est-ce que tu ne changes pas les choses ? »

Un muscle tressaute sur sa joue. « Je le fais... Je vais le faire. C'est un combat, un combat permanent contre le conseil. Mais j'y arriverai. »

J'accepte une autre gorgée d'eau.

Carlos me fixe avec des yeux noirs étincelants. « Je ne connais même pas ton prénom.

— Sedona. »

Il hausse un sourcil. « Comme la ville ?

— C'est là que mes parents se sont rencontrés. » Il y a quelques années, j'avais peur de ne jamais m'éloigner de ma meute de Phoenix plus loin que Sedona ou Tucson. Et maintenant je me trouve quelque part au Mexique, enchaînée et nue sur un lit pendant qu'un loup latino séduisant est en train de me dévorer des yeux. Pas exactement l'aventure que j'espérais.

Carlos répète mon nom avec son accent espagnol, ce qui lui donne une tonalité exotique et sexy. « Un beau nom pour une belle louve. » Le fait de me trouver belle semble l'énerver ; il fronce les sourcils en disant ces mots. Il approche sa main de ma bouche comme pour essuyer l'eau qui a coulé sur mon menton, puis la recule avec une grimace.

« Eh ben, merci », dis-je d'un ton pince-sans-rire.

Il pose son pouce sur ma lèvre inférieure et la frotte lentement d'avant en arrière. Ses yeux sombres deviennent noirs.

Un battement prend naissance entre mes jambes, et mes tétons durcissent.

Et merde.

Ce domaine me dépasse complètement. Confession : je suis vierge. Si j'avais fricoté avec un garçon pendant le lycée, mon père lui aurait fait la peau. Et ce n'est pas une façon de parler. Je suis même allée seule au bal de fin du lycée. J'aurais pu me dépuceler à la fac, mais je fréquente des humains et les hommes ne me font ni chaud ni froid. Ça ne les a pas empêchés d'essayer. J'ai bien fait quelques préliminaires, mais je ne suis jamais allée jusqu'au bout.

Sans que je m'y attende, Carlos enfonce son pouce dans ma bouche et je lui fais soudain l'amour avec ma langue. Un grondement rauque résonne dans sa poitrine, comme un moteur qui démarre, et tout mon entrejambe vrombit en réaction.

« Sedona », souffle-t-il de son accent sexy. Il prononce mon prénom comme s'il s'agissait d'un endroit magique. Il sort son doigt de ma bouche, comme à regret. « Être enfermé là-dedans avec toi va me tuer. »

Je dois être sous l'effet des drogues qu'on m'a administrées, parce que je suis sérieusement sur le point de l'inviter à goûter au buffet Sedona, puisque je suis déjà offerte pour son plus grand plaisir.

« Quel est ton... » Je m'éclaircis la gorge, parce que je me rends compte que j'ai du mal à parler maintenant que son doigt épais a envahi ma bouche. « Quel est ton plan, exactement ? D'attendre qu'ils se lassent ? Je ne pense pas que ça va marcher. S'ils nous ont enfermés ici pour qu'on s'accouple, tu crois qu'ils nous laisseront sortir avant que ce soit fait ? »

Un muscle de sa joue tressaille. Il est beau quand il est en colère, avec une mèche de cheveux noirs qui retombe sur son front, la dureté des traits de son visage accentuée par le pli ferme de sa bouche. Il serre les poings. « Je ne sais pas encore. »

Si je n'avais pas un père et un frère alphas, je ne remarquerais peut-être pas la culpabilité et la frustration qui émanent de lui. Les alphas ne supportent pas de rester sans agir, de ne pas connaître une réponse ou d'avoir les poings liés. Et si l'on considère comment son sexe reste résolument au garde-à-vous, l'action qu'il est le plus susceptible de faire, c'est de le plonger dans ma chatte mouillée. Je ne suis pas totalement opposée à l'idée. Du liquide coule entre mes cuisses alors que je lutte pour ne pas perdre la tête.

« Tu es l'alpha depuis combien de temps ? »

Il se frotte la nuque. « Officiellement, depuis mes seize ans, à la mort de mon père. Mais *el consejo* m'a encouragé à partir étudier aux États-Unis, jusqu'au troisième cycle. Je ne suis revenu qu'à l'automne. » Il semble accablé. Il regarde fixement le mur devant lui, et je devine le poids de plus de culpabilité ou d'un autre fardeau.

« Tu ne voulais pas revenir.

— Non. » Il rencontre mon regard avec une nouvelle expression, comme si le nuage de son excitation s'était dissipé et qu'il me voyait réellement, moi, Sedona, et non mon corps nu offert sur un plateau. « Je ne l'avais jamais avoué à personne. Même pas à moi-même.

— Tu es resté absent combien de temps ?

— Sept ans. Assez longtemps pour comprendre que si on ne transforme pas cet endroit archaïque, la meute est condamnée. »

Je frémis. Je suis la solution que son conseil a concoctée pour sauver la meute. En tant que fille d'alpha, je me suis préparée à assumer un certain nombre de responsabilités. Mais participer à un programme de reproduction n'en fait pas partie. Mon père est de la vieille école, mais là c'est carrément primitif.

Il s'assied sur le bord du lit, au niveau de ma taille, et examine les verrous de mes menottes. L'irritation de mes poignets doit être visible, parce qu'il frotte ma peau autour des menottes et pousse un grondement sourd. « Dis-moi comment tu t'es retrouvée ici, Sedona. »

Sa voix autoritaire me fait frissonner. Il essaie de se comporter en gentleman, mais ça n'a aucune importance : mon corps réagit à sa présence. « C'est les vacances de printemps... Enfin, ça l'était. J'étais à San Carlos avec mes amis, et un métamorphe m'a approchée sur la plage. Un autre est arrivé derrière moi et il a planté une seringue dans mon cou. Ils m'ont enfermée dans une cage et m'ont transportée par avion dans une autre ville, où j'ai passé une nuit dans un entrepôt. Puis ils m'ont amenée ici. »

Carlos gronde sans discontinuer pendant toute mon histoire tandis que son pouce fait des merveilles sur l'intérieur de mon poignet, trace des cercles légers sur ma peau sensible. Je n'avais jamais pris conscience que des caresses sur le poignet pouvaient être si sensuelles. Mon sexe qui palpite devient difficile à ignorer. Une étrange chaleur se propage une fois de plus dans mon corps.

« Des trafiquants, dit-il quand j'arrête de parler. De Mexico. J'ai entendu une rumeur. Il paraît que des métamorphes vendent des loups dans mon pays, mais je n'y croyais pas. Les histoires parlent d'un démon, le Moissonneur, qui achète des métamorphes, les vide de leur sang et vole leurs organes. »

Mon ventre se noue.

« Quand on sortira d'ici, je tuerai tous ceux qui t'ont touchée. Tu as ma parole. »

Je déglutis et acquiesce. « Merci. »

Ses lèvres effleurent mon poignet. « Dis-moi, où vas-tu à l'école et qu'étudies-tu, Sedona ? »

Je me lèche les lèvres pour les humecter, et son regard vient se poser sur ma bouche. Par le ciel, je dois être en train de rougir comme une tomate. J'ai été l'objet d'attentions masculines toute ma vie, mais ça ne m'a jamais fait cet effet. Je remue les cuisses pour soulager le picotement de mon entrejambe, et réponds : « J'étudie à la fac de l'Arizona, à Tucson. Je passe un diplôme en art commercial. »

Il incline la tête sur le côté, comme si j'avais dit la chose la plus fascinante au monde. « Une artiste. *Claro que si.*

— Qu'est-ce que ça veut dire ? »

Il sourit, et s'intéresse à mon autre poignet. « *Oui, bien sûr.* J'aurais dû me douter qu'une belle louve comme toi voudrait apporter encore plus de beauté sur terre. »

Je lève les yeux au ciel.

« Quel genre d'art est-ce que tu crées ? »

Je me mordille les lèvres. « En ce moment, j'aime beaucoup faire des aquarelles en repassant les lignes principales à l'encre noire.

— Des paysages ? »

Ça me gêne de dire ce que je dessine, mais je me force à répondre. « Des fées. »

Il penche la tête, m'observe. J'attends qu'il se moque, mais il demande : « Pourquoi des fées ?

— Hum. » Je pique un fard. Personne ne m'avait jamais posé autant de questions sur mon art. Pas même ma famille. « Quand j'étais petite, j'avais une nounou. Enfin, une vieille louve qui me gardait parfois les après-midis. Elle me disait toujours que si je faisais la sieste quand elle me le demandait, des bonnes fées viendraient mettre de la magie dans ma vie. Je... je me rappelle que j'essayais de les dessiner. » Je finis mon explication pitoyable à toute vitesse, mais il ne m'interrompt pas et a l'air intéressé. « Quand j'ai grandi et que je la voyais moins souvent, je lui envoyais des cartes postales sur lesquelles je dessinais des fées. Curieusement, je ne m'en suis jamais lassée.

— J'aimerais beaucoup voir tes fées, Sedona. »

Son regard intense fait palpiter mon cœur. Je marmonne en détournant les yeux : « Je ne les montre à personne.

— Pourquoi pas ?

— Mes professeurs trouveraient ça idiot. Ma famille pense que ma passion pour l'art est juste une phase, une activité mignonne que je fais pour passer le temps en attendant d'avoir un compagnon. On dirait qu'ils vivent encore dans les année cinquante. »

Carlos rit doucement. « Ils devraient être fiers de toi et te laisser créer.

— Ouais. Tout ce qui intéresse mon père et mon frère, c'est que je sois en sécurité. Ils se fichent du reste.

— Mais tu devrais pouvoir mener ta vie comme tu l'entends. Être libre de faire tes propres choix. »

Je lâche un rire sans joie. « Je n'ai jamais été libre. Ils sont... dominants. » Je me rappelle juste à temps de ne pas préciser que papa et Garrett sont des alphas. « Les loups dominants aiment prendre des décisions pour les autres, non ?

— Un alpha est un meneur, oui », dit Carlos en hochant la tête. Il a compris sans que je le lui dise et ça devrait m'inquiéter, mais je n'arrive qu'à penser *quel loup intelligent*. « Il est censé veiller sur la meute, protéger les faibles et assurer leur sécurité. Mais il doit aussi savoir ce qui intéresse ses loups, ce qui est important pour eux. C'est ça aussi, être un chef. »

Je ravale la boule dans ma gorge. C'est un terrain dangereux. Au moins Carlos n'a pas l'air de penser que toutes les femmes devraient être attachées à un lit pour qu'un connard d'alpha les viole et agrandisse la meute. Ou alors c'est ce qu'il pense, et il me raconte des bobards convaincants pour me manipuler. Je n'arrive pas à savoir.

« Et toi ? » je demande pour relancer la conversation. « Où as-tu fait tes études ?

— J'ai passé ma licence à Stanford, et mon master à Harvard. »

Waouh. D'accord, il est *vraiment* intelligent. Pas surprenant qu'il n'ait pas eu envie de rentrer dans sa meute. Une étincelle de colère s'éveille dans ma poitrine. Il devrait être libre de choisir son propre avenir sans être coincé dans cette meute tarée.

Mais une pensée plus pressante et troublante se présente. « Carlos ? J'ai envie de faire pipi. »

~.~

Carlos

Mon loup adore voir Sedona lever les yeux vers moi pour m'expliquer son problème, comme si j'étais celui qui saura comment le résoudre.

Puis j'entre dans une colère noire. Il y a des toilettes dans la pièce, mais ma femelle est *menottée au lit*. Oui, je l'ai appelée *ma femelle*. Je sais que je ne peux pas la garder, mais pour l'instant elle est sous ma protection. Elle est nue, vulnérable et *à moi*. À cette pensée, mon loup fait claquer ses mâchoires. On se calme, mon grand.

Je retourne tambouriner contre la porte. « Donnez-moi la clé de ses menottes. Tout de suite. »

J'entends des voix murmurer derrière la porte, puis don José propose : « Les clés contre les vêtements. »

Putain de merde.

La colère fait saillir les tendons dans mon cou, mais je ne peux rien faire. Je serre les dents et me tourne vers Sedona. « Ils disent qu'ils échangeront les clés contre mes habits. »

Ses narines s'évasent, son menton prend un angle buté. « Bien sûr. Parce qu'ils espèrent un moment sexy. Ce sera sexy quand j'aurai pissé au lit ? »

Je ne peux retenir le rire qui sort de ma bouche. Il me surprend ; je ne me rappelle sincèrement pas la dernière fois que j'ai éclaté de rire. C'était il y a des années. Sans doute avant la mort de mon père.

La bouche de Sedona se tord en une grimace ironique et je me perds dans le bleu céruléen de ses yeux. Puis, parce qu'il est hors de question que je laisse ma femme s'humilier en mouillant le lit, je prends la décision à sa place. Je m'approche et enlève ma chemise étalée sur son corps.

« Hé ! proteste-t-elle, mais ses tétons se dressent.

— Ta liberté est plus importante que mon inconfort, je réponds en baissant mon boxer sur mes chevilles.

— *Ton* inconfort ? » Son ton est incrédule.

« Oui, *muñeca*. C'est moi qui dois lutter contre mon instinct. »

Elle rougit comme une innocente, et je me demande si elle a beaucoup d'expérience sexuelle. Elle est féconde, mais encore jeune.

Peu importe. Elle ne devrait pas être enfermée avec un loup comme moi.

Je rassemble les autres lambeaux de vêtements dans la pièce et tape un coup sec contre la séparation dans la porte. Elle s'ouvre en glissant et je fais passer les habits à travers. La main de Juanito apparaît avec la clé. Son poignet porte toujours les empreintes rouges de mes doigts, et cette vue m'emplit de culpabilité.

De tous les métamorphes dans l'hacienda, Juanito est bien celui à qui je ne souhaiterais jamais faire de mal. Juanito et ma mère, que Dieu la protège.

J'avais envie de demander à Juanito de me donner les clés des menottes quand il a apporté l'eau (je sais que le garçon fera tout ce que je lui demande) mais je ne pouvais pas le mettre dans cette position. Au mieux, il serait brutalement battu. Au pire, *el consejo* se vengerait sur sa mère, et elle a connu assez de malheurs pour toute une vie après la mort de son mari dans les mines et la disparition de son fils aîné.

Si je trouve un moyen de lui parler en privé, il pourra peut-être m'apporter la clé de la porte et je serai libre de les protéger lui et sa mère. Seigneur, j'aimerais tant pouvoir l'emmener loin de cet horrible endroit.

Je prends la clé et l'autre main de Juanito apparaît pour me tendre une mangue mûre. Je lève les yeux au ciel. Sérieusement ? On dirait qu'ils piochent des conseils dans un livre bidon sur la séduction. *Manger une mangue peut être un préliminaire sensuel et stimulant.*

Léchez le jus sur la peau de votre partenaire, ou faites-lui sucer le noyau.

Je prends le fruit. Ma louve a peut-être faim. Je cogne à nouveau mon poing contre celui de Juanito, retourne près du lit et déverrouille les menottes de Sedona. Elle pousse un grognement en baissant les bras et les secoue. Après avoir libéré ses chevilles, je l'aide à s'asseoir et frotte ses bras pour les réveiller.

« Ça veut dire quoi, *moun-yeca* ? » demande-t-elle.

Je souris. « Poupée.

— Oh. » Ses joues se colorent à nouveau et elle se lève. « Tourne-toi. J'ai besoin d'un peu d'intimité.

— Accordé, poupée. » Je me lève et vais me placer à l'autre bout de la pièce, dos aux toilettes. Je mords dans la peau de la mangue pour en enlever un morceau.

Je me retourne lorsque je l'entends tirer la chasse. Sedona verse un peu de l'eau qui reste dans le verre sur ses mains pour les rincer. Mon sexe grossit en la découvrant sous ce nouvel angle. C'est une déesse. De longues jambes, des seins généreux, ses cheveux cuivrés qui retombent en vagues sur son dos fin.

Et ce cul...

En moins d'une minute, je pourrais avoir Sedona à quatre pattes, en train d'écarter ces fesses pour moi pendant que je tiens ses cheveux soyeux dans mon poing et que je la pilonne. Elle est excitée. Je pourrais lui en donner envie. Ce ne serait même pas du viol...

Je secoue la tête et ravale le grondement qui commence à monter dans ma gorge, mais elle l'a remarqué.

Elle se tourne et hausse les sourcils. « Quoi ? » Puis son regard se pose sur mon membre en érection, et elle a la réponse.

Je ne sais pas à quoi je m'attendais. À ce qu'elle rougisse, ou qu'elle soit en colère. Peut-être à une attitude défensive. Mais au lieu de ça, ma poupée américaine humecte ses lèvres avec sa langue.

Je grogne. « Ne fais pas ça, *muñeca*. À moins que tu aies envie de te retrouver la tête contre le matelas et que je te prenne par derrière jusqu'à ce que tu hurles. »

Elle écarquille les yeux, et je sais que je suis allé trop loin. Peut-être que j'essayais de l'énerver pour qu'elle mette de la distance entre nous. Parce que bon Dieu, mon self-control est en train de s'effriter.

Je me tourne face au mur pour ne pas laisser ma queue dressée sous son nez pendant que je lui parle avec un flagrant manque de respect.

Et tout à coup, ça me tombe dessus : l'odeur de son excitation. Si pure, si indéniable que mon champ de vision se rétrécit.

Merde. Mon loup veut la marquer. Je n'ai même pas embrassé cette fille et il est déjà prêt à s'unir pour la vie.

Mes ongles se transforment en griffes. Je les plante dans le mur et griffe vers le bas en me délectant de la douleur. En moins d'une heure, mon contrôle est déjà dangereusement prêt à lâcher. Je ne sais sérieusement pas comment je vais survivre à cette nuit.

« Est-ce que ça va ? » Sa voix douce fait des choses terribles à mon corps.

« Très bien, dis-je avec un rire étranglé. Vraiment parfait.

— Ça n'a pas l'air.

— J'ai juste... besoin d'un moment. » J'appuie mon front contre le mur. Le conseil est plus malin que je ne le pense. M'enfermer avec une femelle en chaleur... c'est trop.

« Est-ce que... c'est le mal de lune ? demande-t-elle.

— Non. » *Pas encore*. Je pose une main contre le mur. Je meurs d'envie de toucher ma queue, de me masturber pour m'empêcher de la marquer. Je le ferais sans hésiter, mais je ne pense pas que ça aidera. « Que sais-tu sur le mal de lune, Sedona ?

— Je sais que les loups dominants l'attrapent quand leur loup a besoin de s'accoupler et qu'ils le réfrènent.

— Pas juste de s'accoupler. De *marquer*. Pour la vie.

— Ça t'est déjà arrivé ?

— Non. Si c'était le cas... Je trouverais une compagne. Pas comme ça, je me hâte de préciser. Je la séduirais. Je lui ferais la cour. Elle aurait le choix, bien sûr.

— Ton conseil ne partage pas ton avis sur les droits des louves.

— Non », dis-je dans un soupir, reconnaissant qu'elle ne me mette pas dans le même sac qu'eux. « C'est vrai. Ils me poussent à prendre une compagne depuis longtemps, mais je ne suis pas prêt.

— Encore envie de coucher à droite à gauche ? » Son ton sec me pousse à me retourner. Je me prépare à affronter sa beauté mais elle me fait l'effet d'un coup de poing.

« Tu es jalouse ? » J'essaie de plaisanter, mais ma voix est rauque. Elle se mord les lèvres.

« *Madre de Dios*, je marmonne. Ne fais pas ça. »

Ses jolis yeux s'écarquillent. « Faire quoi ?

— Rien. » Je ne veux pas l'effrayer. Ce n'est pas sa faute si elle est parfaite. « Je ne suis pas un séducteur, quoi que tu aies pu entendre dire sur les Latinos. Je n'ai même jamais couché avec une louve, seulement avec des humaines.

— Moi non plus, je n'ai jamais couché avec un loup. »

Je serre les poings à l'idée qu'un autre mâle, loup ou humain, l'ait déjà touchée. Je colle mon corps contre le mur et plante mes ongles dans mes paumes jusqu'à ce que la douleur me fasse serrer les dents.

« Tu souffres. » Sa voix inquiète m'enveloppe.

Alors qu'elle a été enlevée, droguée et enfermée dans une pièce pour participer à un programme de reproduction bidon. Je ne mérite pas sa compassion.

« Écoute, Carlos. Aucun de nous deux n'a envie d'être dans cette situation, mais... »

J'ouvre les yeux. Elle est encore en train de se mordiller les lèvres. Vilaine louve. Si elle était à moi, je punirais cette petite allumeuse.

« Je peux peut-être faire quelque chose pour t'aider... » Elle baisse les yeux vers ma bite en rougissant jusqu'aux oreilles. Je ravale un éclat de rire. Si j'avais su qu'une innocente si séduisante existait, j'aurais retourné la terre entière pour la trouver.

« Après tout, continue Sedona, c'est évident qu'on se plaît... »

Un rugissement emplit mes oreilles : c'est le bruit que fait tout le sang dans mon corps lorsqu'il se précipite dans mon sexe. C'est si assourdissant que j'entends à peine sa phrase suivante. « On pourrait juste, je sais pas, se câliner un peu. » Elle hausse les épaules et déglutit. « On n'a qu'à dire que c'est juste pour cette nuit. »

J'ai traversé la pièce avant de prendre conscience que mon contrôle a lâché. Sedona recule, son visage blêmit lorsqu'elle voit le loup dans mes yeux. Je continue de m'approcher d'elle jusqu'à ce que son dos entre en contact avec le mur et je pose les mains autour de sa tête, l'emprisonne entre mes bras. Je me penche tout près en faisant attention de ne pas la toucher, mais ça ne sert à rien. Son parfum sucré me fait tourner la tête.

« C'est ça que tu as fait avec tes humains ? Vous vous êtes câlinés ? » Ma voix n'est qu'un grondement.

« Non », murmure-t-elle, ses pupilles dilatées à l'extrême.

J'enroule une de ses mèches de cheveux autour de mon index. « Non ? Tu es sûre, *ángel* ? Parce que j'ai vraiment envie de botter le cul de tous les *gamins* qui t'ont touchée. » Je suis allé trop loin, mais je suis apparemment incapable de calmer l'agressivité compétitive qui brûle en moi.

Elle repousse mon torse et quand je ne bouge pas, essaie de passer sous mon bras.

Ouais, je suis vraiment allé trop loin. Je lui attrape le bras pour la retenir.

« Attends. Je te demande pardon. Je sais que je me comporte comme un connard.

— Ouais. C'est vrai. »

Je la retourne et la tiens contre moi jusqu'à ce qu'elle arrête de se débattre. Son parfum m'enveloppe, et je sais qu'elle est vraiment un ange. Je suis au paradis. J'approche ma bouche de son oreille. « J'essaie. Tu vois bien à quel point c'est difficile pour moi... » Je frotte mon sexe contre ses fesses nues.

Sa respiration devient erratique. « Je sais. Je peux t'aider.

— Merci, Sedona. » Même s'il m'en coûte, je la relâche. « Mais je ne pense pas que ce soit une bonne idée. »

Elle masque rapidement sa confusion et sa tristesse. « Comme tu veux. » Elle va s'asseoir sur le lit et croise les bras.

« Tu ne peux pas croire sérieusement que je n'ai pas envie de toi. » Ma satanée bite tressaute comme si elle acquiesçait à mes propos.

Sedona hausse les épaules.

« C'est juste que pour moi, les câlins ne suffiront pas. Pas avec toi. Une seule nuit ensemble ne me suffirait pas. »

Elle secoue la tête en grommelant quelque chose à propos des hommes et de leur opinion exagérée sur leur endurance.

« Une nuit avec toi ne suffirait pas parce que j'en voudrais plus. Pas plus de sexe ou de câlins. Plus de *toi*. » J'inspire profondément et dis la vérité. « Si mon loup était prêt à prendre une compagne, je choisirais une louve comme toi.

— Quoi ?

— Gentille. Intelligente. Cultivée. »

Un sourire flotte sur ses lèvres. « Tu as oublié sacrément sexy.

— *Muñeca*, je n'ai pas oublié. »

Elle éclate de rire, ce qui fait légèrement tressauter ses seins. Mon sexe est si dur qu'il est douloureux, mais je donnerais n'importe quoi pour l'entendre rire à nouveau.

Je m'assieds à côté d'elle en laissant de l'espace entre nous. Dès que mes poumons s'emplissent de son odeur, mon cœur cesse de battre la chamade. Mon loup semble satisfait d'être avec ma femelle. Je peux peut-être y arriver.

Je cogne mon épaule contre la sienne. « J'ai changé d'avis. Viens, on se câline.

— Ne te moque pas de moi.

— Je ne me moque pas. Je n'oserais jamais. » Je cherche un gage de réconciliation, et me souviens de la mangue. « Tu as faim ? » Je ramasse le fruit et en détache un morceau. Elle tend la main, mais je secoue la tête. *Tu veux jouer, poupée ? Voyons si ce jeu te plaît.*

J'approche la mangue de ses lèvres. Son corps reste raide encore quelques secondes, puis elle se penche pour mordre dans la chair mûre du fruit jaune. Comme prévu, le jus coule sur son menton et dans son cou, des petites gouttes collantes atterrissent sur sa poitrine. « Oh mon Dieu ! » s'exclame-t-elle la bouche pleine en mettant les mains autour de sa bouche pour rattraper le jus. Elle mâche et pousse un gémissement. « C'est délicieux. Les mangues ne sont pas si bonnes aux États-Unis.

— Elle est fraîche. Il y a un verger dans l'hacienda avec de nombreux arbres fruitiers. Des amandiers, des avocatiers, des citronniers, des limettiers, des sapotiers, des papayers.

— Mmm. » Elle penche la tête pour mordre une autre bouchée. « C'est l'une des raisons pour lesquelles j'ai toujours voulu voyager. La nourriture.

— Tu n'as jamais voyagé ? » Je pèle une autre section du fruit en souriant comme un abruti parce qu'elle me laisse la nourrir.

Elle se lèche les lèvres, et ma vision s'assombrit. La seule chose qui me retient de la marquer, c'est la satisfaction que je ressens à la regarder manger. Mon loup s'en contente pour le moment.

« J'ai envie de découvrir le monde depuis toujours, mais ma famille ne me laisse pas faire. Ils sont très protecteurs.

— Ils ont bien raison, dis-je doucement en lui donnant un autre morceau.

— Avant, je pensais que porter le nom d'une ville d'Arizona était une malédiction. Que je ne sortirais jamais du pays. Bien sûr, mon seul voyage m'a menée ici... » Elle désigne la cellule d'un geste de la main.

« Tu sortiras d'ici, Sedona. Tu auras l'occasion de voyager. Je te le promets.

— Merci. » Elle avale la bouchée de mangue et se force à sourire. « D'ici là, je vais juste faire comme si j'étais coincée dans un hôtel minable avec un thème de mauvais goût autour des donjons. En revanche, le service de restauration met la main à la pâte. » Elle secoue ses sourcils. Une blague. Elle est coincée dans ce trou à rats avec moi, et elle fait des blagues. Elle est... *incroyable*.

Je ne peux m'empêcher de me pencher et d'embrasser le coin de sa bouche. Je recule immédiatement, mais son goût mêlé à la saveur sucrée de la mangue s'attarde sur mes lèvres. « Pardon, je... Tu avais quelque chose.

— Comme je le disais, dit-elle en souriant, très investi. »

Sans voix, je lui propose à nouveau la mangue. Sedona mange comme si elle était affamée, dévore la chair tendre. Je retire rapidement la peau, la laisse tomber à nos pieds et fais tourner le fruit dans ma main jusqu'à ce qu'elle ait mangé toute la chair orangée. « Désolée. Je ne t'ai rien laissé.

— Ça ne me dérange pas, *muñeca*. Tu veux le noyau ? » Je meurs d'envie de le lui donner. Elle remporte ce jeu haut la main sans même essayer. Je ne survivrai pas à la torture de la regarder sucer le noyau, et pourtant chaque cellule de mon corps *exige* de voir ça.

Elle hausse les sourcils. « Qu'est-ce qu'on en fait ? »

Et voilà. C'est terminé. Je dois lui montrer. Je pousse le noyau entre ses lèvres et baise sa bouche.

Ses pupilles se dilatent, elle serre ses mâchoires et racle la chair qui reste. Quand je sors le noyau pour qu'elle puisse avaler, elle a l'air à bout de souffle.

Seigneur, achevez-moi.

Sa jolie langue rose apparaît et lèche le jus sur ses lèvres. « Je sais ce que tu es en train de faire.

— Qu'est-ce que je fais ? » Ma voix n'a jamais été si rocailleuse.

« Tu me fais l'amour avec une mangue. »

Je pousse à nouveau le noyau entre ses lèvres. « Non, ma belle. *Ça*, ce n'était pas te faire l'amour avec une mangue. » Je ressors le noyau et le fais glisser dans son cou, entre ses seins. Je suis la même trajectoire avec ma bouche, lèche le chemin que j'ai laissé avec le jus.

Je le fais lentement descendre sur son ventre, tourne le côté plat vers le dessus et le frotte entre ses jambes.

Elle pousse un cri et veut serrer les cuisses, mais je fais un bruit désapprobateur et elle s'immobilise.

Seigneur, je suis vraiment en train de faire ça.

Elle pousse un gémissement, balance son bassin vers l'avant pour se frotter contre le noyau. Nous haletons tous les deux alors que je fais des allers-retours sur sa fente, ses fluides se mêlent au jus de mangue. Le bruit de glissement mouillé fait penser au sexe. J'écarte le noyau et le ramène brusquement contre elle en donnant une tape sur sa chatte. Elle écarquille les yeux et pousse un petit gémissement de frustration.

« Tu as besoin que je nettoie tout ça, chérie ? » Je lui donne une autre tape avec le noyau de mangue. Elle me regarde droit dans les yeux, et j'espère qu'elle peut voir que je tiens suffisamment mon loup pour le faire. Ma bite court un risque réel de se décrocher à force de bander comme un âne, mais j'ai envie (non, *besoin*) de lui donner du plaisir.

Elle hoche faiblement la tête.

Le Seigneur soit loué.

Je tombe à genoux à côté du lit, soulève une de ses jambes et la pose sur mon épaule. J'aplatis ma langue et lape le jus de mangue, le nettoie jusqu'à ce que j'arrive à son essence, ce goût puissant qui fait bouillir mon sang.

Voilà où est ma place.

C'est comme si la gigantesque crise existentielle qu'a été ma vie venait d'être résolue entre ses cuisses. Donner du plaisir à ma femelle est la seule chose qui importe. Je me contrefous des anciens et même du fait que c'est ce qu'ils veulent, ce qu'ils avaient prévu. Ils sont probablement en train de regarder par la fenêtre. Je ne vis que pour les cris de plaisir qui s'échappent de la bouche de Sedona, pour la manière dont elle me tire les cheveux, m'encourage. Je raidis ma langue et la pénètre avant de remonter vers son clitoris. Je le prends en bouche, le suce, lui donne un coup de langue puis la fais tourner autour. « Tu aimes ça, ma belle ?

— Non », gémit-elle en pressant ma bouche contre son clito. Je souris contre sa peau et continue à accomplir mon devoir, celui que j'ai choisi.

Sentant son urgence, je lui en donne plus et fais entrer un doigt dans sa chatte. Elle est étroite, incroyablement serrée, et elle gémit à chaque expiration comme si elle était sur le point de jouir. Je plie le doigt pour toucher sa paroi intérieure et la caresse jusqu'à ce que je trouve l'endroit où sa chair se plisse quand je la touche. Son point G.

Elle pousse un cri perçant et frotte son sexe contre mon visage tandis que ses muscles se contractent autour de mon doigt, dans une démonstration de plaisir singulièrement splendide.

Comme pour ponctuer la fin du spectacle, les lumières dans la cellule s'éteignent abruptement.

CHAPITRE TROIS

*S*edona

COMME SI MON orgasme ne m'avait pas suffisamment fait tourner la tête, ces enfoirés ont éteint la lumière dans la pièce. Pour un humain, ce serait le noir complet, mais les métamorphes peuvent voir dans l'obscurité ; je ne suis pas complètement aveuglée.

Ils ont dû décider que c'était l'extinction des feux officielle. Je m'accroche à la tête de Carlos parce que j'ai besoin de sentir quelque chose de réel et solide.

Il grommelle un juron et enlève délicatement ma jambe de son épaule. Il fait remonter ses mains le long de mes cuisses jusqu'à ma taille. « Ça va, *ángel* ?

— Ouais. » J'ai l'air essoufflée. Un orgasme fait ce genre d'effet.

Ses paumes se dirigent lentement vers la courbe de mes fesses et il les serre brièvement dans ses mains avant de s'éclaircir la gorge. « Bon. Je devrais te laisser dormir. Je vais m'installer par terre. »

Il se lève, et mon ventre se serre en perdant sa chaleur. « Ça ne me dérange pas de partager.

— Oh, *muñeca*. Je tuerais pour partager un lit avec toi, mais je sais comment ça se terminerait. Avec moi en train de baiser ta jolie petite chatte jusqu'à ce que la lumière se rallume. Donc, non, je dormirai par terre. »

Bon sang, il sait exactement quoi dire pour m'exciter. Ses mots glissent sur ma peau en laissant des traînées de chaleur partout où ils passent. La pièce tourne toujours un peu après avoir reçu le meilleur cunnilingus de ma vie.

Je comprends mieux pourquoi il a été vexé quand je lui ai proposé qu'on se câline. Un homme comme Carlos donne tout ce qu'il a au lit et prend tout en retour. C'est un alpha jusqu'au bout des ongles. Autoritaire. Exigeant. Je n'avais aucune idée que ce genre de choses m'excitait, mais c'est le cas.

Il a dit qu'il allait dormir par terre mais il se tient toujours debout à côté du lit, me regarde comme un homme affamé. Son sexe en érection est long et épais, il se dresse vers ses abdos bien dessinés.

Je me lèche les lèvres. Elles ont toujours un goût sucré de mangue. « Tu... tu devrais peut-être te soulager. Tu sais, avec ta main. »

Carlos pousse un soupir bruyant. Comme s'il attendait ma permission, il empoigne immédiatement son sexe. « Allonge-toi, poupée. Montre-moi ce que je n'aurai pas. »

Il doit avoir un petit côté masochiste en plus de sa tendance dominatrice.

Mais comment pourrais-je refuser ? Il vient de me donner le meilleur orgasme de ma vie. Je m'allonge sur le lit et caresse mes seins.

Il pousse un grognement et commence à branler son membre gonflé. « Me laisseras-tu te couvrir de mon sperme, *muñeca* ?

— Oui. » Je m'entends parler avant même de savoir que je vais répondre.

« Gentille louve », dit-il dans un murmure.

Je passe la main entre mes cuisses et caresse mon sexe.

Les grondements de Carlos emplissent la pièce. Enhardie, je me redresse, m'assieds sur les talons et ouvre la bouche. Carlos tapote son gland contre ma langue tout en se masturbant. « *Carajo*, Sedona. Cette langue me torture. »

Je pose les mains sur son poing et prends son sexe dans ma bouche, referme les lèvres autour de son membre et caresse le dessous avec ma langue.

« Oh, Seigneur », grogne-t-il. Je le suce plus vigoureusement et fait des allers-retours pour engloutir sa longueur. « Chérie, oui. C'est trop bon. » Il plonge la main dans mes cheveux et ferme le poing pour tirer doucement ma tête en arrière.

« Une si bonne fille », fredonne-t-il en poussant lentement sa bite dans ma bouche. Je me raidis ; je sais que je ne peux pas la prendre en entier. Il s'arrête à la moitié et ressort, puis recommence. « Mmm, tellement bon. » Sa voix est grave et rauque. « Je n'arrive pas à croire que tu m'offres ta bouche sexy. J'ai envie de l'embrasser depuis que je t'ai vue, Sedona. Et maintenant je suis en train de la baiser. »

Ma chatte se contracte. J'ai envie qu'il me baise, mais je sais que c'est une mauvaise idée. Je fais tournoyer ma langue autour de son sexe, l'aspire longuement.

« Assez ! » Il a l'air en colère, ses sourcils sont froncés. Il me fait reculer la tête en tirant mes cheveux et me pousse sur le dos. « Touche-toi. »

Aucun problème. Je meurs d'envie d'un deuxième round. Je pose la main sur mon pubis et presse ma paume contre mon clitoris en faisant courir mes doigts sur mon sexe.

Carlos rugit, du sperme jaillit de sa queue en rubans et recouvre mes seins, mon ventre, mes cuisses. Il me repeint, et me voir décorée de sa semence semble lui donner du plaisir. Je me cambre sur le lit, mes seins pointent vers le plafond, mes genoux s'écartent. Il enlève ma main et frappe ma chatte, de petites tapes sèches et rapides juste au-dessus de mon clito. Je n'arrive pas à comprendre comment il sait que ça me plaît, mais c'est le cas. C'est exactement la bonne intensité, la bonne vitesse, la bonne sensation. Des flashs de lumière explosent derrière mes paupières et un second orgasme m'emporte. Je me tortille sur le lit, en proie à l'extase et à l'agonie.

« Sedona. »

Par le ciel, j'adore sa manière de prononcer mon prénom.

Il s'effondre sur moi en me maintenant les poignets, exactement comme je l'imaginais, et enfouit son visage dans mon cou. « Belle louve. Que vais-je faire de toi ? » Il me mord l'épaule, lèche mon lobe d'oreille.

Garde-moi pour toujours.

Mais c'est ridicule. Ce n'est pas parce qu'un loup me fait jouir qu'il est forcément mon compagnon.

Non, il ne peut pas s'en empêcher parce qu'on est enfermés ensemble à poil dans une cellule pendant la pleine lune. Et Dieu sait que d'ici qu'on sorte de là, je ne voudrais plus jamais le revoir, de toute manière.

Ouais, c'est un mensonge, mais je n'ai pas envie de me pencher sur ce que je ressens sur le sujet. En tout cas, pas maintenant.

Je ferme les yeux et respire le parfum de Carlos. Il m'évoque le grand air, une tonalité propre, boisée. Et délicieuse.

Carlos libère mes poignets et s'allonge à côté de moi. Je me blottis contre lui, accepte son bras comme oreiller. Le nez contre la peau douce de son torse, ma louve se détend. Selon elle, je suis totalement en sécurité avec lui.

Je ne sais pas comment on est passés d'un enlèvement complètement taré à ça, mais je vais en profiter pendant que je le peux.

~.~

C*arlos*

S*edona* s'*endort* dans mes bras, et il m'est impossible de me reposer. Son parfum emplit mes narines, sa peau nue touche la mienne. Je bande à nouveau en quelques minutes. Je ferme les yeux et me distrais en ruminant sur les anciens. Je suis resté aveugle aux problèmes que j'ai constatés depuis mon retour à Monte Lobo. Les choses semblaient aller mal, mais je ne voulais pas présumer le pire du conseil. Ces hommes m'ont élevé depuis la mort de mon père. Ils ont assuré mon éducation et m'ont encouragé à m'épanouir. Du moins, je le pensais.

À l'époque, j'ai été reconnaissant de partir. Ma mère est devenue folle après la mort de mon père et j'étais trop jeune pour assumer le rôle d'alpha. Les anciens se sont occupés d'elle, et j'étais soulagé de ne pas être obligé de la voir souffrir à longueur de journée.

Maintenant je me rends compte qu'ils voulaient se débarrasser de moi. Je n'avais pas compris à quel point le pouvoir leur est monté à la tête avant ce coup fourré.

Quand je suis revenu il y a trois semaines pour prendre ma place d'alpha, je leur ai présenté les idées auxquelles j'ai pensé pendant mon Master. Dans notre meute, l'alpha n'agit pas seul, il doit obtenir l'assentiment du *consejo*. Ça a toujours fonctionné ainsi.

Les anciens ont évincé la plupart de mes suggestions. Ils ont opposé un millier de raisons pour expliquer pourquoi ces changements ne marcheraient pas. Ils m'ont encouragé à repartir courir le monde et à ramener une compagne. Que je les laisse gérer la meute comme d'habitude. Comme ils le font depuis des années.

Leur réaction m'a agacé, mais je pensais qu'il me fallait juste un peu plus de temps pour faire mes preuves en tant qu'alpha. Je me suis dit qu'ils étaient des hommes raisonnables et intelligents qui veulent ce qu'il y a de mieux pour la meute. Mais j'ai ignoré mon instinct, qui me disait que le pouvoir était monté à la tête des membres d'*el consejo* et qu'il altérait leur jugement.

Ce qui vient de se passer le prouve. Acheter une louve américaine kidnappée et la retenir prisonnière ? Ils sont dingues ? Sa famille va certainement vouloir se venger, et notre meute n'est pas préparée à subir une attaque.

Et maintenant je sais ce qu'ils pensent de moi, leur chef. Je ne suis qu'un jeune loup viril destiné à repeupler la lignée des Montelobo. Une marionnette, un prête-nom que la meute peut admirer pendant qu'ils prennent des décisions qui ne profitent qu'à eux.

J'ai été un sacré idiot. J'ai fermé les yeux sur la situation parce que je préférais ne pas la voir. Tout comme je préférais ne pas revenir. Depuis la mort de mon père et les troubles mentaux de ma mère, l'atmosphère à l'hacienda est devenue étouffante, mais je n'ai ni cherché à comprendre pourquoi ni à changer les choses. J'ai failli à mes devoirs envers ma meute, et maintenant Sedona est mêlée à une terrible lutte de pouvoir.

Sedona pousse un soupir et frotte son nez contre mon torse. Mon sexe s'allonge encore un peu plus.

Je devrais peut-être me branler encore une fois. Seigneur, je me revois soudain en train de répandre ma semence sur sa superbe poitrine et je perds les pédales. Tout à coup, Sedona est écrasée en dessous de moi, ma bite s'étire entre ses cuisses. Sa chatte s'humidifie contre mon membre épais, ses fesses se collent contre mes hanches, douces et attirantes.

« Qu'est-ce que... ? »

Le besoin de pénétrer sa chatte étroite et de satisfaire mon loup est si puissant que j'arrive à peine à réfléchir. *Écarte-toi d'elle. Maintenant.*

Je me jette sur le côté en haletant comme si je venais de courir un kilomètre. « Attache-moi, dis-je d'une voix rauque. Poupée, menotte-moi sinon tu perdras ton innocence cette nuit. » Je tends le bras et referme la menotte autour de mon poignet, puis approche mon autre main de la seconde menotte. « Vas-y », j'aboie sèchement.

Ses mains tremblent alors qu'elle obéit, ce qui me tue.

« Je suis désolé. Pardon, Sedona, je ne voulais faire ça. » *Madre de Dios*, j'ai failli la prendre de force.

« C'est rien. » Sa voix tremble. Elle est à genoux sur le lit, sa belle chevelure retombe sur sa poitrine. Elle baisse les yeux vers moi. « Qu'est-ce qui te dit que je suis innocente ?

— Tu n'as jamais couché avec un loup.

— Je ne suis pas une prude. Et je déteste le mot *innocente*. »

Je lève les mains autant que les menottes le permettent. « Pardon. » Je n'arrive pas à savoir si c'est juste une réaction de femelle alpha et qu'elle ne veut pas admettre une faiblesse ou si elle est réellement vierge.

Elle donne une pichenette à mon oreille. « Je n'ai pas énormément d'expérience. Ça ne veut pas dire que je n'aime pas le sexe. »

Oh, Seigneur. Fallait-il vraiment qu'elle dise ça ? Je veux soudain savoir absolument tout ce qu'elle aime sur le sujet. Mais tout ce que je lui fais dans cette cellule s'apparente à un viol. Elle est ici contre sa volonté. Heureusement que je suis enchaîné ; elle ne risque rien.

Sedona humecte ses lèvres de la pointe de sa langue, et mes hanches se cambrent automatiquement en avant. Elle remarque le mouvement mais, au lieu de l'effrayer, il la fait sourire. « Hmm, je croyais qu'on s'était occupés de ça. » Elle serre la base de mon sexe et le secoue.

Je grogne. J'ai besoin de la faire jouir encore une fois, besoin de goûter son nectar.

« Assieds-toi sur ma tête.

— Je ne sais pas, dit-elle d'un ton taquin. Je ne sais pas si tu mérites cette chatte après avoir essayé de me sauter dessus. »

Oh, bon Dieu. Si elle la joue *domina* avec moi, je vais faire rougir ses fesses dès que je n'aurai plus ces menottes.

Et cette pensée ne fait rien pour apaiser mon membre qui palpite. Qu'est-ce que j'aimerais allonger cette petite louve sur mes genoux et la voir se tortiller pendant que je lui administre un peu de douleur et de plaisir. Une correction, pour la punir d'avoir essayé de prendre le dessus alors que c'est mon rôle.

« Chérie, tu as intérêt à me donner cette chatte. J'ai besoin de la goûter. Maintenant, *muñeca.* »

Les coins de la bouche de Sedona se soulèvent et elle me regarde avec des yeux mi-clos. Elle rampe le long de mon corps et chevauche mon visage. « Cette chatte ? »

Je donne un coup de langue sur son clito. « Cette chatte. » C'est une torture de ne pas pouvoir utiliser mes mains, parce que j'ai envie d'agripper son cul sexy et d'orienter ses hanches dans l'angle parfait, mais je dois me contenter d'incliner ma tête. Elle reste à ma merci pendant un instant, mais elle soulève les hanches et s'éloigne quand ça devient trop intense. C'est elle qui décide du rythme, ce qui me rend complètement dingue.

« Ramène cette chatte ici », je gronde en drapant ma voix d'autorité.

Elle mouille de plus belle. Elle obéit et je lape ses fluides, taquine l'entrée de son sexe avec ma langue, la fais tourner autour de son clito.

Elle reprend mon sexe en main et je frémis, ce simple contact me fait presque jouir. « J'imagine que je suis censée te rendre la pareille.

— Non, beauté. C'est pour toi. »

Elle m'ignore et se penche en avant, pose ses lèvres sur ma queue et la prend en bouche.

Je pousse un cri et donne des coups de langue à son clito comme si ma vie en dépendait. Elle fait glisser sa bouche chaude et humide vers le bas, de plus en plus bas, ralentit quand mon sexe touche le fond de sa gorge puis continue.

« *Carajo... carajo. Muñeca*, dis-moi que tu n'as jamais fait ça à ces gamins que tu as connus.

— Ça te plaît ? minaude-t-elle avant de soulever ses hanches de ma bouche et de s'éloigner de moi.

— Qu'est-ce que tu fais ? Reviens ici. »

Elle s'installe entre mes jambes en souriant. « Je crois que tu n'es pas en position de donner des ordres, *señor*. »

Je tire sur les chaînes qui retiennent mes poignets et elle éclate de rire. « Sedona, les louves qui jouent les allumeuses doivent en payer les conséquences. »

Son sourire s'élargit. « Ah oui ? » Elle baisse la tête et reprend mon sexe entre ses lèvres. Je ferme les yeux, la sensation est trop agréable. Elle continue à me chauffer, met en pratique ses talents de gorge profonde à son propre rythme ; elle recule parfois en toussant, mais recommence immédiatement.

Mes canines s'allongent, mon loup est prêt à la marquer. Je ferme la bouche et détourne la tête pour ne pas l'effrayer. Non que ma Sedona montre beaucoup de peur. Si l'on considère qu'elle a été enlevée et qu'elle est retenue prisonnière depuis des jours, son mental est impressionnant. Des grondements résonnent dans ma gorge et je ne peux m'empêcher d'envoyer mes hanches en avant, de plonger dans sa bouche.

« Hep, hep, hep. » Elle s'écarte et souffle sur ma bite mouillée. « Qui est-ce qui commande ? »

Je secoue violemment la tête. Si j'essaie de parler, je sais qu'il ne sortira qu'un grognement.

« Tu as besoin d'un peu de temps pour te calmer ?

— Non », je lâche entre mes dents serrées.

Elle éclate de rire, prenant manifestement grand plaisir à ma souffrance, et me reprend dans sa bouche. Le contraste entre sa chaleur humide et l'air frais m'envoie au paroxysme du plaisir. Je gronde, donne des coups de bassin incontrôlables tandis que ma semence jaillit de mon membre.

« Je jouis », dis-je d'une voix haletante pour la prévenir. Elle me sort de sa bouche et oriente ma bite de manière que mon sperme vienne décorer ses seins magnifiques pour la deuxième fois cette nuit.

Elle se sert de mon sexe pour l'étaler sur sa poitrine, puis le serre entre ses seins et me laisse les baiser quelques fois avant de lâcher ma queue avec un sourire, très satisfaite d'elle-même.

« *Ángel*, je te punirai pour ça », dis-je dans un grognement.

Elle sourit. « Tu pars du principe que je vais te libérer. »

Je ferme les yeux d'un air exaspéré, mais un sourire flotte sur mes lèvres. La légèreté dans ma poitrine, dans mon être tout entier, est une sensation dont je n'avais jamais fait l'expérience. Toute ma vie n'a été que ténèbres. Même la période que j'ai passée loin de cet endroit était un temps dédié aux études, au travail acharné et aux accomplissements. J'ai toujours porté le poids de la meute Montelobo sur mes épaules. Mais devant le sourire joueur de Sedona, je jure que je pourrais me mettre à flotter au-dessus du lit.

Je ne peux pas la garder auprès de moi ; et si je souhaite être un compagnon digne d'elle, je dois trouver un moyen de la libérer avant qu'elle ne soit entraînée dans les ténèbres avec moi.

~.~

Ancien du conseil

Il est tard mais je reste devant la porte de la cellule avec les quatre autres anciens. Aucun d'entre nous ne dormira cette nuit. Si Carlos ne s'accouple pas avec la louve américaine sous l'influence de la pleine lune, leur communion sera beaucoup plus difficile à garantir.

Ils en sont proches, le courant passe, mais nous n'avions pas envisagé qu'il s'attacherait avec les menottes.

« On devrait peut-être rallumer les lumières pour être sûrs qu'ils ne dorment pas », suggère José. Il a ordonné d'éteindre il y a une heure en pensant que ça les désinhiberait. Bien que réceptive, la louve semblait inexpérimentée. Elle n'a plus l'air innocente à présent.

« De la nourriture, dis-je. Donnons-leur de la nourriture. Et du vin. » Carlos voudra peut-être enlever les menottes pour manger. Une assiette est déjà prête en prévision du moment où Carlos réclamerait à manger. Je la ramasse. « Juanito, fais passer ça par l'ouverture. »

Le garçon obéit. Je verse du vin dans un gobelet en plastique. Ce serait bien d'utiliser des verres plus romantiques, mais on ne peut pas prendre le risque qu'ils s'en servent pour se blesser mutuellement ou pour s'en prendre à nous, alors le plastique souple devra suffire.

La louve approche pour enquêter. Elle est spectaculaire. À en juger par la manière dont notre petit groupe d'anciens se rassemble autour de la porte, je ne suis pas le seul à sentir ma libido se réveiller devant un tel symbole de fertilité métamorphe. C'est un véritable trophée. Si je n'étais pas déjà vieux, je la garderais pour moi. Et je serais prêt à me battre contre tous les membres du conseil pour le faire. C'est ce qui m'inquiète. Si elle inspire des sentiments trop forts à Carlos, quand nous le relâcherons, il voudra notre tête.

~.~

Sedona

Je ne m'étais jamais sentie particulièrement excitée pendant la pleine lune, mais là, je suis chaude comme la braise. Je croyais que les mâles métamorphes étaient les seuls à être affectés. Et en effet, Carlos a visiblement du mal à garder son loup sous contrôle. Je peux le voir briller dans ses yeux, des étincelles brun chocolat avec des paillettes ambrées.

« Ton loup est noir ? » Je n'ai pas réussi à le distinguer clairement tout à l'heure, il se déplaçait trop vite à travers la pièce.

« Oui. Viens ici », dit Carlos d'une voix rocailleuse en passant ses jambes autour de ma taille pour m'attirer contre lui.

Je m'éloigne prestement en me faufilant dans l'espace entre ses jambes et glousse. Par le ciel, je veux en découdre. Ma louve est proche de la surface, elle aussi, et j'ai besoin de courir, d'être chassée, d'être plaquée au sol pendant qu'on me possède.

Carlos pousse un grognement mécontent. « Viens ici. » J'adore son ton autoritaire. C'est typique d'un alpha. Sur mon frère ou mon père, c'est agaçant. Sur lui, c'est ultra sexy.

Je m'approche lentement et lèche une ligne en remontant le long de ses tablettes de chocolat.

Un grondement de frustration fait vibrer sa gorge. « De quelle couleur est ta louve, Sedona ?

— Blanche.

— *Claro que si.* »

Je lève les yeux au ciel. « Pourquoi *bien sûr* ?

— Tu es vraiment un ange. Blanche et pure. Rien à voir avec moi. La place d'une telle lumière n'est pas auprès des ténèbres.

— Carlos... » Je sens le fardeau qui écrase ses épaules, et je suis une fois de plus en colère pour lui. Je fais courir mes ongles sur son torse sculpté. « Tu n'es pas obligé de rester dans les ténèbres.

— Non ? » Le mot est teinté de doute. « Je ne suis pas sûr d'avoir déjà connu quelque chose de différent. »

Je pince un de ses tétons et lui tire un grognement. « Mais tu es un loup intelligent. Je suis sûre que tu pourrais apprendre. »

Son sourire est triste mais son regard affectueux, comme si j'étais une gamine qui vient de dire un truc mignon mais impossiblement naïf, par exemple que je voulais donner mon chewing-gum à tous les enfants qui meurent de faim en Afrique.

« Quoi ? Pourquoi pas ?

— J'aimerais que tu puisses m'apprendre », dit-il avec mélancolie comme s'il savait qu'il ne peut pas me garder.

Pendant un instant, je ne peux plus respirer – ses paroles m'étranglent. Il a raison : je ne vais pas rester ici. Ses problèmes ne sont pas les miens. Mais la vive pointe de panique qui débute dans mon nombril et remonte jusqu'à mon plexus solaire me dit que je ne veux pas quitter ce loup.

« Tu n'as pas besoin de moi. » Je force les mots à sortir malgré ma gorge nouée. « Tu as obtenu ton Master à Harvard. Je suis sûre que tu as une tonne d'idées pour moderniser cet endroit. » Ma voix sonne faux parce que je sais que la lumière et les ténèbres sont bien plus qu'une question de modernisation. C'est en lien avec l'âme de ce lieu, avec l'état mental de ses occupants. Carlos a l'air persuadé qu'il ne peut pas changer les choses. « Je te propose un marché. Tu m'aides à sortir d'ici et... je t'écrirai. » Un autre nœud incroyable se forme dans mon ventre à l'idée d'être séparés.

« Tu m'enverras tes fées, Sedona ?

— Oui. Promets-moi juste de ne les montrer à personne.

— Ce sera mon secret, même si je suis sûr que j'aurai envie de montrer ton talent à tous ceux que je rencontre. »

Mes joues chauffent. Il sait exactement comment me charmer.

« Si je respecte ta demande, tu dois me promettre quelque chose... »

Un bruit de grattement à la porte me fait relever brusquement la tête. Un plateau en plastique rempli de nourriture apparaît à travers la petite ouverture dans la porte, avec un nouveau gobelet en plastique. Un verre de prison. Carlos tire sur les chaînes autour de ses poignets pour se redresser et s'asseoir, sourcils froncés.

Je me lève et m'approche lentement de la porte pour récupérer le plateau. Le gobelet contient du vin rouge, et le plateau un assortiment de fruits frais, des crackers, du fromage et du chocolat. Il y a même du guacamole, des pistaches et une espèce de fromage blanc. Soudain affamée, je plonge un cracker dedans et en mords une bouchée.

« Le dîner est servi, dis-je en revenant avec le tout. Tu vois ? L'hospitalité ici n'est pas si mal. »

Il grommelle quelque chose en espagnol.

« On dirait que c'est mon tour de te nourrir, cette fois. » Je m'approche plus près et lui présente le vin.

— *Non*. Détache-moi tout de suite. »

Je trouve la fermeté de Carlos désopilante. Il a accepté que je le suce, mais apparemment le nourrir dépasse les bornes.

« Navrée, mon petit pote. » Mes tétons se dressent quand j'approche un cracker de ses lèvres après l'avoir trempé dans le guacamole. Il y a quelque chose de torride à servir un loup alpha en étant toute nue.

Il mord une bouchée, ses yeux bruns ourlés de cils noirs braqués sur mon visage. « C'est moi qui devrais te nourrir », dit-il d'un ton plaintif, bien que son érection dressée prouve que lui aussi trouve ça excitant.

Je lève les yeux au ciel. « Tu es vraiment vieux jeu. »

Il hausse un sourcil. « Regarde où j'ai grandi. »

Je place le reste du cracker dans sa bouche et fixe ses lèvres charnues pendant qu'il mâche.

Je m'agenouille près de lui, et j'adore comment son regard passe sur mes seins, la faim que je lis dans ses yeux. « Parle-moi de cet endroit. Comment ça se passe, ici ? Comment est-ce que tu es devenu alpha ? »

Il se rembrunit. « C'est... terrible. Complètement isolé du monde moderne. Pas pauvre, mais arriéré. Nous avons des mines d'or et d'argent, et c'est en partie la raison pour laquelle nos ancêtres se sont isolés : pour les garder secrètes. Mais les méthodes d'extraction sont dépassées et dangereuses. La plupart des loups de la meute survivent grâce à des potagers et aux salaires de misère qu'ils gagnent à la mine. Nous avons aussi des champs de canne à sucre, un peu de café et du cacao. Tous les bénéfices reviennent à ma famille et aux membres du conseil qui vivent dans cette *gran hacienda*.

— C'est le conseil qui dirige la meute, pas toi ?

— Oui, exactement. Je ne sais pas comment c'est arrivé, mais il y a toujours eu un conseil qui prend les décisions importantes pour la meute. L'alpha est plutôt un titre honorifique.

— Je trouve que ton conseil craint.

— En effet. » Sa voix est morose. Je lui donne une tranche d'un fruit orange en forme d'étoile.

« Pourquoi est-ce que tu es revenu ? » Je pense savoir. C'est un véritable alpha, ce qui signifie qu'il n'est pas du genre à fuir ses responsabilités, surtout envers les plus faibles qui pourraient avoir besoin de lui. Mais je veux entendre sa réponse.

« Tu sais, dit-il avec un rire sec, sans ma mère, je ne serais peut-être pas revenu. Alors que parfois je ne suis même pas sûr qu'elle sache que je suis là. »

J'attends la suite.

« Elle souffre de démence depuis la mort de mon père. La pauvre, elle n'est pas chez elle ici. Elle a été offerte à mon père par une meute de la côte, et même si elle l'aimait, elle ne s'est jamais habituée à Monte Lobo.

— *Offerte* ? »

Carlos acquiesce.

« On l'a forcée à se marier comme une princesse médiévale ? C'est quoi, le Moyen-Âge ? » Et moi qui trouvais que les règles de mon père concernant les petits amis étaient ringardes.

« C'est tout comme. Monte Lobo est une forteresse protégée du temps qui passe autant que des humains. La plupart des membres de la meute vivent comme des serfs.

— Laisse-moi deviner. Le conseil garde les choses ainsi. » Je me passe la main dans les cheveux. « Cet endroit est tordu. Pas étonnant que ces trous du cul s'imaginent qu'ils peuvent m'enlever sur une plage et m'offrir à leur alpha. »

Carlos grimace « Je sais que ça te paraît barbare, dit-il sombrement.

Je ne condamnerais jamais une femme à vivre une existence qu'elle déteste. »

Je n'arrive pas à savoir s'il parle de ce qu'a fait son père ou s'il me fait une promesse, mais un frisson me traverse.

Je bois une grosse lampée de vin. Je ne suis pas une grande buveuse, mais mon frère possède une boîte de nuit. Ce vin est cher. Délicieux. Il réchauffe tout mon corps. J'avale une autre gorgée et approche le gobelet des lèvres de Carlos.

« Qu'est-ce que tu voulais que je te promette ? »

Il boit, et quelques gouttes tombent sur son menton.

Je les lèche et éclate de rire quand sa bite sursaute en réaction. « En échange de mes fées, je lui rappelle d'une voix séductrice.

— Je ne veux pas que cet évènement te traumatise. Tu es une louve extraordinaire. Tu as encore énormément de choses à découvrir et à donner.

— Merci.

— Promets-moi que quand tu seras libre, tu vivras sans peur. Que tu mèneras ta vie comme tu l'entends et que tu voyageras comme tu en as envie. Que tu oublieras ce moment. Que tu m'oublieras.

— Je te promets de ne pas vivre dans la peur, dis-je dans un murmure. Mais je ne pourrai jamais oublier. » Ni ce moment, ni lui. Au fond de moi, je sais que c'est la vérité. Je ne le connais que depuis quelques heures mais, curieusement, il fait déjà partie de moi.

« Viens ici. » Il lève le menton, ses yeux sur ma bouche.

Je sais qu'il veut un baiser, mais je ne peux résister à la tentation de chevaucher ses genoux avant de plaquer mes lèvres contre les siennes.

Il pousse un grondement et attire ma lèvre inférieure dans sa bouche, reprend le contrôle même avec ses poignets attachés. Il a le goût de vin et de fruits. Les poils de sa barbe frottent contre mon visage pendant qu'il possède ma bouche et que sa langue se glisse entre mes lèvres.

Ma respiration s'accélère, mon entrejambe chauffe et se liquéfie. Je pousse un gémissement et frotte mon clitoris contre son membre dressé. Sa langue s'enroule autour de la mienne. Je me demande s'il donne les mêmes baisers pendant ses rencards, et je suis immédiatement furieuse contre toutes les filles avec qui il a couché. Comme si l'une d'entre elle était ici avec nous et attendait de me l'enlever, je passe un bras autour de son cou et lui rends son baiser avidement en collant ma poitrine contre son torse musclé.

Rien ne m'a jamais paru aussi naturel de toute ma vie. Est-ce que ce serait vraiment si grave de coucher avec lui ? C'est un loup alpha, un amant formidable. Pour une première fois, on peut difficilement faire mieux. Et il ne se fait aucune illusion sur un possible avenir entre nous. Par le ciel, il vient de me dire au revoir.

Le vin fait son petit effet, tout comme la langue de Carlos qui fait des va-et-vient dans ma bouche au même rythme que mes déhanchements contre sa queue.

Un cri inattendu s'échappe de ma bouche. J'ai envie de lui. Ma louve a envie de lui.

Je baisse les yeux vers son sexe gonflé entre nous. Je recule pour le prendre en main, et Carlos détache sa bouche de la mienne. Je le regarde lutter contre son loup, ses yeux passent du brun chocolat à l'ambre puis redeviennent bruns.

« Ne fais pas ça », lâche-t-il dans un râle.

Je me fige. Je m'attendais à des encouragements. Eh bien, il vient de me dire de mener ma vie comme je l'entends. Je dirige son membre vers l'entrée de mon sexe et frotte son gland dans mes sécrétions.

Il écarquille les yeux, presque avec panique. « *Sedona*.

— Quoi ?

— Qu'est-ce que tu fais, *ángel* ? »

J'avance mes hanches et prends un centimètre de son sexe en moi. Il est gigantesque et moi étroite. Je me sens momentanément étirée.

Carlos tire sur ses liens comme s'il voulait m'arrêter.

« S'il te plaît, dis-je d'un ton plaintif. J'en ai besoin.

— Sedona, tu me tues. »

Je recule brusquement, m'assieds sur mes talons. Son énorme membre tangue devant moi, m'invite à le toucher. Je referme ma main autour et Carlos pousse un grognement.

« J'ai envie de toi, dis-je en le regardant droit dans les yeux. J'en ai envie.

— Tu ne sais pas ce que tu fais. » La sueur perle sur son front, sa respiration est hachée et laborieuse.

« Si. Tu me l'as dit toi-même. Il est temps que je commence à vivre ma vie comme je l'entends. À faire mes propres choix. Je te choisis, toi. » Je me penche vers lui. « Ma décision est prise. »

Il ferme les yeux.

Je ramasse la clé des menottes. J'ai peut-être décidé de me dépuceler, mais l'expérience sera sans doute bien meilleure s'il est libre étant donné qu'il sait ce qu'il fait.

Ses paupières se relèvent brusquement quand je commence à le libérer.

« *Non* ! » rugit-il. Il y a une urgence telle dans sa voix que ma louve s'assied et tend l'oreille. Son ordre alpha me provoque une réaction biologique. Ma chatte se liquéfie, mon corps se soumet. Ça ne me donne que plus envie de lui. « Ne me détache pas. Tu n'es pas en sécurité.

— Je ne veux pas être en sécurité. » Il n'y a ni humour ni défi dans ma voix, mais ma décision est prise. Je ne vais pas laisser un macho prendre les décisions à ma place comme je l'ai fait toute ma vie.

Je détache un de ses poignets. Dès que sa main est libre, il saisit ma nuque et attire brutalement ma bouche contre la sienne. Sa langue plonge entre mes lèvres avant que je ne puisse reprendre mon souffle. Il domine ma bouche, me punit avec un baiser dur et exigeant.

Mais lorsqu'il s'écarte, il secoue la tête, des éclats d'ambre scintillent à la bordure de ses iris sombres. « Je ne peux pas... halète-t-il. Trop dangereux. »

Mais son loup et ma louve en ont autant besoin l'un que l'autre. Elle a décidé de coucher avec lui. Mes mains tremblent alors que j'ouvre la deuxième menotte.

Carlos est libre.

Il bondit sur moi. En un éclair, je suis sur le dos, les jambes écartées et les genoux relevés au niveau de mes épaules. Carlos attaque ma chatte avec sa bouche, avide, vorace. Il suce et mordille mes lèvres, aspire mon clitoris et tire dessus.

Je pousse un cri, mon dos se décolle du matelas.

Par le ciel, oui.

« *Putain, Sedona* », gronde-t-il en prenant mes fesses entre ses mains assez fermement pour y laisser des marques. Ça me satisfait à un niveau profond, son intensité est à la hauteur du besoin qui brûle en moi.

Il remonte sa bouche sur mon ventre et referme les lèvres autour de mon mamelon, le mord avant de le sucer vigoureusement.

Je me cambre, ma chatte se contracte, j'y sens encore le fantôme de sa langue. « S'il te plaît », dis-je dans un gémissement. Je n'ai pas besoin de préliminaires. En fait, je vais mourir s'il m'excite encore plus. J'ai besoin de jouir. Pas de sa langue, pas de ses doigts. Même si je suis vierge, mon instinct hurle que c'est sa bite que je veux. Étrangement, je sais que rien ne pourra me satisfaire à part son long membre en train de bouger entre mes cuisses.

Carlos relâche mon téton et déclenche une décharge électrique qui me traverse de la tête aux orteils quand il donne une tape sur le sein qu'il était en train de lécher.

« *Oh !* » Je ne savais même pas que ça se faisait, mais waouh, j'adore. « Carlos, s'il te plaît. Je suis prête. »

Il donne une autre tape sur mon sein. Ses sourcils sont froncés ; la passion, la faim et sa nature animale brûlent dans ses yeux. La colère, aussi, parce qu'il essaie toujours à grand-peine de retenir son loup. « Tu prendras ce que je décide de te donner, *muñeca*. Je t'ai *dit* de *ne pas* me détacher. D'ailleurs, je crois que ça mérite une petite punition. »

Attends... quoi ? Je me redresse sur les coudes.

Il me soulève, s'assied sur le bord du lit et m'allonge sur ses genoux. Sa main s'écrase trois fois sur mes fesses avant que je ne puisse réagir. « Ça, c'est pour m'avoir allumé, *mi amor*. »

Oh, c'est parti. Ma louve a envie de se débattre, juste pour sentir sa domination. Si nous étions sous nos formes animales, il serait en train de me pourchasser dans les bois en me mordillant le flanc.

Il continue sa fessée. « Et ça, c'est parce que tu ne m'as pas écouté. Les menottes étaient là pour *ta sécurité*. »

Oh, par le ciel. Mes fesses brûlent, mais ça semble si naturel.

Encore une fois, c'est exactement l'intensité qu'il faut. J'ai besoin de cette douleur, besoin de quelque chose pour faire retomber la pression qui monte en moi.

Parce que ma louve adore ce jeu, je donne des coups de pied et essaie de me lever, mais il est rapide ; il passe sa jambe sur la mienne et rassemble mes poignets dans mon dos. J'adore sentir sa force, la facilité avec laquelle il me tient en place pour me punir. Il continue de fesser mon cul. La chaleur produite par ses tapes est merveilleuse. Enivrante.

« Tu surestimes mon contrôle, *muñeca*. Tu crois que je peux te donner ce que tu désires sans te casser en deux ? »

Me casser en deux, ça fait un peu peur, mais j'ai confiance en lui. Il ne perdra pas le contrôle. Pas alors que ma sécurité lui tient autant à cœur.

« Seigneur. *Ce cul.* » Je suppose que c'est un compliment. Sa voix de baryton se répercute dans mes parties intimes. Il frappe une de mes fesses, puis l'autre. « Il a été *fait* pour les fessées. »

Je frissonne, l'idée qu'il me discipline provoque une sensation étrange dans le creux de mon ventre. Par nature, la domination physique fait partie de la vie des loups. Les punitions corporelles existent au sein de la meute, ainsi qu'entre partenaires. Les métamorphes guérissent rapidement, donc ce n'est pas grave. Ce n'est qu'un jeu de domination, une manière de rappeler qui a le contrôle. Je n'en ai jamais eu peur, mais je ne me doutais pas que ça pouvait être si excitant. Sexuel. Agréable. Mais peut-être que ce n'est ainsi qu'avec Carlos. Ou pendant la pleine lune.

Mais non, je sais que le besoin qui bat entre mes cuisses n'a rien à voir avec la pleine lune, et tout à voir avec le fait d'être dominée par ce loup séduisant, de sentir sa grande main puissante faire rougir mon cul.

Je serre les cuisses, essaie de soulager la pulsation dans mon sexe brûlant. Carlos me frappe à un rythme régulier. Lorsque la douleur commence à s'installer, je serre les fesses et me tortille sur ses genoux, essaie d'éviter les tapes. « Carlos », dis-je entre deux halètements. Mes fesses picotent et brûlent.

« *Sedona.* » Sa voix grave est bourrue. Il pince l'arrière de ma cuisse, là où la chair est plus tendre.

« Oh ! »

Son érection appuie contre ma hanche, me torture par sa proximité exactement comme je l'ai torturé plus tôt.

« S'il te plaît. » Mon ton est suppliant.

La main qui me fessait se referme dans mes cheveux et il tire ma tête en arrière. « Tu crois que j'ai *le moindre* contrôle quand tu secoues ce cul alléchant sur mes genoux ?

— Encore », je souffle d'une voix éraillée.

Il pousse un grondement, un son puissant qui fait vibrer son torse et m'envoie au septième ciel. Quand il recommence à me fesser, les tapes tombent encore plus fort, mais ma chair déjà tiède et en train de fourmiller semble les accueillir. Je me tortille toujours sous ses attaques, j'essaie instinctivement d'éviter la douleur même si je m'en réjouis à un niveau plus primal.

« Carlos. » Le besoin imprègne ma voix.

« C'est ça, ma belle. Dis mon nom. » Il pince l'arrière de mon autre cuisse, me tire un cri. « Dis-le encore.

— Carlos ! »

Il augmente la vitesse et l'intensité de ses tapes, et les coups pleuvent sur mes fesses, piquent et brûlent chaque centimètre de mon derrière.

« Aïe, Carlos ! Ouf, s'il te plaît ! Oh... oh ! » C'est à la fois trop et pas assez. Je soulève les fesses pour accueillir sa main, écarte mes cuisses, l'humidité dégouline de mon sexe brûlant.

« S'il te plaît, quoi ? » Il halète aussi fort que moi.

Je donne des coups de pied dans le vide et me frotte contre ses genoux, déchaînée par le besoin de quelque chose en plus, de quelque chose en moins, de tout.

Il s'interrompt, me donne une dernière tape énergique puis me redresse et m'assied sur ses genoux, dos à lui. Il écarte mes genoux, et mes jambes qui étaient entrelacées aux siennes font de même. « Tu en veux plus, Sedona ? » Son souffle est chaud contre mon oreille. « Tu vas recevoir une fessée sur la chatte. » Il passe un bras autour de ma taille pour me tenir fermement et fait descendre sa main entre mes jambes.

« Ooh, ooh ! » Je pousse des cris perçants, mais ne serre pas les genoux.

Il me frappe encore. De son autre main, il pétrit mon sein, le masse trop fort. Après la troisième tape contre mon sexe trempé, le besoin me fait pratiquement sangloter. Heureusement, ses doigts restent sur mon pubis. Je me trémousse contre eux. Il fait pénétrer un doigt en moi et j'agrippe sa main pour l'encourager à entrer plus profondément. « Tellement mouillée pour moi. » Il pousse un grognement abattu. « Impossible de te résister. »

Je lutte, le besoin me rend impatiente, mais la lutte est satisfaisante. J'arrive à me libérer de sa poigne et il me plaque sur le lit, attrape mes poignets et les rassemble dans sa main au-dessus de ma tête.

Il se dresse au-dessus de moi. Son expression oscille entre sa détermination sombre et la sauvagerie du loup.

J'écarte les jambes et cambre mon bassin vers lui quand ses hanches viennent se coller contre les miennes. Il prend son sexe de sa main libre et fait une grimace douloureuse comme s'il se battait pour garder le contrôle.

« Oui, *oui*, Carlos ! » Je gémis comme une star de porno et il ne m'a même pas encore pénétrée.

Il frotte sa queue contre ma fente et je gémis plus fort.

Sa peau douce comme du satin et ses muscles durs comme la pierre sont précisément ce qui m'a manqué toute ma vie. Ses doigts ne sont qu'un piètre substitut. « Prends-moi. »

En un seul coup de reins, il m'emplit et je pousse un cri choqué. Sa bite est vraiment plus grosse que son doigt. Je sens son gland rencontrer le fond de mon sexe pendant qu'il étire mon entrée.

« *Sedona* ! » Ses yeux s'écarquillent, il ne s'échappe plus que des halètements frénétiques de sa silhouette figée. « *Ángel, non.* »

J'imagine qu'il a compris que j'étais vierge. Je ne sais pas pourquoi je n'ai pas voulu l'admettre tout à l'heure.

Ses yeux sont totalement ambrés maintenant, la sueur coule sur ses tempes, mais il arrive tout de même à ne pas bouger ses hanches.

Putain, c'est un véritable saint pour arriver à se retenir. Je l'aurais peut-être supplié de continuer si je ne luttais pas pour reprendre mon souffle après la vive douleur que j'ai ressentie quand il m'a pénétrée brutalement.

« Tu aurais dû me le dire, grommelle-t-il entre ses mâchoires serrées. Tu mérites tellement mieux que ça. »

Il regrette peut-être de m'avoir dépucelée, mais pas moi. La douleur est déjà passée, et me sentir remplie de lui est divin. Mes hanches bougent toutes seules. Je les projette en avant. « Tais-toi. Prends-moi, Carlos. »

Il frissonne, ses yeux redeviennent bruns – non, noirs. Le visage déformé par une douloureuse concentration, il commence à bouger son bassin.

Je ressens un mélange de douleur et de plaisir, puis la douleur s'efface et le plaisir envahit chaque cellule de mon corps. « Encore. » J'enroule mes jambes autour de sa taille et l'attire plus profondément en moi, l'encourage à aller plus vite.

Carlos pousse un rugissement et plonge en moi, son animal déchaîné. Des éclairs ambrés font étinceler ses yeux tandis qu'il se tient aux menottes de la tête du lit et m'emplit encore et encore.

Je pose les mains contre le mur pour ne pas me cogner le crâne. Carlos se retire et secoue sèchement la tête. Je crois qu'il essaie de parler, mais il ne sort que des grognements de sa bouche. Il se met à genoux, prend mes fesses dans ses mains et les soulève en l'air. Il me maintient dans cette position et fait venir mes hanches à la rencontre de ses coups de reins, il me pénètre si profondément que j'ai vraiment l'impression qu'il va me casser en deux.

Mes yeux roulent dans leurs orbites, un cri ininterrompu s'échappe de ma bouche.

Les grondements de Carlos emplissent la pièce, ses yeux ambrés flamboient contre ses cheveux et sa peau sombres. Je me demande si les miens sont devenus bleu glacé. Juste quand je suis sur le point de jouir, il se retire, me retourne et remonte mon bassin jusqu'à ce que je sois à genoux. Quand je veux prendre appui sur mes mains, il pousse fermement entre mes omoplates pour m'empêcher de redresser le haut de mon corps.

Oh. Apparemment, cet angle lui plaît.

Dès qu'il me pénètre, je comprends pourquoi. Par le ciel, il entre encore plus profondément dans cette position, mais c'est si bon. Il agrippe mes hanches au point de leur faire des bleus et me lime, son bas-ventre claque contre mes fesses qui brûle toujours, sa queue entre et sort de moi dans la trajectoire parfaite. Ses couilles frappent mon clito.

Difficile d'imaginer être prise plus fort que ça, mais je ne ressens aucune douleur, aucune gêne, pas la moindre peur. Je me noie dans le plaisir, et seul Carlos sait comment me le procurer. Je perds possiblement la tête, ou peut-être connaissance, peut-être que je pars sur Jupiter pendant un moment. Tout à coup, j'entends les grondements de Carlos contre mon oreille. Je jouis, mes muscles se contractent autour de son sexe, l'emprisonnent et le relâchent interminablement. Il nous allonge, son corps recouvrant le mien.

Puis il me mord.

~.~

Carlos

Le glapissement de douleur de Sedona me fait reprendre mes esprits et je vois mes crocs enfoncés dans son épaule. *Mierda.*

J'ouvre les mâchoires, sors mes crocs de sa peau et lèche sa plaie pour lui donner les enzymes cicatrisants présents dans ma salive et l'aider à guérir plus vite. Mais le problème, ce n'est pas la blessure. Ce sont les conséquences de ce que j'ai fait.

Je l'ai marquée.

Elle portera mon odeur pour le reste de sa vie. Plus encore, je suis lié à elle pour toujours. Alors que je voulais me battre avec les anciens pour la libérer, je tuerai désormais quiconque essaie de me la prendre.

Putain.

« Je suis désolé », dis-je dans un souffle rauque. Je sors ma bite de son sexe splendide et roule sur le dos. Je veux la prendre dans mes bras, mais elle mute ; de colère ou de douleur, je l'ignore. « Sedona. »

Sa louve est magnifique : d'un blanc immaculé, avec les pointes des oreilles argentées et des yeux du bleu le plus pâle. Grande, en pleine santé. Belle. Elle se déplace lentement autour de la pièce, avec raideur, comme si je ne lui avais pas fait mal qu'à l'épaule.

Putain de merde. Je suis le plus grand connard du continent.

« Je suis désolé. Je ne voulais pas te marquer, *ángel*. » Je ne supporte pas de la voir faire les cent pas ; j'ai besoin de la réconforter, mais c'est plus dur quand elle est sous sa forme de louve. Je me lève et viens à sa rencontre au centre de la pièce. Elle secoue la tête et se détourne de moi. « Sedona, *mute*. » J'imprègne toute l'autorité d'alpha dont je dispose dans ma voix. Même si ça la mettra en colère, elle sera incapable de me désobéir.

Elle reprend forme humaine, accroupie, et la fureur scintille dans ses yeux. Elle avance vers moi et me donne une claque.

Je l'accepte sans broncher. Je le mérite. Je mérite bien pire. Je l'ai liée à moi pour toujours après lui avoir promis de la libérer. « Pardonne-moi. Je t'en prie. »

Ses yeux s'emplissent de larmes. « Ce que tu viens de faire ne peut pas être annulé, Carlos. »

Je baisse la tête. « Je sais.

— Qu'est-ce que tu sais ? » demande-t-elle avec agressivité.

Je sais que cette conversation ne sera pas productive, mais je sais aussi qu'elle est énervée et qu'elle a besoin d'exprimer sa colère. Je sais que j'ai envie de la prendre dans mes bras et de la consoler mais je ne veux pas la forcer à accepter mon réconfort si elle me déteste.

Je me détourne d'elle, frustré. Ma rage contre *el consejo* revient de plus belle. Je soulève le lit en fer et le jette contre le mur. Il retombe sur le côté avec fracas.

Sedona ouvre des yeux ronds.

Parce qu'il n'y a rien d'autre à faire, je ramasse le lit et le lance à nouveau, cette fois en direction de la porte. Je sais qu'elle est en acier et que je ne pourrai pas sortir de cette cellule par la force, même avec un lit en fer, mais ça ne m'empêche pas d'essayer.

Quand je le soulève pour la troisième fois, Sedona crie : « Stop ! » Je me retourne et découvre qu'elle a les mains plaquées sur ses oreilles, ses beaux yeux bleus sont remplis de larmes.

Je me précipite vers elle, la colle contre moi en passant un bras autour de sa taille et la fais reculer jusqu'à ce que son dos rencontre le mur. Je l'embrasse, lèche ses lèvres, capture sa bouche avec la possessivité d'un compagnon. Ce n'est pas juste. Ce n'est pas normal, mais elle m'appartient maintenant. Je ne peux rien y faire.

Je presse ma cuisse entre ses jambes sans cesser de tourmenter sa bouche, je la baise avec ma langue, aspire la sienne entre mes lèvres. Je sens le goût de ses larmes et ça ne fait qu'alimenter mon besoin de l'engloutir, de la dévorer. D'asseoir mes prétentions sur elle parce que mon loup sait qu'elle m'a déjà filé entre les doigts.

« Sedona. » Je recule, la laisse voir le désespoir qui m'anime. « Je ne dirai plus que je regrette. Je ne suis *pas* désolé. Je ne regrette *pas* de t'avoir marquée. » Je donne un coup de poing dans le mur près de sa tête.

Elle prend une inspiration en me fixant avec des yeux écarquillés.

« Tu es le plus beau des trophées, et je t'ai eu le premier », dis-je entre mes dents serrées. C'est mal, mais ce que je dis semble si juste. La passion enflamme ma poitrine, envahit mes entrailles. « Tu m'appartiens. Je t'ai prise. Je ne te laisserai plus jamais partir. Et je ne suis pas désolé. Tu es parfaite en tous points. Intelligente, talentueuse, belle. Drôle. » J'arrive à desserrer suffisamment la main pour toucher sa joue. « Tu es la lumière à mon obscurité. Tu m'as ramené à la vie. Pendant toutes ces années, j'étais à moitié mort. C'était la seule façon de supporter la maladie de ma mère et la mort de mon père. Le poids qui pèse sur ma meute. Mais toi... Tu m'as ressuscité. Alors je ne peux pas être désolé. *Je ne peux pas.* J'implore ton pardon, c'est vrai. Mais je ne pourrais jamais regretter de t'avoir marquée. Ni dans cette vie, ni dans aucune autre. »

Les lèvres de Sedona tremblent. Je ne sais pas du tout ce qu'elle pense, ce qu'elle ressent. Si elle a peur de moi ou envie de me couper les couilles. Je n'ai pas menti. Je lui ai dit la foutue vérité et si elle doit me haïr pour toujours, qu'il en soit ainsi. Au moins elle sait.

Si je n'étais pas aussi perturbé, j'aurais remarqué plus tôt le bruit derrière moi. La porte s'ouvre. Sedona sursaute et quelque chose me pique entre les omoplates. La dernière chose que je vois est la fléchette qui atterrit dans la poitrine de ma femelle avant qu'on ne s'écroule tous les deux.

CHAPITRE QUATRE

Carlos

JE ME RÉVEILLE dans ma chambre, le parfum de Sedona toujours dans mon nez. Je tends la main pour la toucher, mais n'étreins que le vide. Le dernier souvenir que j'ai d'elle me revient brusquement en mémoire et je me redresse en un sursaut.

Sedona. Où est ma femelle ? Le besoin urgent de la trouver et de la protéger me fait presque muter. Si ces enfoirés ont touché à un seul cheveu de ma compagne, je vais les réduire en miettes. Ça m'est égal si je suis banni de la meute. Même si je devrais abandonner ma pauvre mère. Je ne laisserai pas ma femelle être maltraitée sans rien faire.

Je me lève et enfile un pantalon de pyjama avant d'aller tambouriner contre la porte. De petits coups rapides répondent. La porte s'ouvre avant que je ne puisse dire *pásale*.

Juanito entre. « Don Carlos, c'est votre mère. Elle fait une crise. Venez vite. »

J'entends des hurlements.

« *Déjame* ! » La voix éraillée de ma mère résonne dans la cour intérieure. *Laisse-moi*. Les effluves de l'odeur de Sedona s'accrochent à ma peau alors que je cours vers le jardin de ma mère, dans la cour centrale autour de laquelle est construite l'hacienda. Mamá marche seule, ses jupes volent nerveusement autour d'elle. Les domestiques sont rassemblés aux abords du jardin. Elle tourne en rond, ses longs cheveux gris s'envolent. Son visage est trempé de sueur et elle a des yeux fous.

« *Mamá* ! » Je me précipite vers l'escalier en marbre et descends les marches deux par deux.

Ma mère ne semble même pas m'entendre. Elle parle parfois toute seule, comme si elle se disputait avec des démons ou des fantômes. Elle tire sur sa chemise de nuit. « *Déjame sola* !

— Mamá ! » Je cours jusqu'à elle et lui prends les bras, essaie d'attirer son regard affolé sur mon visage. J'échoue. Elle tire pour s'écarter de moi. Des larmes strient son visage jadis si beau, désormais cireux avec des cercles sombres sous les yeux.

Je pourrais la maîtriser, bien sûr, mais je me refuse à utiliser la force avec ma mère.

« Mamá, c'était juste un rêve. Ce n'est pas réel. Regarde-moi. Ton fils. Regarde Carlos.

— Carlos ? » La panique fait trembler sa voix. « Où est Carlitos ? Qu'ont-ils fait de mon petit garçon ? Ils veulent le tuer, lui aussi.

— Non, mamá, je suis là. Carlos, Carlitos, devenu un homme. Regarde-moi. »

Son regard vacillant se tourne vers la cour puis s'arrête sur mon visage. Elle tend la main pour le toucher, fronce les sourcils. « Carlos ?

— *Si,* mamá, je suis là.

Elle me prend la main et essaie de me tirer vers plus loin dans le jardin. « Dépêche-toi, Carlos. Nous devons fuir avant qu'ils ne te tuent, toi aussi. Tous les alphas sont en danger. »

Comme je ne bouge pas, elle m'attrape le bras à deux mains et tire de toutes ses forces. « Non, je ne suis pas en danger. Je peux me défendre. Et te défendre aussi. Nous sommes en sécurité, je te le promets. Viens, par ici, dis-je en lui prenant la main. Retournons dans ta chambre. »

Elle écarquille les yeux et secoue furieusement la tête. « Ma prison, tu veux dire ? C'est là qu'ils veulent me garder sous silence. Je ne veux pas y aller. Je veux partir, Carlos. Emmène-moi loin d'ici. »

Mon cœur se serre. Devrais-je trouver un moyen de la renvoyer dans sa meute ? Elle déteste toujours cet endroit malgré toutes ces années passées ici. Mais sa meute de naissance accepterait-elle une femme dérangée qui a besoin de soins constants ? Lui donneraient-ils l'attention et les traitements dont elle a besoin ? Je n'ai jamais rencontré un loup de la meute de mamá, ni d'aucune meute à part la mienne. Je réalise au plus profond de mes os à quel point ce n'est pas normal. J'aurais dû la renvoyer chez elle à la mort de mon père, pas dix ans après. La culpabilité me serre la poitrine.

« D'accord, je vais t'emmener loin d'ici, dis-je en espérant pouvoir tenir ma promesse. Mais j'ai besoin d'un peu de temps pour organiser ton départ. Alors retournons dans ta chambre....

— Pas dans ma chambre ! crie-t-elle d'une voix perçante. Pas là-bas ! Ne m'emmène pas là-bas, Carlos. » Elle se met tout à coup à sangloter, comme si elle était l'enfant et moi le parent.

Je la serre contre moi et caresse ses cheveux emmêlés. « D'accord, pas dans ta chambre. » Je regarde autour de moi, un peu désespéré en me demandant ce que je vais faire d'elle. « Et si tu allais te promener dans le jardin extérieur avec Maria José ? » Je rencontre le regard de la mère de Juanito, la domestique de mamá, et hoche la tête.

Maria José approche lentement.

Ma mère renifle et acquiesce en s'écartant de moi. « *Sí.* »

Mes épaules s'affaissent. Je donne sa main à Maria José. « Maria va s'occuper de toi, mamá. Je te revois après ta promenade, d'accord ? Pour le petit-déjeuner. »

Quand j'aurai trouvé Sedona.

Ma mère s'éloigne d'un pas chancelant au bras de Maria José, mais Juanito arrive vers moi en courant. « Don Carlos », dit-il à voix basse, d'un ton urgent. Il regarde autour de lui comme s'il avait peur d'être vu, et je n'ai aucun doute que quelque part, quelqu'un est en train de nous observer.

Je lui prends le bras et l'entraîne vers les ombres du jardin. « *Qué cosa* ?

— Les Américains sont venus chercher votre femelle. *El consejo...* »

La cloche du clocher se met à sonner pour avertir la meute d'un danger. Don Santiago entre. Son apparition presque chronométrée semble délibérée. « Vous voilà, dit-il d'une voix aussi douce que du caramel. Nous avons un problème. Trois camionnettes ont pénétré dans l'enceinte extérieure. Préparez-vous à vous battre pour votre femelle. »

Mon sang se glace quand je comprends leur plan. Ils misent sur ma force pour repousser les ennemis qu'ils ont attirés sur notre meute. Mon esprit tourne à cent à l'heure. Je ne sais même pas où est ma femelle, et je ne compte certainement pas me battre contre sa famille. Je ne pourrai jamais gagner le cœur de la belle Américaine de cette manière. Avec un calme que je ne ressens pas, je serre l'épaule de Juanito. « Cours me chercher une chemise, Juanito. J'arrive tout de suite. » Je me tourne vers Santiago. « Rassemblez les mâles de la meute sur la terrasse. » Je prends une voix autoritaire, même si je sais très bien que mes ordres n'ont aucune valeur pour lui. Le conseil dirige la meute sans moi depuis des années. Je monte l'escalier et rejoins Juanito en haut des marches, ma chemise à la main. Je l'enfile en murmurant à voix basse : « Où est ma louve, Juanito ?

— Enfermée dans une chambre d'amis dans l'aile est, don Carlos.

— Tu peux trouver un moyen de la libérer ?

— Je... je ne sais pas, monsieur. » Juanito est un gamin intelligent. Il trouvera une solution.

« J'ai besoin que tu essaies. Fais-la sortir et guide-la jusqu'à sa meute devant la porte extérieure. Ne laisse personne vous voir. L'avenir de la meute repose sur tes épaules, mon ami. »

Juanito relève brusquement les yeux et je vois l'honneur emplir son être. « Oui, monsieur. » Il s'éloigne, aussi silencieux et invisible qu'un fantôme.

Je prends la direction de la terrasse où les loups de notre meute sont en train de se rassembler, venant des mines et des champs, et regardent les camionnettes blanches monter la route dans la montagne vers la citadelle. « Nous défendrons notre meute si nécessaire, mais il n'y aura aucune violence sans que j'en donne l'ordre, c'est compris ? » J'utilise tout le pouvoir d'alpha dont je dispose, ma voix tonne, projette l'assurance et l'autorité d'un chef. Le problème, c'est que ces loups n'ont encore jamais combattu à mes côtés ou sous mes ordres.

La plupart sont âgés. À part moi, le seul jeune mâle métamorphe était le frère de Juanito, Mauca, mais il a disparu l'année dernière. Ils disent qu'il s'est enfui, mais je sais que ce n'est pas ce que pensent Juanito et Maria José. Il n'y a presque aucun autre mâle de moins de cinquante ans, à part les *defectuosos*. Ils sont là, cependant, armés de machettes et prêts à se battre sous forme humaine.

Guillermo, le gros loup qui dirige les mines, est là avec ses hommes. Je peux compter sur eux pour défendre la meute si les choses en viennent là.

Don Santiago et le reste du conseil sont aussi présents, mais ils ne se préparent pas au combat. Non, ils s'installent comme s'ils allaient regarder un match de foot. D'accord, ils ont tous plus de soixante-dix ans, mais les métamorphes ont une grande longévité et guérissent rapidement. Je trouve qu'ils se servent beaucoup trop souvent de l'excuse de leur âge et de leur statut privilégié. Alors que je regarde leurs airs satisfaits d'eux-mêmes, j'ai envie d'effacer leurs sourires vertueux à coups de poing.

Et quelle meilleure diversion ? Surtout avec un public. Il est temps d'établir clairement qui est l'alpha de cette meute. Un grondement éclate dans ma gorge alors que je m'approche lentement d'eux. J'attrape le plus proche de moi (don Mateo) par la gorge. Mes doigts se serrent autour de son cou de poulet et je le soulève du sol. « *Vous* êtes responsable de cette attaque contre notre meute, dis-je dans un rugissement. Vous et le reste du conseil.

— Lâchez-le », siffle don José. Il utilise son ton habituel, autoritaire et supérieur, mais il tombe à plat devant ma fureur d'alpha. Il se tourne vers la meute. « Ce garçon a hérité de la folie de sa mère. »

Oh putain, pas question. Bien sûr qu'ils essaieront cette tactique. Me faire passer pour un fou.

Je regarde les membres du conseil. Ils me traitent peut-être comme un louveteau cher à leurs yeux, mais ce ne sont pas des grands-pères qui m'ont élevé. Ce sont des loups puissants. « Vous avez *acheté* une louve, une Américaine. Vous l'avez fait kidnapper par des trafiquants. Que pensez-vous qu'il allait se passer ? »

Don Santiago répond d'un ton suffisant sans se départir de son calme : « Nous pensions que vous alliez la marquer, et nous avions raison. »

Le visage de Mateo devient cramoisi, il essaie d'inspirer de l'air en émettant des gargouillis. Ses pieds donnent de petits coups inutiles dans le vide. Les loups de la meute se rapprochent et nous entourent mais personne ne fait mine de s'interposer, pas même les autres anciens. Ensemble, ils pourraient me maîtriser, mais pas sans faire couler beaucoup de sang.

« Vous m'avez enfermé dans mon propre donjon. Vous avez manqué de respect à votre alpha. Croyez-vous que cet acte restera impuni ? »

Les yeux de Mateo se révulsent. Si je ne le lâche pas bientôt, il va mourir.

Du coin de l'œil, je vois Guillermo faire un pas en avant. Ce loup costaud n'est pas haut placé dans la meute, mais avec l'aide des mineurs sous ses ordres, il pourrait me neutraliser. Si le conseil en donne l'ordre, je pourrais mourir et ma mère avec moi. Je suis entouré de la meute dont je suis censé être le chef et je ne sais pas à qui je peux me fier.

« *Tranquilo*, Carlos. Ce n'était une marque d'irrespect, mais d'amour. Nous avons trouvé un trophée digne d'un alpha tel que vous », dit Santiago d'un ton apaisant.

Je lâche Mateo, pas parce que je suis le bon toutou du conseil mais parce que même si je meurs d'envie de le tuer, lui et tous les autres dons, je ne suis pas un assassin. Je fais volte-face pour regarder don Santiago dans les yeux et pousse un grondement féroce. Tous les loups autour de moi baissent la tête en signe de soumission.

C'est mieux.

« Et maintenant, vous manquez de respect à ma femme. Elle n'est pas un objet. C'est une louve alpha, capable d'égorger n'importe lequel d'entre vous. Si vous la touchez encore ou que vous l'enfermez contre sa volonté, vous êtes morts. *Comprenden* ?

— *Sí*, don Carlos. » Les loups de la meute marmonnent automatiquement la réponse. Je ne suis pas sûr de l'avoir entendue de la bouche des anciens, mais ils opinent du chef comme s'ils acceptaient. *Satanés serpents.*

Ce n'est pas fini. Même si j'ai entendu la réponse que je j'attendais, je suis loin d'être satisfait. « Je réfléchirai à votre châtiment. »

Ouais, je ne sais pas ce qui va se passer. Pourrai-je condamner les membres du conseil à une sanction ? Je n'en ai pas la moindre foutue idée, mais je sais que je ne vais pas les laisser s'en tirer si facilement devant ma meute.

Derrière moi, les loups se trémoussent, mal à l'aise. Soit leur loyauté va aux anciens, soit ils ont plus peur d'eux que de moi. Je comprends. Je ne suis de retour que depuis quelques semaines. Ils ne me connaissent pas, et il faudra du temps pour que je fasse mes preuves en tant que chef. Mais je compte bien m'y atteler.

« Plus tard. » Don Santiago montre du doigt la route qui entoure les murs de la citadelle. « Les Américains sont arrivés. » Les trois camionnettes blanches s'arrêtent devant la herse. Les portières s'ouvrent et des dizaines de loups musclés descendent des véhicules, de jeunes mâles dans la fleur de l'âge, les bras couverts de tatouages et armés jusqu'aux dents.

~.~

Sedona

Le garçon qui m'a laissée sortir de la chambre dans laquelle j'étais enfermée me fait signe d'avancer. Nous sommes à l'extérieur du palace, ou du château, peu importe comment ils appellent ce bâtiment.

Il est certainement assez imposant pour être un château. Je me rends compte que nous suivons le même chemin qu'ont pris les hommes qui portaient la cage à mon arrivée. L'édifice scintillant se profile au-dessus de nous, tandis qu'en dessous, toujours à l'intérieur de l'enclave, se trouvent des petites huttes avec des toits en chaume.

Je me suis réveillée seule dans un lit à baldaquin, vêtue d'une robe flottante ridicule comme une sorte de princesse médiévale. Approprié, puisque j'étais enfermée dans une tour. Sérieusement, cet endroit est resté bloqué au dix-septième siècle.

J'ai essayé d'ouvrir la porte, mais elle était verrouillée. Tambouriner contre le bois ne m'a menée nulle part. Appeler Carlos non plus, mais le garçon est arrivé, a posé son index sur sa bouche pour me dire de me taire et m'a guidée en courant hors de la maison.

Nous sommes maintenant à l'extérieur et il me parle en espagnol, mais je n'ai pas la moindre idée de ce qu'il me dit.

« Juanito ? Tu es Juanito ? »

Il s'arrête, se retourne. Son visage sérieux se fend d'un sourire. « *Sí, soy Juanito.* » Il incline la tête comme si je lui faisais un grand honneur en connaissant son prénom. Il dit autre chose, mais je ne comprends que « Carlos ».

« Où est Carlos ? » Je suis très déçue qu'un petit garçon vienne à mon secours à la place du mâle qui m'a marquée hier soir. C'est idiot, mais je me sens abandonnée. J'ai besoin de le voir. Il m'a marquée, et on doit parler de ce que ça signifie.

Mais j'imagine qu'échapper aux griffes du conseil taré devrait être ma première priorité. Juanito sort une carte magnétique accrochée à une corde autour de son cou et la colle contre un verrou à la technologie étonnamment dernier cri sur le haut mur poli en adobe.

De l'autre côté, j'entends... des voix américaines.

Je me précipite en courant vers les voix et je reconnais les loups des meutes de mon père et de mon frère en train de sortir de trois grandes camionnettes garées devant une herse gigantesque. Je ne sais pas du tout comment ils m'ont retrouvée, mais le soulagement me submerge et me noie presque.

Mon frère me sent arriver et se retourne. « Sedona ? »

Je suis sûre que j'ai l'air ridicule dans la robe ample. Des larmes me piquent les yeux. Je saute dans ses bras et m'accroche à lui avec mes bras et mes jambes. La force de mon étreinte oblige mon gigantesque grand frère à faire un pas en arrière.

Dès que les bras de Garrett se referment autour de moi, je sais que tout ira bien. Il est plus gros et plus fort que n'importe lequel des salauds qui m'ont enlevée. La seule exception est peut-être Carlos, mais je ne peux pas penser à lui pour l'instant.

« Tout va bien », murmure Garrett. J'enfouis mon visage contre son épaule et m'accroche à lui. Ses muscles se bandent autour de moi, forts, protecteurs. « On est là.

— Sedona. » Une voix grave me fait lever la tête. Mon père se tient à côté de nous, ses lèvres ne forment qu'une ligne : une expression que je ne connais que trop bien. Pour une fois, je suis heureuse de la voir.

« Papa. » Je me tourne vers lui et lui donne une accolade tout aussi sincère, quoiqu'un peu plus raide. Ce n'est que lorsque je m'écarte et que je vois les rides profondément marquées sur le front de mon père que je comprends que son attitude sévère n'est pas de la désapprobation mais de l'inquiétude. Et à présent, un grand soulagement.

« Je suis désolée... » Ma voix se brise.

« Tout va bien, dit Garrett d'un ton apaisant pendant que mon père dit : Nous en parlerons plus tard. »

Je me colle contre le flanc de mon grand frère, incapable de regarder mon père dans les yeux. Garrett me serre l'épaule : un autre signal dont j'ai l'habitude après toutes les fois où j'ai eu des ennuis. *Toi et moi, sœurette. Papa va être casse-pieds, mais on va affronter ça ensemble.* Il a beau avoir huit ans de plus que moi et être un alpha aussi protecteur que mon père, Garrett a toujours pris ma défense.

Je ne pense pas que mon grand frère puisse arranger cette situation. Nous sommes au sommet d'une montagne mexicaine paumée au milieu de nulle part, sur le point d'affronter une meute inconnue en plein territoire hostile. Mon père risque d'assumer les conséquences politiques de cette histoire pendant les trente prochaines années.

C'est ma faute. Je suis la fille de l'alpha. Respecter les règles est ma responsabilité, pour le bien de la meute. Moi et mon idée débile de partir faire la fête pendant les vacances de printemps.

« Comment on entre ? Je vais tuer tous ces fils de... » Garrett fait craquer les articulations de ses doigts lorsque je l'interromps.

« *Non.* » Je ne sais toujours pas exactement ce qui se passe là-dedans. Carlos a dû envoyer Juanito me libérer. Mais où est Carlos ? Je me retourne vers là où se tient toujours Juanito, l'air hésitant. Carlos va-t-il venir ? Il ne peut pas. Mon cœur s'emplit de plomb. S'il vient ici, mon père et Garrett le tueront. Non, je dois partir d'ici avant que des loups, d'un côté comme de l'autre, ne soient blessés. Je ne supporterais pas d'avoir du sang sur les mains. « Emmenez-moi loin d'ici. Je ne veux pas d'affrontement. Je veux juste rentrer à la maison. Allons-y. »

Mon père secoue la tête. « Personne ne reste en vie après avoir kidnappé ma fille.

— Ils ne m'ont pas kidnappée, ils m'ont achetée. Si tu veux tuer les salauds qui m'ont enlevée, je t'en prie, mais je voudrais juste qu'on s'en aille. Sans effusion de sang. Partons, s'il te plaît. » Je rencontre le regard de Garrett et le supplie en silence.

Il prend le bras de mon père et ils s'éloignent derrière l'un des camions pour s'entretenir en privé.

Bien sûr, avec mon ouïe de métamorphe, je ne manque rien de la conversation.

« Papa, tu ne penses pas que Sedona a assez souffert ? Elle a été *marquée.* »

Mes yeux s'emplissent de larmes. Je lève la main et touche la marque déjà cicatrisée sur mon épaule. Dans quelques jours, ce ne sera plus qu'une légère cicatrice, mais je porterai l'odeur de Carlos, une trace de son essence, avec moi jusqu'à ma mort.

Garrett continue à voix basse : « Elle ressent peut-être des sentiments contradictoires pour ce type. La dernière chose dont elle a besoin, c'est d'une épreuve supplémentaire. Si elle nous demande de partir sans nous battre, je pense que nous devons respecter sa volonté.

— Si on ne les tue pas, on donne l'impression d'être faibles. »

Ils discutent encore un moment, mais lorsqu'ils reviennent, mon père dit d'un ton cassant : « Tout le monde en voiture. »

Garrett me fait signe d'entrer dans une camionnette, monte sur la banquette arrière à côté de moi et pose son bras musclé autour de mes épaules.

J'essaie de ne pas craquer alors que la camionnette commence la descente de la montagne, mais trop d'émotions se déchaînent en moi. Je déteste être la victime, être secourue par les mâles de ma famille. C'est navrant et je sais que si j'y pense, même une seconde, je risque de m'apitoyer sur moi-même et de laisser cette expérience me traumatiser pour le restant de mes jours.

Pauvre Sedona, murmureront les gens sur mon passage. *Elle n'a jamais été la même après avoir été kidnappée et violée.*

N'importe quoi. J'ai été enlevée, c'est vrai. Mais ce n'était pas un viol. Je l'ai supplié de le faire. Et je ne suis pas faible ; je suis une louve alpha. Je peux transformer cette expérience en quelque chose de positif.

Mais quel est le positif ?

Je me suis dépucelée d'une manière incroyablement plaisante. Difficile d'imaginer mieux que ce que nous avons partagé. Mais j'ai aussi été marquée. Je ne sais même pas précisément quelles sont les conséquences à porter l'odeur d'un loup alors que je ne l'ai pas choisi comme compagnon.

Carlos m'a laissée partir.

Par le ciel, penser à lui éveille une douleur terrible dans ma poitrine. Le reverrai-je un jour ? En ai-je envie ? C'est une situation compliquée et complètement tordue, non ?

En plus, je ne sais toujours pas s'il ignorait vraiment le plan du conseil, comme il l'a soutenu. Et s'il avait tout orchestré ?

Mais alors, pourquoi me laisser partir ? Je suis certaine que c'est Carlos qui a envoyé Juanito pour qu'il me guide jusqu'à ma famille, mais je n'ai aucun moyen de savoir si c'était pour sauver sa meute ou pour moi. Je sais une chose, en revanche : les meutes de ma famille auraient *massacré* la sienne.

En toute logique, je devrais compter le fait que Carlos m'ait laissée partir comme un point positif. Alors pourquoi est-ce que j'ai l'impression que mon cœur bat hors de ma poitrine, comme s'il était resté en haut de cette montagne et que plus on s'éloigne, plus le laisser en arrière me rend nerveuse ?

Allons, est-ce que j'avais envie qu'il me marque ? Qu'il me garde avec lui ?

Putain, non.

Je ne resterais jamais sur cette montagne maudite avec cette meute de dingues. C'est le groupe le plus arriéré et le plus taré que j'ai jamais vu, et pourtant mon père a organisé un paquet de rencontres entre meutes au cours des ans.

Même s'ils étaient les loups les plus charmants au monde, je ne voudrais pas rester. J'ai vingt-et-un ans. Je n'ai même pas terminé la fac. Je viens à peine de commencer à m'amuser. Par le ciel, ce séjour à San Carlos pour les vacances de printemps semble déjà si lointain, comme s'il s'était déroulé il y a très longtemps. Qu'ont pensé mes amis quand j'ai disparu sur la plage ?

« Comment est-ce que vous m'avez retrouvée ? » C'est la première fois que j'ouvre la bouche depuis ce qui doit être quelques heures. J'admire Garrett de ne pas m'avoir cuisinée pendant tout le trajet, mais il est perspicace. Je suis contente de ne pas avoir fait la route avec mon père.

« Ma compagne t'a trouvée. »

Attends... quoi ? Garrett n'a pas de compagne. Il joue les célibataires depuis des années avec sa meute de jeunes loups. « Ta *compagne* ? »

Garrett touche ma marque. « Apparemment, on s'est tous les deux casés pendant cette pleine lune. »

Garrett a l'air aux anges. Je pense pouvoir affirmer sans risque que son histoire n'a rien à voir avec la mienne. Il ne s'est pas retrouvé enfermé avec elle et il n'a pas été forcé de la marquer. Il a choisi une femme, comme j'ai toujours pensé que je choisirai mon compagnon.

Et voilà que je recommence à m'apitoyer sur mon sort – le terrain glissant sur lequel je refuse de m'aventurer. « Parle-moi d'elle. » J'ai besoin d'une distraction.

« Elle s'appelle Amber. C'est une humaine extralucide, et une avocate. Et ma voisine de palier. Lorsque tu as disparu, je l'ai for– je lui ai demandé son aide, et elle est venue avec nous au Mexique. Elle nous a aidés à retrouver ta trace jusqu'à Mexico, où nous avons trouvé tes kidnappeurs. »

Je grimace en me rappelant la cage et l'entrepôt.

« Ils sont morts, m'assure Garrett.

— Une humaine, hein ? » Garrett a pris une compagne humaine ? C'est du jamais vu pour un loup alpha. J'espère que ça ne veut pas dire qu'il va perdre sa place de chef. Sa meute lui est totalement loyale, mais qui sait ? Des loups pourraient essayer de le défier. Le concurrent le plus probable serait Tank, son bras droit ; mais à l'origine, Tank appartenait à la meute de mon père et sa loyauté à son égard l'empêcherait d'agir.

« Mon loup l'a choisie. » Garrett hausse les épaules, mais son sourire béat me dit qu'il est complètement fou d'elle.

Est-ce que c'est ce qui s'est passé entre Carlos et moi ? Nos loups se sont choisis, même si nos humains ne l'auraient jamais fait ?

Et tout ce que Carlos m'a dit juste avant que l'on nous drogue, qu'il ne regrettait pas de m'avoir marquée ? Était-il sincère ? Ou était-ce juste l'effet de la pleine lune et de l'exultation de son loup ?

« Tu es sûre que tu ne veux pas que je retourne tuer la meute Montelobo ? Tu n'as qu'un mot à dire, petite sœur.

— *Non* ! » Je pousse un cri et serre l'épaule de Garrett avant de me rendre compte de ce que je fais. « Ne fais pas ça. »

Garrett reste silencieux, scrute mon visage. Je serre son épaule plus fort : « Promets-moi, s'il te plaît. » Et si Carlos était blessé ? Ou quelqu'un qu'il aime, comme sa mère ou Juanito ?

« Tu es sûre, gamine ? » Sa voix est calme, mais pendant une seconde j'entrevois le prédateur au cœur de pierre tapi sous son apparence humaine. Le loup tuerait d'abord et poserait des questions... jamais. Il laisserait une pile de cadavres dans son sillage.

« Certaine. Ne laisse pas papa y retourner non plus. Promets-moi.

— D'accord, sœurette. Ne t'inquiète pas. C'est promis. » Je vois qu'il a envie de me poser d'autres questions, alors je me serre contre lui et l'étreins jusqu'à ce que mon cœur affolé se calme.

Notre camionnette traverse une ville tentaculaire. Garrett m'apprend que c'est la capitale du pays, Mexico. Nous nous arrêtons devant un hôtel à la hauteur vertigineuse et mon frère se trémousse sur son siège, les yeux fixés sur une fenêtre de l'un des étages. Sa compagne doit se trouver à l'intérieur.

Pouah. Je me frotte le nez. Qu'est-ce que ça ferait d'être amoureuse de mon compagnon au lieu d'avoir été marquée de la pire manière imaginable ? « Alors, où est Amber ? » J'essaie d'être enthousiaste. Je vais avoir une sœur, pour la première fois de ma vie. Garrett est tellement plus vieux que moi que c'est comme si j'étais fille unique. « Quand est-ce que je peux la rencontrer ?

— Elle est dans notre suite. Viens, je vais te la présenter. »

Nous sortons de voiture, entrons dans l'hôtel et montons dans l'ascenseur, mais dès que Garrett ouvre la porte de la suite, je sais qu'il y a un problème. Il n'y a aucun parfum de femme dans la pièce, humaine ou autre.

Garrett trouve une lettre et la lit, puis il pousse un rugissement et envoie son poing dans le mur.

Ben, mince alors.

On dirait que je ne suis pas la seule à avoir des problèmes avec mon compagnon.

CHAPITRE CINQ

Carlos

JE LONGE le périmètre extérieur de notre citadelle. Le bourdonnement dans mes oreilles me donne mal à la tête, mais je continue. Je vais faire le tour complet du territoire de notre meute chaque jour jusqu'à ce que je sache qui habite dans chaque chaumière, le nom de tous les membres de chaque famille et ce qu'ils font pour nous. Mais alors que je réitère cette promesse, le paysage se déroule autour de moi sans que je ne distingue rien.

Je ne vois que Sedona, nue et enchaînée sur ce lit. Mon terrible, merveilleux trophée.

La regarder partir était comme laisser quelqu'un me dérober un organe vital. Je suis resté là, engourdi, sans comprendre comment je continuais à vivre et à respirer sans elle. Il m'a fallu toute ma volonté pour ne pas muter et pourchasser les camions de sa meute comme un clébard. Pour ne pas hurler.

Mais j'ai réussi à rester sur la terrasse et à regarder sans rien faire. J'ai protégé ma meute.

Le conseil n'arrivait pas à croire que je la laissais partir. Quand ils l'ont vue en bas, sa longue robe blanche s'enroulant autour de ses jambes sous la brise, ils ont perdu leurs airs prétentieux.

« Pourquoi votre femelle est-elle hors de sa chambre ? a demandé Santiago.

— Je l'ai libérée, ai-je répondu calmement.

— Vous êtes fou ? s'est exclamé Mateo. C'est votre compagne ! »

Oui, ma compagne, a hurlé mon loup.

Mais ce n'est pas grave. Je n'allais pas me battre contre sa meute, contre sa famille. Je ne pouvais pas la garder avec moi dans ces conditions. Elle n'aurait jamais dû se retrouver ici. Tout ce que nous lui avons fait est mal.

« Allez vous battre pour votre femelle. Ou êtes-vous trop lâche ? » m'a défié don Santiago.

Je lui ai envoyé mon poing dans la figure. Je ne ferais jamais une chose pareille à un humain de son âge, mais un vieux métamorphe s'en remettra. La meute s'est précipitée vers moi et j'ai pensé un instant qu'on voulait m'arrêter, mais personne ne m'a touché.

« Fou, comme sa mère, a dit don José d'une voix forte.

— Je ne garderai pas une louve ici contre sa volonté, ai-je grondé. Pas même si je l'ai marquée. Et si un seul d'entre vous pense que c'est une pratique acceptable, c'est à cause de vous que cette meute court à sa perte. » J'ai lentement tourné en rond pour rencontrer le regard de chaque loup présent, les forçant à baisser les yeux devant mon autorité. Une petite victoire, mais elle a apaisé mon loup.

Don Santiago s'est frotté la joue et s'est relevé. « Alors, quoi ? Vous n'allez pas vous battre pour gagner ses faveurs ? Son affection ? J'ose avancer que vous les avez déjà obtenues. »

Mon cœur s'est serré douloureusement, et il continue de le faire. J'ai envie de croire que c'est vrai. Mais ça pouvait aussi n'être que notre instinct animal. Le conseil savait très bien ce qu'il faisait en enfermant une louve fertile nue dans une cellule avec un mâle viril pendant la pleine lune. Et l'adversité nous a rapprochés. Présumer quoi que ce soit à propos ce que nous avons partagé dans cette prison serait injuste. Elle n'avait pas d'autre choix que de m'accepter. Ça ne signifie pas qu'elle veut de moi comme compagnon. Si c'était le cas, elle n'aurait pas été si pressée de sauter dans cette camionnette et de disparaître.

Mais je la vengerai même si elle ne veut plus jamais me revoir. J'ai donné une semaine au conseil pour m'amener les trafiquants qui l'ont kidnappée. Quand ils ont essayé de minimiser les choses, j'ai été très clair : « Du sang va être versé pour ce qui a été fait à ma femelle. Soit le vôtre, soit le leur. »

Ils ont intérêt à ne pas se rater.

Je m'approche d'une petite plantation de café. Du côté de la route la montagne est couverte d'arbres, mais de petites fermes et des champs occupent tout l'autre versant, formant un patchwork de couleurs et de textures. Le volcan éteint que nous appelons Monte Lobo n'est pas le meilleur milieu pour cultiver du café (rien à voir avec les côtes, comme les Chiapas), mais notre meute a toujours réussi à en produire assez pour sa consommation. En fait, notre meute cultive une variété et une quantité de choses impressionnantes.

Des siècles plus tôt, quand nos ancêtres espagnols se sont installés sur ces terres avec l'accord du peuple autochtone qui vivait déjà ici, ils ont mis en place un excellent système pour vivre en autonomie. Ils ont effrayé les natifs, pas par la violence, mais en stimulant leurs superstitions. Les hommes qui se changeaient en loups à la pleine lune ont suscité l'admiration et le respect de la tribu, qui a déménagé au pied de la montagne et les a protégés des curieux. C'est ce qui a permis à notre meute de s'isoler du monde extérieur.

« *Buenas tardes*, don Carlos. » Un vieux loup vêtu de guenilles sales et avec un chapeau à larges bords sur la tête arrête de travailler pour me dire bonjour. Malgré son salut, il semble être sur ses gardes, ou un peu méfiant.

Je m'arrête et lève le bras pour le saluer. À en juger par son examen minutieux, il sait déjà ce qui s'est passé aujourd'hui. Ou alors était-il présent ? C'est triste que je n'en sois pas sûr. Je ne connais même pas le nom de ce loup. J'ai été un chef minable pour cette meute. Je ne mérite pas la place d'alpha.

Je me force à rester là, même si je préférerais continuer à marcher d'un air absent en pensant à Sedona. « Comment ça va ? » Ouais, c'est nul, mais je ne sais pas comment entamer la conversation autrement avec le loup.

Il hoche la tête. « Ça va. La récolte du café est presque terminée. Ensuite, on passe au cacao.

— Très bien. » C'est tout ce que je trouve à dire, mais je suis reconnaissant quand son nom me revient : Paco.

Une femme sort de la chaumière et se protège les yeux pour regarder dans notre direction. Elle monte la colline et vient se placer à côté du vieil homme. Elle doit être sa compagne. Elle me salue en inclinant la tête.

« Alpha, est-ce que c'est vrai ? » Elle porte une robe qu'on croirait sortie tout droit des années cinquante. En fait, c'est probablement le cas ; une tenue de seconde main donnée à une association aux États-Unis et envoyée ici. Je regarde leur cahute. Un filet de fumée sort de la cheminée. L'hacienda possède tout le luxe imaginable, mais ces gens n'ont même pas l'électricité. Je savais que les choses allaient mal, mais ça me rend malade. Quel genre d'alpha laisse sa meute vivre dans la misère ?

« Tais-toi, Marisol, la réprimande Paco.

— Quoi donc ? » Je me prépare à me défendre contre ce qu'on raconte sur moi. Que je suis fou, ou que j'ai laissé ma compagne partir.

« Vous avez frappé don Santiago ? »

Oh, ça. Ouais. J'enfonce mes mains dans mes poches. « C'est vrai. Les anciens du conseil et moi sommes en désaccord sur les actions qu'ils ont commises. » D'accord. Je doute d'avoir l'air aussi sûr de moi que j'essaie de le paraître, mais je ne trouve rien de mieux à répondre alors que ma compagne est dans une camionnette, en train de s'éloigner à des kilomètres de moi.

« Soyez prudent, don Carlos. » La voix de Marisol tremble, mais je n'arrive pas à savoir pourquoi. Est-ce de la peur, ou de la colère ? La meute prépare-t-elle une révolte contre moi ?

Je pousse un grondement. Pas pour l'effrayer, mais ma meute doit comprendre que je ne me laisserai pas intimider.

Elle fait un pas en arrière, et son compagnon lui prend le coude pour la retenir.

« Le conseil a été trop loin. » Mon ton est glacé. « Ils n'insulteront ni moi ni ma compagne sans conséquences. »

Les expressions de Marisol et son compagnon sont indéchiffrables. Ils me considèrent probablement comme l'ennemi, celui qui les laisse dans la pauvreté pendant que je voyage à travers le monde et étudie dans les meilleures universités. Je ne le leur reproche pas. C'est exactement ce que j'ai fait. Je ne mérite pas d'être leur chef.

Personne ne parle pendant un moment. J'incline sèchement la tête et commence à m'éloigner.

« Que le Seigneur vous protège. » La bénédiction de Paco me fait piler net. Je me retourne, et sa femme et lui secouent la main pour me saluer.

Je leur rends leur salut.

Je ne sais pas comment je vais m'y prendre, mais les choses doivent changer dans cette meute. J'ai l'impression qu'il est urgent de nettoyer ce cloaque. Je suis sûr que cette urgence a un rapport avec Sedona, mais je n'ose même pas admettre ce que mon cœur scande à travers ses battements.

Change les choses pour elle.

C'est de la folie. Sedona ne reviendra pas ici. Aucune chance. Nourrir cet espoir est de la démence.

~.~

Sedona

J'APPUIE mon front contre le hublot de l'avion et regarde les nuages floconneux en dessous de nous. Hier soir, Garrett, suivi par la plus grande partie de nos meutes, s'est précipité à l'aéroport juste à temps pour rattraper Amber, sa compagne. Devant nous tous, il lui a déclaré son amour et son intention de se rattraper pour toutes les erreurs qu'il a commises avec elle si elle lui permettait de rester son compagnon.

À présent, ils sont installés sur les sièges à côté de moi, leurs doigts entremêlés, la tête blonde d'Amber posée sur l'épaule de mon frère. Si ça n'avait tenu qu'à moi, je leur aurais laissé de l'intimité (ils auraient pu se câliner tranquillement s'ils étaient placés près d'un inconnu), mais Garrett a insisté pour que Trey, son frère de meute, me réserve une place à côté de lui. Pour pouvoir me lancer régulièrement des regards inquiets, j'imagine.

« Arrête, je lâche quand il recommence.

— Arrête quoi ?

— De me regarder comme si j'étais malade. »

Garrett grimace. « C'est juste que je ne sais pas quoi faire pour aider. À part faire demi-tour et leur arracher la tête.

— C'est ce que tu as fait aux loups dans l'entrepôt ? Ceux qui m'ont kidnappée ? » Je veux savoir, et à la fois je n'ai pas du tout envie d'entendre sa réponse.

Garrett se passe la main sur le visage. « Ouais. J'ai pété un câble parce qu'Amber était là et que mon loup voulait la protéger. J'ai tué tout le monde sans les interroger. Je remercie le ciel que ça ne nous ait pas empêchés de te retrouver, sinon ça aurait été entièrement ma faute.

— Carlos a dit que c'étaient des trafiquants. Il a entendu dire que des métamorphes vendaient d'autres métamorphes, mais il n'y croyait pas jusque-là. D'après toi, pourquoi est-ce qu'ils les vendent ? Ça ne peut pas être seulement pour la reproduction. Il y avait un mâle dans une des cages de l'entrepôt.

— Ouais, ils nous ont capturés quand on est allés enquêter sur place et ils nous ont enfermés dans des cages, nous aussi. » Garrett tire sur son lobe d'oreille comme s'il était gêné. « Amber a crocheté les serrures de nos cages pour nous libérer. Mais je me demandais pourquoi ils ne nous avaient pas simplement tués.

— C'étaient des métamorphes, c'est ça ? Pas des humains qui veulent étudier nos gènes ou un truc dans le genre ?

— Ils avaient une odeur de métamorphes, mais aucun n'a muté. Ils avaient des flingues et pensaient sûrement ne pas avoir besoin de plus pour se défendre. Je les ai tués avant qu'ils n'aient l'occasion de les utiliser.

— Et s'ils étaient des métamorphes incapables de muter ? Carlos a dit que c'était le cas pour la plupart des membres de sa meute à cause de la consanguinité. J'ai oublié comment il les a appelés, les défectueux, quelque chose comme ça. C'est pour ça que le conseil de sa meute m'a achetée – pour donner un coup de jeune à la lignée.

— Carlos. Il s'appelle comme ça ? Le type que tu ne voulais pas que je tue ? »

Oh, bon Dieu. Le simple fait d'entendre son nom me fait mal. Je baisse la tête. « Ouais. »

Garrett tend le bras et touche mon genou. « Il t'a fait du mal, sœurette ? »

Le manteau de la victime tombe sur mes épaules, étouffant. Je lutte sans succès pour m'en libérer et mes yeux s'emplissent de larmes. « Non.

— Mais il t'a marquée ? » Garrett s'éclaircit la gorge, visiblement mal à l'aise de parler de sexe avec sa petite sœur. « Vous avez couché ensemble ?

— Ouais, dis-je dans un murmure.

— Tu peux me raconter, Sedona. »

J'essaie de ravaler la boule dans ma gorge. « Je faisais mon jogging sur la plage quand ce type s'est approché de moi. Un métamorphe. Il m'a dit un truc en espagnol que je n'ai pas compris et tout à coup, on m'a planté une aiguille dans le cou et je suis tombée sur le sable, avec quatre métamorphes autour de moi. Ils m'ont enfermée dans une cage et mise dans un avion. Je n'arrêtais pas de perdre connaissance... je crois qu'ils m'ont réinjecté du tranquillisant plusieurs fois. Je me suis réveillée dans l'entrepôt. Ensuite, ils m'ont emmenée dans une camionnette jusqu'à la meute de Carlos où ils m'ont vendue à deux vieux loups. Ils m'ont encore droguée pour me sortir de la cage et je me suis réveillée dans une cellule, enchaînée sur un lit. Je ne sais pas comment ils ont réussi à me faire reprendre forme humaine, mais je crois que la dernière drogue n'était pas un tranquillisant.

Garrett gronde doucement et un éclat argenté étincelle dans ses yeux. Je lui lance un regard d'avertissement. Nous sommes dans un avion plein d'humains. J'ai volontairement omis de préciser que j'étais nue parce que je sais qu'il péterait une durite.

« On devrait peut-être parler de ça plus tard.

— Non, dit sèchement Garrett de sa voix d'alpha qui ne tolère aucun refus. Raconte-moi maintenant.

— D'accord, si tu mets ton loup au panier. » Je veux bien obéir, mais je refuse qu'on me traite comme un enfant. Il est temps que mon père et mon frère l'apprennent.

Amber serre la main de mon frère, et je suis rassurée de voir qu'il a choisi une compagne qui le soutient et prend soin de lui.

Garrett fait craquer sa nuque comme s'il s'apprêtait à se battre. « Je gère. »

Je fais un bruit dubitatif, mais je continue. « La porte s'est ouverte et Carlos est entré. Il a eu l'air très choqué et s'est approché pour me détacher, mais ils l'ont enfermé avec moi. »

Garrett plisse les yeux, et je sais ce qu'il pense. Ça pourrait tout à fait être un coup monté.

« Il est devenu furieux et il a muté. Il a essayé de tout casser, mais ils n'ont pas ouvert. Ils nous ont gardés enfermés ensemble pendant la pleine lune jusqu'à ce qu'il me marque, puis ils nous ont injecté du tranquillisant à tous les deux. Je me suis réveillée enfermée dans une chambre au rez-de-chaussée. Carlos a envoyé le garçon me libérer quand vous êtes arrivés. »

Garrett grimace, mais il semble à court de mots.

Amber prend le relai. « C'est brutal, comme séparation. Ça doit être encore plus dur. »

Je cligne des yeux pour ne pas laisser couler mes larmes, reconnaissante qu'elle ait identifié mon malaise. Je ne devrais pas avoir besoin que quelqu'un me dise pourquoi je me sens si mal, mais c'est le cas. « Oui, dis-je d'une petite voix.

— J'ai besoin de savoir quelque chose, dit Garrett en fronçant les sourcils. Est-ce que c'était un viol, Sedona ? »

Je sens mes joues chauffer. Je ne devrais pas avoir à parler de mes moments les plus intimes avec ma famille, mais je comprends. Si je réponds *oui*, Garrett va repartir aussi sec pour exterminer Carlos. Je suis contente de ne pas avoir à mentir. « Non. »

Ses épaules se détendent un peu. « Alors, tu penses qu'il n'avait rien à voir avec ça ? Qu'il était une victime, comme toi ?

— Je ne suis pas une victime. »

Garrett m'observe. « Pardon.

— Pour répondre à ta question, oui, je pense. Mais je n'en suis pas certaine. S'il était complice, pourquoi est-ce qu'il m'aurait laissée partir ?

— Parce qu'on allait tous les tuer et qu'il savait qu'il te perdrait de toute façon ? »

Mon plexus solaire se serre. « C'est vrai. C'est une possibilité. »

Garrett se tourne vers sa compagne. « Tu vois quelque chose sur ce type ? »

Tout d'abord je ne comprends pas ce qu'il lui demande, mais quand Amber ferme les yeux, je me souviens qu'il m'a dit qu'elle est extralucide. L'attente me fait l'effet de coups de couteau. Ai-je envie d'entendre sa réponse ? Et si elle me dit que Carlos a menti ? À cette idée, mes tripes se nouent.

Amber secoue la tête et je retiens mon souffle. « Je ne sais pas. »

Le ciel soit loué.

Elle se penche devant Garrett pour me regarder dans les yeux. « Je suppose que tu n'as rien qui lui appartient que je pourrais toucher ? Ça m'a aidée quand j'essayais de te retrouver.

— Non, rien. » Je ne suis partie qu'avec la stupide chemise de nuit flottante dont on m'avait affublée. Heureusement, Garrett avait apporté ma valise restée à San Carlos et je n'ai pas été obligée de rentrer dans cette tenue.

La tête de Trey apparaît au-dessus de la rangée de sièges devant nous. « Et la marque ? Son essence est imprégnée à l'intérieur. »

Sympa de savoir que notre conversation n'est absolument pas privée. J'aurais dû me souvenir que les loups de la meute de mon frère étaient juste devant nous et qu'ils pouvaient nous entendre. L'ouïe d'un métamorphe est bien meilleure que celle des humains. *Bah, tant pis.* Il n'existe pratiquement aucune intimité au sein d'une meute, de toute façon.

Je pose la main sur ma marque et me colle contre la fenêtre, loin d'Amber, même si elle n'a pas fait le moindre geste pour me toucher. Je ne veux pas savoir ce que son don de clairvoyance lui montre.

« Ce n'est pas grave, dit-elle d'une voix douce. De toute manière, je pense que tu ne devrais pas te baser sur mes visions pour prendre des décisions.

— Ce sont tes visions qui nous ont permis de retrouver Sedona, proteste Garrett. On leur fait confiance. Tu devrais aussi. » Il tend la main pour frotter le petit pli entre les sourcils d'Amber. Son geste affectueux me fait sourire. J'adore voir cette facette de lui. J'ai toujours su que mon frère serait un excellent compagnon, mais la vie de couple ne l'avait encore jamais intéressé. Il aurait pu avoir n'importe quelle louve de n'importe quelle meute, mais il n'a jamais manifesté d'intérêt pour aucune quand mon père organisait des rencontres entre meutes à Phoenix.

Et non, ils ne m'ont jamais laissée participer, mais ça ne m'intéressait pas non plus.

Trey hausse les épaules et se rassied sur son fauteuil. Je le considère comme un deuxième frère, comme tous les loups de la meute de Garrett. Je leur confierais ma vie sans hésiter et je sais qu'ils sont prêts à tout pour moi, à tout moment. Mais ce n'est pas parce qu'ils tiennent spécialement à moi. C'est parce que je suis la sœur de mon frère. À Phoenix, c'est parce que je suis la fille de mon père. C'est pour ça que fréquenter des humains à la fac m'a autant plu.

Mais quand je pense à mes amis maintenant, je ressens un grand vide. Je ne peux pas leur parler de tout ça. Qu'est-ce que je leur dirais ?

La pression s'accumule derrière mes yeux et mon nez alors que le statut de victime se recolle sur mon front. Des larmes me brûlent les yeux.

« Hé. » Garrett pose la main sur ma nuque, mais je le repousse. « Qu'est-ce qui se passe ?

— Je ne veux pas retourner à la fac », dis-je d'une voix étranglée. Il ne me reste qu'un trimestre. Ce serait idiot de ne pas finir mon année, mais l'idée de retrouver la farce idiote qu'était ma vie jusqu'ici à prétendre que je suis à ma place avec les humains me rend malade.

J'ai envoyé un message à mes amis de la fac ce matin pour leur dire que j'allais bien, que j'avais vécu une expérience éprouvante avec des barons de la drogue mexicains et que j'avais besoin de temps loin de Tucson pour m'en remettre. Ce n'est pas vrai, mais je n'ai pas envie qu'ils viennent toquer à ma porte avec des regards pleins de pitié et me placent dans le rôle de la victime.

« D'accord. Tu n'es pas obligée d'y retourner. »

Nos parents auront probablement un autre avis sur la question, mais Garrett soutient mon regard et hausse les sourcils d'un air définitif. Je lis une promesse dans ses yeux. Il a réussi à convaincre mon père de partir sans combattre sur la montagne. Je ne sais pas comment il a fait, parce notre père est le plus gros alpha-bruti au monde. Mais Garrett est plus fort que lui maintenant. Plus jeune. L'époque où mon père lui bottait les fesses est révolue. Le pouvoir a peut-être changé de main. J'ai été surprise qu'il accepte le choix de compagne de Garrett sans lui passer un savon.

« Qu'est-ce que tu *veux* faire, sœurette ?

— Voyager en Europe », je lâche sans réfléchir.

Garrett me regarde sans rien dire en battant des cils. Je me mords les lèvres. Qu'est-ce que je croyais ? Je peux pratiquement le voir se retenir de répondre « *Aucune putain de chance* ». Il m'a tout juste autorisée à aller à San Carlos pour les vacances, et on voit comment ça s'est terminé. L'idée que ma famille accepte de me laisser partir à l'aventure toute seule en Europe est risible. Et, ouais, même si j'ai vingt-et-un ans, ce sont encore mes parents et Garrett qui me « laissent » faire des choses. Bien sûr, je suis dépendante d'eux financièrement ; j'habite dans un des immeubles de Garrett et mes parents assument toutes mes autres dépenses.

Mais tu devrais pouvoir mener ta vie comme tu l'entends. Être libre de faire tes propres choix. Le meilleur conseil que j'ai jamais reçu m'a été donné dans un donjon, par un homme plus prisonnier des traditions et de l'histoire de sa meute que je ne le serai jamais.

Promets-moi, s'il te plaît.

Garrett a pris une décision. « Ça n'arrivera pas. »

Ça alors. Je tourne la tête vers la fenêtre pour mettre fin à la conversation. Je ne suis peut-être plus enfermée dans une cellule, mais je suis toujours la princesse surprotégée d'une meute. Je ne serai jamais libre.

~.~

Ancien du conseil

« Comment les Américains nous ont-ils trouvés ? » Je regarde les quatre visages ridés des membres du conseil rassemblés dans la salle de réunion. Personne n'aurait dû pouvoir remonter notre trace.

Don José coupe un Cohiba à huit cents dollars et l'allume. C'est un cigare cubain, une édition limitée produite en 2007. Je le sais parce que c'est moi qui les ai achetés aux enchères l'année dernière pour les réunions du conseil. José fait glisser la boîte vers l'ancien à sa gauche. « Les trafiquants leur ont dit. Ou le Moissonneur. »

Pas le Moissonneur. Probablement les trafiquants.

« Je vais aller leur rendre une petite visite à *el D.F.* » C'est ainsi que les Mexicains surnomment Mexico. Je ne précise pas que j'ai déjà essayé de les contacter. Inlassablement. Je crains que les Américains ne se soient d'abord arrêtés là-bas. Soit quelqu'un nous a vendus, soit ils sont tous morts.

Si c'est la première proposition, ils seront tous morts quand j'en aurai terminé avec eux. Mais je les donnerai à Carlos pour apaiser sa soif de vengeance. Bon sang, je l'emmènerai même là-bas et je le regarderai les exécuter. L'observer en action sera parfait pour mes recherches. Je n'ai pas encore vu l'alpha se battre.

« Et le garçon ? Il ne s'est pas battu pour la louve. » Don Mateo se sert dans la boîte de cigares, en lève un vers son nez et inspire profondément. « Vous croyez qu'il ne l'a pas vraiment marquée ? »

Qu'ils appellent Carlos *le garçon* plutôt que *l'alpha* est révélateur du peu de pouvoir qu'il détient ici. Mais nous devons être prudents. Il est en colère contre nous, ce qui pourrait avoir des conséquences imprévues. J'aurais préféré un plan plus simple avec des procédures de fécondation in vitro.

« Je pense que Carlos est plus valeureux qu'égoïste, dis-je en marchant dans la pièce. Il a peut-être voulu éviter de mettre la meute en danger.

— Ou lui-même, dit don Mauricio d'un ton sec.

— Non. Ce n'est pas un lâche. Le garçon est intelligent. » Après tout, c'est mon petit-neveu. « Ses études de commerce américaines lui ont appris à établir des stratégies. Croyez-moi, il ira la chercher quand la situation se sera tassée.

— Tu sais quel domestique l'a libérée ? Juanito ? demande don José.

— Oui, mais peu importe. Il est sous la protection de Carlos, et nous ne voulons pas contrarier davantage l'alpha. Si les seuls loups de son côté sont un gamin de neuf ans et une mère démente, on pourrait faire pire. »

Je ris doucement, et les hommes autour de la table se joignent à moi.

« Je vais emmener Carlos voir les trafiquants. Laissons-le gagner cette bataille. Il obtiendra ce qu'il demande. Ensuite, il ira chercher la louve et la ramènera ici, avec un peu de chance déjà enceinte de son petit.

— Comment peux-tu en être sûr ? »

Je hausse les épaules. « C'est un mâle alpha au pic de sa virilité. Son loup exigera d'être près d'elle.

— Et s'il décide de ne pas céder ? » demande don Mateo.

Je souris. « Encore mieux. Nous n'avons besoin que de son louveteau. »

Et j'adorerais garder son corps pour faire des expériences.

SANS TITRE

Carlos

JE SUIS ASSIS en face de ma mère dans sa chambre et la regarde déplacer de la nourriture sur le plateau de petit-déjeuner posé devant elle. Ses yeux sont vitreux, son visage blême. Sedona est partie depuis trois interminables jours. Trois jours, une heure et quarante-trois minutes, pour être exact.

Maria José me sert une tasse de café au lait. J'adore le café cultivé sur notre montagne. J'en bois depuis l'enfance. Il est assez doux pour pouvoir en consommer toute la journée.

« Quand est-ce que ton père rentre ? » me demande ma mère.

Mon cœur se serre, comme il le fait toujours quand elle oublie qu'il est mort.

« Il est parti, mamá. C'est juste toi et moi, maintenant. »

Je vois une lueur de terreur trembler dans ses yeux avant de s'évanouir, et elle baisse la tête vers son pain beurré.

« J'ai... trouvé une louve, mamá. » Je me surprends moi-même. Je ne pensais pas lui parler de Sedona, mais elle occupe tout mon esprit.

La moitié du temps, ma mère ne comprend pas ce que je lui dis, mais ce n'est pas le cas maintenant.

Elle lève la tête et me regarde fixement.

« Elle est Américaine. Elle s'appelle Sedona. Elle est très belle. » Ce qualificatif ne lui rend pas justice. Exquise. Époustouflante. Parfaite. Magique.

Ma mère se lève comme si Sedona était là, et je pose une main sur son épaule pour la faire doucement rasseoir sur sa chaise. « Elle n'est pas ici maintenant, mamá. » Je reprends ma tasse et touille mon café en regardant ma mère. « Je ne sais pas si elle reviendra, à vrai dire. » Voilà. Je l'ai dit. L'horrible vérité que je ne veux pas regarder en face. « Elle ne voulait pas prendre de compagnon. »

Je me rends compte avec horreur que des larmes apparaissent dans les yeux de ma mère et que ses lèvres se mettent à trembler. « Moi non plus, je ne voulais pas », dit-elle.

Oh, merde. Pourquoi ai-je ouvert cette boîte de Pandore ?

« Je sais, mamá. C'est pour ça que je ne lui demanderais jamais de rester si elle n'en a pas envie. »

Des larmes coulent des yeux brun chocolat de ma mère et atterrissent sur son plateau de petit-déjeuner. « Pourquoi je ne peux pas rentrer à la maison ? sanglote-t-elle.

— Mamá. » Je tends le bras par-dessus la petite table et lui prends la main. « Parce qu'on peut mieux prendre soin de toi ici. Et j'ai besoin de toi... moi, ton fils, dis-je au cas où elle aurait oublié qui je suis. Carlos a besoin de toi. »

Elle éclate en sanglots. Et merde. Je repousse ma chaise et vais poser mon bras sur ses épaules. « Carlitos, se lamente-t-elle. Mon fils unique. »

Ma mère a été enceinte cinq fois à part moi mais n'a mené aucune autre grossesse à terme. Et je suis parti pendant des années, en la laissant toute seule dans une meute qu'elle n'a jamais considérée comme sienne. Je suis un horrible fils.

Je jette un regard implorant à Maria José et elle s'approche immédiatement. « Tout va bien, doña Carmelita. Vous êtes juste triste parce que vous n'avez pas encore pris vos médicaments aujourd'hui. » Elle ramasse le petit gobelet dans lequel se trouvent ses cachets et le secoue pour qu'ils fassent du bruit. « Prenez ça et vous vous sentirez mieux. »

Ma mère repousse sa main, les pilules s'éparpillent par terre et Maria José s'agenouille pour les ramasser. Je m'accroupis pour l'aider.

« Elle les prend volontairement, d'habitude ? »

Maria José hausse les épaules. « Parfois. Je ne sais jamais à l'avance.

— Que se passe-t-il quand elle refuse de les prendre ?

— Je les cache dans sa nourriture si je peux. Sinon, je peux lui injecter son traitement, mais elle déteste ça. » Je laisse tomber les cachets que j'ai ramassés dans le gobelet que me tend Maria José. « Merci, dis-je en la regardant dans les yeux. Vous prenez soin d'elle depuis des années. Je vous suis reconnaissant.

— Don Carlos... » Maria José se tourne vers la porte, puis repose les yeux sur moi.

« Oui ?

— Et si... » Elle prend une inspiration. Ses doigts blanchissent autour du gobelet. « Et si ce n'était pas ce dont elle a besoin ? »

Je la regarde fixement, essaie de comprendre ce qu'elle est en train de dire. « Vous pensez que ce n'est pas le traitement qui lui faut ? Qu'il lui fait plus de mal que de bien ? »

Elle hoche la tête. « Vous pourriez peut-être trouver un moyen... de vérifier ? » Elle jette à nouveau un regard en direction de la porte.

« Je demanderai à don Santiago. » Don Santiago, le frère de mon père, possède un diplôme en biochimie. Il n'est pas médecin, mais il fait office de consultant médical pour la meute.

« Non ! » Maria José agrippe mon bras, la panique fait apparaître le blanc de ses yeux. Elle relâche immédiatement mon bras, sans doute en réalisant que c'est inapproprié de toucher un alpha aussi familièrement. Elle enfonce sa tête entre ses épaules et penche le gobelet de cachets d'un côté à l'autre d'une main tremblante. « Quelqu'un d'autre, dit-elle dans un murmure. Hors de la meute. Emmenez-la en ville. En Amérique. Ne demandez pas à don Santiago. »

Ce qu'elle ne dit pas me donne la chair de poule. C'est mon tour d'agripper ses bras, et je serre jusqu'à ce qu'elle lève les yeux vers moi. « Pourquoi pas à don Santiago ? » Mon ton est menaçant. Ce n'est pas dirigé contre elle, mais mon agressivité se manifeste à l'idée que le loup qui prend soin de ma mère n'est peut-être pas digne de confiance.

La pauvre Maria José se tortille sous ma poigne. « Je vous en prie, *señor*. Ce n'est rien. Oubliez ce que j'ai dit. Je vous en supplie.

— Non, Maria José. Parlez-moi. Vous pensez que je devrais demander à quelqu'un d'autre que don Santiago. Pourquoi ? »

Maria José bat rapidement des cils et continue de se trémousser pour essayer de se libérer. Je desserre les doigts, craignant de lui avoir fait un bleu. « Je suis stupide », marmonne-t-elle, mais elle semble se parler à elle-même. « Je ne voulais rien insinuer. Ne faites pas attention aux paroles d'une domestique idiote. » Elle tire encore pour libérer son bras et cette fois, je la lâche.

Mon ventre se noue. Il se trame quelque chose qui ne me plaît pas. Pas du tout.

Pendant que mon esprit tourne à toute vitesse, je regarde Maria José amadouer ma mère, à présent docile, et lui donner ses cachets. Je réfléchis à mes options. Les loups n'ont pas besoin de voir des médecins, en général, car nous cicatrisons rapidement et nous ne tombons pour ainsi dire jamais malades, mais il existe peut-être une sorte de médecin métamorphe aux États-Unis. Je ne sais pas.

J'embrasse ma mère sur le front avant de sortir et me dirige vers ma chambre, qui me sert aussi de bureau. Depuis que Sedona est partie, j'ai organisé mes idées et mes projets pour développer et moderniser Monte Lobo. La plupart de ces projets demandent de l'argent, ce qui signifie que je dois examiner les finances de la meute et déterminer ce que nous pouvons dépenser. Le problème, c'est que j'ai demandé les comptes au conseil cinq fois et que je n'ai toujours rien reçu.

Je n'ai pas encore décidé non plus ce que j'allais faire à propos de ce satané conseil. Je dois leur enlever une partie de leur pouvoir, punir leurs actions à mon encontre. Mais avant, je dois comprendre en profondeur les dynamiques à l'œuvre. Je n'ai aucun soutien de la meute. Mais pourquoi en serait-il autrement ? Je n'étais pas là pour les diriger. Et sans la meute, si le conseil m'accuse d'être fou comme ma mère, je pourrais facilement me retrouver à nouveau dans cette putain de cellule. Ou mort. Mais ce n'est pas ce qui me fait peur. C'est l'idée que ma mère puisse être en danger qui me rend prudent. Le conseil peut être vicieux : je l'ai déjà vu faire.

Je me rappelle qu'une fois, quand j'étais petit, j'ai senti l'odeur du sang dans leur salle de réunion alors qu'ils convoquaient des membres de la meute accusés de crimes. La procédure était entourée de secret et de peur, de murmures et de terreur. Mon père était absent. Lorsqu'il est rentré, je me souviens qu'il a crié sur les anciens et s'est disputé avec eux pendant des heures, mais rien n'a changé.

Était-il aussi impuissant contre eux que moi ? Pourquoi ? Depuis combien de temps cette forme de pouvoir est-elle en place à Monte Lobo ? Parce que ce n'est certainement pas une pratique naturelle chez les loups. Pour autant que je sache, aucune autre meute au monde ne fonctionne de cette manière.

Ce n'est pas parce que les choses ont toujours été ainsi que je ne peux pas les changer. Je dois juste faire preuve d'intelligence. Avoir un plan.

Je me passe la main sur le visage en entrant dans ma chambre. C'est la suite principale de l'hacienda, qui était auparavant occupée par mes parents. On me l'a donnée quand je suis revenu occuper la place symbolique et fantoche d'alpha.

Je m'approche de la fenêtre et regarde dehors. J'ai du mal à me concentrer sur quoi que ce soit d'autre que Sedona. Je sens toujours son odeur sur mes doigts, son goût sur ma langue. Son sourire, ses superbes longues jambes et ce corps parfait apparaissent sans arrêt devant mes yeux.

J'entends sa voix rauque. Je rêve que je la possède encore et encore, toute la nuit. Mes journées sont une interminable torture composée de souvenirs de Sedona.

Je ne supporte pas de ne pas lui avoir parlé depuis son départ. Je ne connais même pas son nom de famille. Son numéro de téléphone. Son adresse. Mais c'est mieux ainsi. Qu'est-ce que je dirais, après tout ? *Je suis désolé que ma meute t'ait retenue prisonnière. Je ne veux jamais te faire ça, alors passe une bonne vie ?*

Je pousse un soupir et ébouriffe mes cheveux.

On frappe à la porte. « Entrez. »

Don Santiago ouvre et entre d'un pas nonchalant.

Je me retourne vers la fenêtre. « Quand m'amènerez-vous les trafiquants ?

— Je n'arrive pas à les joindre par téléphone. Il est possible que les Américains les aient déjà éliminés. J'ai l'adresse de leur entrepôt, si vous voulez aller y jeter un œil. »

Je suis à la fois surpris et rendu méfiant par sa proposition. Pourquoi ne m'a-t-elle pas été faite dès le départ ?

« Où est-ce ?

— *El D.F.* » Mexico. Ça correspond à ce que m'a dit Sedona.

« Quand irez-vous voir votre femelle ? »

Je fais volte-face, surpris par la présomption de sa question.

« Si elle est enceinte, vous allez devoir assumer l'enfant. »

Enceinte. Je suis sûr que tout mon sang quitte mon visage. Pourquoi n'ai-je pas envisagé cette possibilité ? Sedona pourrait porter mon louveteau en ce moment même. Elle a peut-être besoin de moi. Ces derniers jours, je pensais lui rendre service en gardant mes distances. Et si en réalité je n'assumais pas mes responsabilités envers elle ? Si elle porte mon enfant, je dois la soutenir, la protéger.

Sedona, enceinte. Oh, Seigneur. L'idée me donne envie de courir et de hurler ; de joie ou de désespoir, je l'ignore. Et le besoin lancinant d'être auprès d'elle revient avec une puissance renouvelée. Je luttais contre lui, mais maintenant, alors que j'imagine ma sublime femelle seule, abandonnée et enceinte, je ne tiens pas en place.

Je commence à remplir une valise avant même de m'être avoué ce que je suis en train de faire.

« Je vous accompagnerai à *el D.F.*, j'ai quelque chose à y faire, dit tranquillement don Santiago. Vous pourrez passer voir l'entrepôt avant de partir. »

Je viens de me faire manipuler mais je n'en ai rien à foutre. Je n'arrive pas à réfléchir, je ne pense qu'à rejoindre Sedona. J'ai besoin de la retrouver, de m'assurer qu'elle va bien et de lui faire toutes les promesses qu'elle mérite. Je serai là pour elle. Je subviendrai à ses besoins. Je la protégerai.

Qu'elle le veuille ou non.

~.~

Sedona

Je gare ma Jeep devant l'immeuble de Garrett et sors de voiture. C'est vendredi soir, donc mon frère devrait travailler dans son club, mais il est peut-être resté à la maison avec sa nouvelle compagne. Je ne suis pas ici pour le voir, c'est pour ça que je suis venue un vendredi soir. Je veux parler à Amber, sa compagne. Parce qu'en plus de mon esprit qui ne cesse de ressasser ce qui s'est passé entre Carlos et moi, j'ai un nouveau sujet d'inquiétude. Un gros. Une question qui se profile et à laquelle je ne pourrai pas avoir de réponse avant une semaine ou deux... à moins d'être extralucide.

J'entre dans la résidence et prends l'ascenseur jusqu'au quatrième étage. Je sais que l'appartement d'Amber est situé à côté de celui de Garrett. Je suppose que c'est là qu'ils vivent, étant donné que Garrett habite avec Trey et Jared, et je doute qu'Amber avait envie de s'installer en coloc avec de jeunes célibataires fêtards.

Je sens le parfum d'Amber autour de l'appartement à gauche de celui de Garrett et toque à la porte. Je l'entends de l'autre côté et ne décèle pas l'odeur récente de mon frère. « Amber ? C'est Sedona. »

La porte s'ouvre en grand. « Sedona. » Les cheveux blonds d'Amber sont remontés en chignon et elle porte encore ses vêtements de travail, très élégante dans sa chemise en soie et sa jupe fourreau. La voir ainsi me fait prendre une fois de plus conscience qu'elle n'est pas le genre de femme que j'aurais pensé voir Garrett choisir. Elle est gracieuse et raffinée alors qu'il est plutôt bourru et brute, mais son sourire chaleureux est sincère quand elle m'invite à entrer.

« Garrett n'est pas là, mais il va essayer de rentrer tôt.

— Ce n'est pas grave. En fait, je suis venue te voir. »

Elle n'a pas l'air surprise. J'imagine que les extralucides savent quand vous venez leur rendre visite.

« Tu veux boire quelque chose ? » Pieds nus, elle va ouvrir le réfrigérateur. « Je n'ai pas grand-chose, mais il reste du soda au gingembre que Garrett a ramené. Et de la bière. » Elle regarde par-dessus son épaule avec un air interrogateur.

« Du soda, c'est parfait. » J'accepte la bouteille glacée et Amber sort un décapsuleur d'un tiroir. Elle ouvre la sienne, me la donne et je lui échange contre celle que j'ai dans la main.

Je laisse mon regard se promener dans son appartement. Il est d'une propreté éclatante mais pas impeccablement rangé. Pas de saleté ni de poussière, mais des papiers sont étalés sur le bureau et une paire de talons hauts est abandonnée sans cérémonie près de la porte d'entrée.

« Alors, euh... comment te sens-tu ? » demande Amber.

Pouah. Je n'ai aucune envie d'avoir cette conversation, même si je sais qu'elle me pose sincèrement la question et semble se préoccuper de ma réponse. Je prends une inspiration et me lance. « Je sais que je ne voulais pas que tu, euh, utilises ton don pour savoir des choses sur Carlos, mais... » Je déglutis. C'est plus dur à dire que je ne m'y attendais. « Je me demandais si... je veux dire, je m'inquiète un peu... » Je fais quelques pas dans son salon, incapable de la regarder en face.

« Oui. » Elle murmure le mot, et tous mes poils se dressent au garde-à-vous.

Mais je ne sais même pas si elle répond à la bonne question. Je me retourne et la regarde dans les yeux.

Elle rougit et l'incertitude envahit son expression, comme un miroir direct de mes émotions.

« Oui, je suis enceinte ? » je lâche.

Elle rougit de plus belle et acquiesce. « C'est ce que j'ai vu. »

Je me tiens au dossier d'une chaise pour ne pas tomber. La pièce tourne autour de moi et le sol tangue un peu. Je ne sais pas ce que j'en pense ni ce que je ressens, mais mes tripes me disent qu'elle a raison.

Mes tripes le savaient il y a deux jours, je ne m'étais juste pas autorisée à les écouter.

Zut !

« Tu es sûre ? »

La poignée de la porte tourne et je grommelle intérieurement en voyant la silhouette massive de Garrett entrer dans l'appartement, un sac de plats à emporter à la main. « Sûre de quoi ? » Sa voix est tranchante.

Bien sûr qu'il a entendu, c'est un métamorphe.

« Tu lui as dit ? » Je m'accroche toujours faiblement à la chaise pour tenir debout.

Le regard d'Amber passe de Garrett à moi. « Non. »

Garrett s'approche lentement en écrasant le sac dans sa main. Quelqu'un qui ne le connaît pas pourrait avoir peur, mais je sais que mon frère est un gros nounours avec les femmes qu'il aime. Les loups de sa meute se tiendraient à carreau en voyant l'éclat argenté dans ses yeux. Pourtant ni Amber ni moi n'avons peur, même si je sens qu'elle est mal à l'aise. Elle avance pour sauver la nourriture et pose le sac sur le comptoir avant que le contenu des boîtes déformées par la main de Garrett ne se déverse.

« Me dire quoi ? »

Je me force à respirer.

Amber ne répond pas, probablement pour respecter mon droit à le lui dire ou non.

Ma main se pose sur mon ventre, et Garrett écarquille les yeux.

« Oh, putain. » Il recule et se laisse tomber sur le canapé. « J'ai besoin de m'asseoir.

— Moi aussi », dis-je d'une voix étranglée.

Garrett se frotte le visage. « Oh, gamine. J'aurais dû penser à cette éventualité. J'étais tellement préoccupé par ton état mental que ça m'est sorti de la tête.

— Je sais, dis-je d'une voix rauque. Moi aussi. »

Il se lève brusquement, s'approche de moi et prend mes coudes entre ses mains. « Je te soutiendrai quoi que tu décides de faire. »

Je m'écarte de lui. Je déteste son regard insistant. J'apprécie ce qu'il me dit, mais la maman louve en moi gronde à la suggestion que je fasse quoi que ce soit d'autre que garder mon bébé.

Mais serai-je capable de le ou la garder ?

J'humecte mes lèvres. « D-d'après toi, que fera Carlos s'il l'apprend ? »

Mon frère serre les lèvres et gonfle le torse. Je sais qu'il est prêt à tout pour nous protéger de tous les dangers, moi et mon louveteau. « S'il essaie seulement de t'enlever ce bébé... »

— Tu crois qu'il le fera ? »

Les coins de la bouche de Garrett se tirent vers le bas. « N'importe quel loup uni à une femelle a besoin de protéger sa compagne. Multiplie ce besoin par cent pour un alpha. Alors un alpha avec une compagne enceinte ? » Garrett secoue la tête. « Il faudrait une meute entière pour le tenir à distance. »

J'aurais dû laisser Garrett continuer à me tenir, parce que le sol recommence à tanguer. J'ai l'impression que tout mon sang se précipite vers mes pieds. Je ne peux pas mettre la meute de Garrett ou celle de mon père en danger... Mais Carlos ne l'apprendra peut-être pas. Il n'est pas encore venu me voir et il n'a fait aucune tentative pour me contacter. Je peux peut-être cacher ma grossesse à sa meute.

« Tu vas emménager dans cet immeuble. Je te voulais ici depuis le début », dit Garrett.

Je me souviens de la dispute. Je l'ai supplié de me laisser habiter dans un de ses immeubles plus proche du campus – et plus loin de son regard vigilant. Il a fini par céder, parce qu'il a beau être un alpha protecteur, c'est aussi un amour.

« Je... » J'ouvre la bouche pour protester, puis change d'avis. Mieux vaut ne pas lui dire ce que je pense. « D'accord. »

Les épaules de Garrett s'affaissent. « Je vais réunir la meute à la première heure demain. Ne t'inquiète pas, ils s'occuperont de tout. Tu n'as à te soucier de rien, d'accord sœurette ? »

J'acquiesce, mais je suis déjà en train de me diriger vers la porte. « D'accord, merci. Merci, Amber. » Je tourne la poignée.

« Tu devrais peut-être dormir chez moi cette nuit », dit Garrett.

Je me doutais qu'il allait le proposer.

« Non, ça ira. Demain, c'est bien assez tôt. Bonne nuit. » Je m'en vais avant qu'il ne puisse y réfléchir davantage.

Carlos se lancera peut-être à ma recherche et s'il le fait, je dois être déjà loin de Tucson. En fait, c'est plus sûr si personne ne sait où je suis.

~.~

Carlos

Je suis tapi comme un voleur dans l'ombre de l'immeuble de Sedona.

Je suppose que je suis un voleur, qui attend de voler... quoi ? Le cœur de Sedona ? Son corps ? *Carajo*, je me contenterais de quelques minutes de son temps.

Elle n'est pas chez elle, cependant. La retrouver a demandé peu d'efforts. Au lieu de poser des questions dans la communauté métamorphe, ce qui pourrait alerter la meute de son frère, j'ai cherché les mots *Sedona, université d'Arizona* et *art* sur Internet jusqu'à ce que je tombe sur un article à propos d'une exposition à laquelle elle a participé, et j'ai obtenu son nom de famille. À partir de là, j'ai fait des recherches jusqu'à ce que je trouve une adresse et je suis venu en priant pour qu'elle soit toujours actuelle. À en juger par son parfum qui flotte autour d'un appartement à l'étage, c'est le cas.

Le simple fait de me trouver là où elle habite et de savoir que je vais bientôt la voir déclenche des picotements sur ma peau. Je n'arrive pas à me sortir de la tête ses lèvres enflées, tout juste embrassées. Ni comment elle a battu des cils juste avant de jouir. Et, oh Seigneur, son goût. Je meurs d'envie de me retrouver à nouveau entre ses belles cuisses et de la lécher jusqu'à ce qu'elle hurle.

Ma Sedona.

Une Jeep se gare devant la résidence et je sais que c'est elle avant même de distinguer sa silhouette derrière le volant. Elle sort du véhicule, ressemblant toujours autant à une déesse de la jeunesse et de la fertilité. Sa chevelure châtain est retenue en arrière en une épaisse queue de cheval qui se balance lorsqu'elle marche. Elle porte un mini short, ses longues jambes sont bronzées et attirantes. Bon sang, la courbure de ses fesses se distingue presque là où le short s'arrête. Un grondement grave vibre dans ma gorge quand je pense à tous les mâles qui l'ont vue habillée comme ça.

Je ne pense pas qu'elle m'a entendu, pourtant elle jette un coup d'œil par-dessus son épaule et presse le pas. Je me glisse le long de l'immeuble tandis qu'elle s'approche de la porte.

Merde.

Il faut une carte magnétique pour entrer. La résidence ne doit être verrouillée que la nuit parce que je suis passé sans problème tout à l'heure. Sedona entre et referme la porte derrière elle, après avoir jeté un dernier regard dans l'obscurité comme si elle savait que je suis là.

Putain. Je me fige, recule dans la pénombre. Lorsqu'elle disparaît, j'avance discrètement pour examiner la porte.

J'ai de la chance : un couple en train de se disputer sort de l'immeuble. Je m'approche rapidement en me comportant comme si j'étais chez moi et retiens la porte. Il y a un ascenseur, mais je prends l'escalier et utilise un peu de ma puissance métamorphe pour grimper les marches à toute vitesse. J'arrive au troisième étage au moment où la porte de l'ascenseur s'ouvre. Sedona écarquille les yeux quand elle me voit.

« Carlos. »

Je commence à approcher vers elle, mais ses mots suivants me font stopper net.

« C'est le conseil qui t'a envoyé ?

— Quoi ? » Je ravale un grondement. « Non. Bien sûr que non. » Même si Santiago en a parlé, j'avais déjà l'idée en tête. « Ils ont de la chance d'être encore en vie après leur petit numéro. Je suis venu parce que j'avais besoin de te voir. » J'écarte les bras. « Ce n'est que moi, Sedona. Je suis seul. »

J'aimerais pouvoir lui dire que j'ai vengé son enlèvement, mais quand je suis arrivé devant l'entrepôt, il était entouré de cordons jaunes de police et saturé par l'odeur de sang métamorphe. Santiago avait sans doute raison. La meute de sa famille est arrivée avant moi.

Sedona hoche lentement la tête, mais à ma stupéfaction, elle tourne les talons et fonce vers son appartement comme si elle pensait pouvoir être plus rapide que moi.

Elle devrait pourtant savoir qu'il ne faut jamais fuir devant un loup alpha. Je suis incapable de me contrôler, mon instinct m'ordonne de la pourchasser. Je suis sur elle avant d'avoir pu me retenir. Je la plaque contre la porte, passe un bras autour de sa taille et attrape la main qui tient sa clé de ma main libre.

Son parfum n'aide pas mon loup à se maîtriser. Elle me fait penser à des pommes et à la lumière du soleil, encore plus exquise que dans mon souvenir. Enivrante. À son odeur, elle ne semble pas enceinte, mais c'est trop tôt pour le savoir. J'enfouis mon visage dans le creux de son épaule et remonte pour poser mes lèvres dans son cou. Mon sexe déjà lourd depuis qu'il l'a vue raidit dans mon pantalon.

« Sedona, belle louve, pourquoi as-tu peur de moi ? »

Elle *a* peur, elle tremble même, et je suis un enfoiré de ne pas la lâcher, mais je n'y arrive pas. Maintenant qu'elle est dans mes bras, je suis incapable de la laisser partir. Son dos appuie contre mon torse à chaque fois qu'elle inspire, et j'ai une vue parfaite sur son décolleté qui se soulève et redescend. Je suis rassuré de voir que ses tétons pointent, étirent son fin T-shirt moulant.

Son corps se souvient de son maître.

Enivré par sa présence, je glisse ma main sous le tissu et remonte vers sa poitrine. Je malaxe et pétris un de ses seins, mémorise son poids, sa taille, sa douceur.

Elle expire tout l'air dans ses poumons d'un coup. « L-lâche-moi. » Mais le ton de sa voix n'est pas accordé à ses mots. Mon loup ne la croit pas.

« Tu penses que je pourrais te faire du mal, ma belle ? » Je mordille son lobe d'oreille.

L'odeur de son excitation emplit mes narines, et j'inspire profondément.

« N-non.

— Tu voulais juste que je te pourchasse ? » Je fais descendre mon autre main et la pose sur son pubis, en appuyant mon majeur contre la couture de son short.

Elle rejette sa tête en arrière et laisse échapper un gémissement qui fait immédiatement réagir ma bite.

Quand je presse mon doigt contre son entrejambe, je sens qu'elle est humide malgré son short et sa culotte. « Je te pourchasserai toujours, *ángel*. » Mes dents effleurent son épaule là où je l'ai marquée il y a moins d'une semaine. « Parce que tu m'appartiens. »

Elle se raidit et je prends conscience de mon énorme erreur. « Je ne t'appartiens pas. » Cette fois quand elle s'écarte, je la laisse faire à contrecœur. « Ce n'est pas parce que tu m'as marquée que je t'appartiens. C'est pour *ça* que j'ai fui. »

Elle veut enfoncer la clé dans la serrure mais ses mains tremblent trop pour y arriver la première fois, ce qui m'accorde quelques précieuses secondes pour essayer de reprendre mes esprits.

« Sedona, je te demande pardon. » Je pose ma main sur la serrure avant qu'elle ne réessaie. « Ce n'est pas ce que je voulais dire. Mon loup devient fou parce qu'il veut te récupérer, c'est tout. » J'appuie mon autre main sur la porte, emprisonne Sedona entre mes bras, la plaque contre la porte avec la chaleur de mon torse. « Je ne suis ni idiot ni chauvin, j'estime n'avoir aucun droit sur toi. Je suis venu parce que je voulais m'assurer que tu vas bien. Je ne pouvais pas rester loin de toi.

— Tu vas devoir, pourtant. J'ai besoin d'espace, Carlos. » Elle se tourne, ses courbes douces effleurent mes vêtements et envoient des flammes partout où elle me touche. Elle pose une main sur mon torse et essaie de me pousser. C'est une louve alpha et elle est puissante, mais je ne bouge toujours pas.

« Carlos, ne m'oblige pas à appeler mon frère. Je n'ai qu'un mot à dire pour qu'il te réduise en miettes. »

Je n'aime pas la tournure que prend cette conversation. J'ai tout fait foirer. Son frère peut toujours essayer, mais je suis certain qu'aucun loup ne pourra m'empêcher de rester auprès de Sedona, surtout si on me provoque. Mais je n'ai pas envie de me battre contre sa famille. « Tu aurais pu lui dire de m'attaquer à Monte Lobo, mais tu ne l'as pas fait. »

Sa bravade craque, et la tristesse passe sur ses traits. « Tu m'as laissée partir », dit-elle dans un murmure.

Je n'arrive pas à savoir si elle me remercie ou me fait un reproche. L'idée qu'elle ne voulait pas être libérée ne m'a jamais traversé l'esprit, et qu'elle ait pu être blessée par ma faute me donne envie de m'enfoncer un couteau dans la poitrine. Mais elle ne pouvait pas avoir envie de rester. C'est impossible.

Ne pas savoir ce qu'elle veut dire me met à l'agonie et me rend hardi. Sans la toucher avec mes mains, j'écrase ma bouche contre la sienne et la pousse jusqu'à ce que sa tête cogne doucement contre la porte. Dès qu'elle est bloquée, je lèche ses lèvres, penche la tête pour avoir un meilleur angle.

Si elle ne m'avait pas rendu mon baiser, j'aurais battu en retraite, peu importe ce que veut mon loup ; mais je la sens fondre contre ma bouche, sa langue rencontre la mienne, ses lèvres bougent contre les miennes. Puis elle mord ma lèvre inférieure assez fort pour me faire saigner.

Je me fige alors qu'elle la tire en arrière. Quand elle la lâche, de la colère et du défi brûlent dans ses beaux yeux bleus. « Lâche-moi, Carlos. »

Je recule immédiatement, les mains en l'air.

Merde. *Arrête de penser avec ta bite, trouduc.*

« Sedona, je t'en prie. Je n'ai aucun droit sur toi. Je veux juste... » Je me creuse la cervelle pour trouver quoi dire. « ... un rendez-vous avec toi. Laisse-moi t'inviter à dîner, à petit-déjeuner, ce que tu veux. Rencontre-moi dans un lieu public. Je ne te toucherai pas, je veux juste un moment avec toi. Pour discuter. S'il te plaît ? »

Sedona acquiesce, mais elle tourne la tête vers la porte sans croiser mon regard. « Ouais, d'accord. Demain soir. Dix-neuf heures. » Elle déverrouille sa porte, entre dans son appartement et referme sans un regard en arrière.

Mon loup envoie triomphalement son poing en l'air, mais je ne suis pas dupe. Elle n'a aucune intention de me voir demain. Elle a juste dit ce que je voulais entendre pour clore la conversation.

Je passe les doigts dans mes cheveux et fixe le carrelage du couloir.

Carajo.

J'ai eu son corps avec l'aide de la pleine lune et d'un espace confiné. Mais comment gagner son cœur ?

CHAPITRE SEPT

Sedona

À TROIS HEURES DU MATIN, mon réveil sonne. Je me lève et sors de la chambre en tirant ma petite valise mauve à roulettes. La même que j'ai emportée à San Carlos il y a moins de quinze jours. Une éternité plus tôt.

Si j'étais maline, je passerais à la banque et je viderais mes comptes pour emporter du liquide, mais je n'ai pas le temps. Un avion part pour Paris à sept heures moins le quart, et je compte être dedans. Je dois quitter la ville, le pays, *maintenant*.

Tu devrais être libre de faire tes propres choix, m'a-t-il dit. Ouais, c'est ça. Carlos le pense peut-être en théorie, mais dès qu'il apprendra que je porte son enfant, j'aurai de la chance s'il ne me ramène pas lui-même de force dans le donjon. Il ne pourra pas s'en empêcher, tout comme il n'a pas pu s'empêcher de me marquer. Les loups alphas sont dominants. Possessifs. Autoritaires. Même tyranniques.

« Il n'a aucun droit sur moi », je grommelle en jetant pêle-mêle des

T-shirts et des sous-vêtements dans ma valise. Une robe, une paire de bottes. Mes lèvres picotent au souvenir de son baiser. Je les frotte pour effacer le fantôme de son contact. « J'étais juste une paire de fesses pratique. Je ne suis pas sa compagne. » J'ajoute un autre jean dans la valise et la referme en ignorant les protestations de ma louve. Je ne sais pas du tout quoi emporter pour l'Europe, mais je suis sûre qu'il y aura des boutiques. Si j'ai besoin de quelque chose, je peux l'acheter. Enfin, si mon père ne bloque pas ma carte de crédit pour me forcer à rentrer à la maison.

Le ciel soit loué, j'ai déjà fait toutes les démarches pour obtenir un passeport avant de partir à San Carlos.

Mon téléphone sonne quand le chauffeur Uber arrive. Je refuse lorsqu'il propose de m'aider à mettre ma valise dans le coffre et m'en charge moi-même, puis je monte à l'arrière de la voiture et me retourne pour regarder aux alentours. Il n'y a personne, mais ma nuque picote comme si on était en train de m'observer.

Je m'enregistre au guichet de l'aéroport, achète une bouteille d'eau et essaie de calmer mon cœur qui bat la chamade. *Il n'a aucun moyen de savoir que je suis ici.* Mais j'ai beau me le répéter, ça n'aide pas. Je le sens toujours, comme s'il venait de me toucher et de s'éloigner. J'ai à peine dormi la nuit dernière et quand j'ai enfin trouvé le sommeil, je n'ai rêvé que de Carlos. L'envie de muter me picote la peau, comme si je risquais une attaque à tout moment.

Mais c'est idiot. Carlos ne m'attaquerait pas. Il a dit qu'il voulait juste parler. M'inviter au restaurant, comme un couple normal.

Comment est-ce ce serait de sortir avec Carlos ? L'idée d'être assise en face de lui à une table surmontée d'une bougie me plaît plus que je ne veux l'admettre. Si seulement nous nous étions rencontrés dans d'autres circonstances. Je m'autorise une rêverie stupide : Carlos visite les États-Unis pour conclure des accords commerciaux au nom de sa meute. On se rencontre par hasard ; on se croise dans un couloir, ou il vient visiter mon exposition. Non, il est devant moi dans la file de Starbucks. Il me sent, reconnaît ce que je suis et se retourne. L'intérêt fait scintiller ses yeux noirs.

On flirte. Il m'invite à dîner. Je suis charmée, attirée par sa beauté, séduite par son intelligence et ses accomplissements. Il me parle de Monte Lobo.

Beurk. Ou pas. Un sujet plus gai, alors. Il me raconte des anecdotes amusantes sur ses années d'études. Il m'attire dans son lit. Ma première fois est fébrile et excitante. Il la rend hyper romantique, nous sert du vin dans des verres à pied. Il est doux et attentionné.

Hmmm. Ou pas. Sans savoir pourquoi, cette partie ne me convient pas. Il faut croire que je préfère la sauvagerie dont il a fait preuve quand il m'a prise à Monte Lobo.

Tu voulais juste que je te pourchasse ?

Un nouveau fantasme flotte dans mon esprit. Nous sommes dans la forêt, mais sous forme humaine. Je suis en train de courir et il me pourchasse. Il me plaque au sol, bloque mes mains au-dessus de ma tête et me pénètre brutalement. Je rejette la tête en arrière et crie, à la fois de douleur et de plaisir. Il prend ce dont il a envie, si passionné qu'il est incapable de s'interrompre. Je gémis et me tortille contre lui, je résiste, mais seulement parce que j'aime sentir sa force, qu'il me tienne et qu'il m'oblige...

Je serre les cuisses pour soulager la pulsation brûlante qui commence à s'y éveiller, puis je les frotte l'une contre l'autre quand ça ne fonctionne pas.

Bon sang.

Je me sentirai mieux après avoir mis un océan entre nous. J'aurai du temps pour réfléchir à mes options, pour décider comment procéder. Peut-être qu'en rentrant à la maison, je permettrai à Carlos de me faire la cour, comme il me l'a proposé.

Oui, mais et après ? Est-ce que je vais vraiment me mettre en couple avec un loup qui appartient à la meute qui m'a *achetée* ? Qui me considère comme un *trophée* pour son alpha ? À quoi ressemblerait une telle relation ? Est-ce que j'irais habiter à Monte Lobo ?

Jamais !

Et je ne pourrais pas demander à un alpha d'abandonner sa meute pour moi.

Non, le mieux est de garder cette grossesse secrète et de ne plus jamais entrer en contact avec Carlos. Quand notre louveteau sera devenu adulte, je lui dirai peut-être la vérité sur sa conception.

J'ai dix-huit ans pour m'y préparer.

Pour l'instant, ma décision est prise. Plus de Carlos.

Je suis peut-être marquée, mais ça ne veut pas dire que je ne peux pas être heureuse avec un autre loup. Un loup qui défendra mon bébé et moi contre Carlos et sa meute.

Pourquoi cette pensée me donne-t-elle la nausée ?

Bon, peut-être que je ne trouverai pas d'autre loup. Je serai mariée à mon art et je serai heureuse comme ça.

Promets-moi.

Je frotte ma poitrine comme si je pouvais faire disparaître la souffrance. Ça ne fera probablement pas toujours aussi mal. Si ?

~.~

Carlos

J'achète un T-shirt de l'université d'Arizona, une casquette et de l'après-rasage dans une boutique de l'aéroport. J'entre dans les toilettes des hommes et me badigeonne le visage d'aftershave pour masquer mon odeur puis j'enlève ma chemise, froissée après une longue nuit passée à piquer du nez dans ma voiture de location devant l'immeuble de Sedona. J'ai volontairement acheté le T-shirt rouge une taille trop grande pour ne pas attirer l'attention sur ma musculature de métamorphe. Je ne pense pas que toutes les femmes vont se jeter à mes pieds, mais je préférerais passer pour un Américain lambda aujourd'hui. Ou un Mexicain-Américain lambda, qui sont légion à Tucson. Si je me concentre, je peux même parler sans aucun accent.

Je déchire l'étiquette de la casquette et la visse sur mon crâne en la baissant juste au-dessus de mes yeux avant d'examiner mon apparence dans le miroir. Ça ira. Maintenant, je dois juste me souvenir de remettre de l'après-rasage pendant le vol et avec un peu de chance, Sedona ne me sentira pas pendant que je suis dans le même avion qu'elle. Jusqu'à Paris.

Ce n'était pas facile de la suivre discrètement, de rester assez près pour l'entendre réserver son vol mais assez loin pour ne pas alerter son odorat sensible, mais j'ai réussi.

Je sors des toilettes d'un pas tranquille, dépasse les portes d'embarquement de notre vol et décide de m'asseoir devant la porte en face, celle qui me donne une vue excellente sur ma belle compagne.

Ses cheveux sont lâchés ce matin, ils cascadent sur ses épaules fines et encadrent ses seins fermes. Elle porte un jean qui devrait être illégal sur les filles avec un cul comme le sien, et elle serre les cuisses comme si...

Putain ! Elle est en train de se donner du plaisir ?

Les joues de Sedona rosissent et elle continue de serrer ses genoux l'un contre l'autre, soulevant discrètement ses hanches comme si elle était excitée.

J'arrive à peine à ravaler le grondement qui monte dans ma gorge et je regarde autour de nous avec colère. Qui l'excite de la sorte ? Putain, je vais le *buter*.

Mais je ne vois aucun homme qui pourrait éveiller son désir.

Ça doit être dans ses pensées, alors.

Se pourrait-il qu'elle pense à moi ?

Cette pensée me met presque à genoux, l'envie d'écarter ses cuisses blanches et de poser ma langue sur le petit cœur rose entre elles est si puissante que la tête me tourne.

Sedona. Ma belle louve.

Je déplace mon sexe qui grossit dans mon jean. J'ai besoin d'elle autant que j'ai besoin d'oxygène.

Heureusement, on annonce notre vol, Sedona ramasse ses affaires et se lève. Encore une minute de plus et je me serais retrouvé par terre entre ses jambes.

Je me serais trahi.

Je ramasse mon sac, me lève et me mêle à la foule. Nous montons à bord de l'avion et j'arrive je ne sais comment à passer à côté de Sedona sans qu'elle ne me remarque. Je prends place dans la rangée en face, quelques sièges derrière elle, et baisse la casquette plus bas sur mon visage.

Dès que l'avion s'envole, Sedona sort un carnet à dessin et l'ouvre sur une page blanche. Elle dessine avec de rapides mouvements de son stylo à encre noire, mais je ne peux pas distinguer quoi depuis ma place.

Je brûle de savoir ce qu'elle dessine. Je n'ai encore jamais vu les œuvres de ma compagne – ça me rend malade.

Il y a tant de choses que j'ignore sur elle... Ce qu'elle aime, ce qu'elle n'aime pas. Pourquoi elle veut aller à Paris.

Je ne sais même pas ce que je suis en train de faire. Quelque part au fond de ma tête se trouve la pensée récurrente que le conseil a trouvé un moyen pratique pour se débarrasser de moi avant que je ne leur fasse payer ce qu'ils ont fait à Sedona. Avant que je ne puisse interférer avec le statu quo qui ne profite qu'à eux. Ma meute a besoin de moi, et je suis une fois de plus absent.

Mais mon loup m'a contraint à suivre Sedona. Et maintenant, je la file comme un pervers, je me cache de ma compagne sous son nez. Quel est mon plan ? La convaincre de sortir avec moi à Paris ?

Je laisse échapper un bruit moqueur.

Si ma présence à Tucson la dérangeait assez pour quitter le pays, qu'est-ce qui me permet de penser qu'elle acceptera ma présence quand je l'aurai suivie à l'autre bout du monde ? Je suis venu pour savoir si elle est enceinte. Pour prendre soin d'elle et la protéger.

Mais il est trop tôt pour savoir si elle attend un petit, et de toute évidence ma protection et mes attentions ne l'intéressent pas. Lui faire la cour n'est pas une option non plus. Elle ne veut manifestement pas me voir, et je ne la forcerai jamais à quoi que ce soit. Donc, ça ne me laisse pas d'autre choix que rester là où je suis – tapi dans l'ombre. En train de l'observer. D'attendre de savoir si elle est enceinte. D'être prêt à la protéger si elle a besoin de moi.

Que ferai-je si elle attend mon bébé ?
La consternation m'accable.
Mes options sont totalement pourries.
La capturer. Ou la laisser partir.
Merde.

CHAPITRE HUIT

Garrett

Sedona ne répond ni au téléphone ni à sa porte, bien que sa voiture soit garée devant sa résidence. Il y a un mois, j'aurais attribué ce genre d'attitude à l'irresponsabilité d'une étudiante. Mais après ce qui s'est passé la semaine dernière, ma paranoïa atteint des sommets.

Je tambourine contre sa porte, fendille le bois épais. « Sedona ! »

Trey et Jared se dandinent derrière moi. Le reste de ma meute arrivera dans quelques minutes pour déménager les affaires de Sedona jusqu'à mon immeuble.

« Tu as une clé, tu sais », me rappelle Trey.

Je lâche un juron en sortant mon trousseau de clés, trouve le double de l'appartement et l'insère dans la serrure.

À l'intérieur, l'appartement de Sedona est sens dessus-dessous. Pas comme si elle avait été cambriolée, juste son chaos habituel. Elle n'a vraiment fait aucun effort pour préparer le déménagement, mais bon, je lui avais dit de ne pas s'en préoccuper.

Je fais le tour de la pièce des yeux. Ma peau picote.

« Elle t'a laissé un mot, G. » Jared me tend une feuille tirée d'un carnet portant l'écriture pressée de Sedona.

G*ARRETT*,

Je quitte la ville un moment. Ne t'inquiète pas pour moi, je vais bien. J'ai juste besoin d'un peu de temps toute seule pour réfléchir.

Je t'aime.

Bisous, Sedona

J*E* *FROISSE* le papier en boule et le jette contre le mur, incapable de retenir un rugissement de frustration.

Bien sûr, ma meute (sauf Tank qui s'occupe toujours de la tâche que je lui ai confiée, s'assurer du silence de la meilleure amie d'Amber, Foxfire) choisit ce moment pour arriver. Les loups entrent dans l'appartement, leurs corps musclés emplissent l'espace et j'ai tout à coup l'impression d'être dans mon club un samedi soir. J'aboie des ordres pour qu'ils emballent les affaires et les chargent dans le camion, puis sors téléphoner à ma petite sœur une fois de plus.

L'appel est directement envoyé sur sa messagerie. Comme le weekend dernier. Mais cette fois, elle a laissé un mot. Et elle évite probablement de répondre parce qu'elle ne veut pas que je lui interdise de partir.

Je me force à respirer profondément pour ne pas écraser le téléphone dans ma main. J'envoie un message à Sedona : *S'il te plaît, appelle-moi pour me dire que tu es bien arrivée.*

Voilà. Pas trop intrusif, mais clair et ferme. Le vrai problème va être d'empêcher mon père de devenir dingue. Comme quand elle a été enlevée, c'est à moi de décider quelles informations transmettre à mon père et quand. Et de l'empêcher d'intervenir, alors que mon propre instinct me hurle de me lancer à la poursuite de ma sœur pour m'assurer qu'elle va bien.

Mais j'ai peut-être un moyen de le savoir. Je ramasse le mot froissé et le fourre dans la poche de mon jean. « Je vous retrouve dans son nouvel appartement », dis-je à Jared en sortant pour aller rejoindre ma moto.

Amber déteste que je lui demande d'utiliser son don, mais plus elle pratiquera, plus elle finira par accepter cette facette magique d'elle. Et qui de mieux placé pour l'encourager que son nouveau compagnon ?

Je retourne en vitesse jusqu'à ma résidence et trouve Amber encore endormie au lit. C'est normal ; on est samedi et je l'ai gardée réveillée presque toute la nuit à la faire crier de plaisir jusqu'à ce qu'elle s'enroue.

Elle roule dans le lit en souriant et chantonne quand j'entre dans la chambre. Un drap bleu lavande est enroulé autour de son corps nu. Je ne peux m'empêcher de l'enlever, juste pour regarder ce qui m'appartient.

Amber se redresse sur ses coudes, m'observe. Pas de la façon un peu confuse et excitée dont je la regarde maintenant, mais avec inquiétude. Comme si elle pouvait sentir les émotions en moi.

« Qu'est-ce qui se passe ? »

Je viens me placer au-dessus d'elle et lèche sa blessure encore en train de cicatriser, là où je l'ai marquée. La morsure de Sedona s'est immédiatement refermée, mais Amber est humaine : sa peau ne se régénère pas aussi vite que la nôtre. Ma salive aide à accélérer le processus, cependant.

Elle penche la tête sur le côté et se remet à fredonner adorablement à voix basse, mais elle ne lâche pas le morceau. « Qu'est-ce qui s'est passé ?

— Sedona est partie. Elle a laissé une lettre pour me dire qu'elle quittait la ville. Je suppose qu'elle a décidé de réaliser son rêve et de visiter l'Europe. » Je sors le mot froissé de ma poche et le tends à Amber. Pas pour qu'elle le lise, mais pour qu'elle sente l'énergie qui s'en dégage. Cette méthode a fonctionné avec les vêtements de Sedona à San Carlos.

Amber prend la feuille, mais elle soutient mon regard. « Elle a peut-être besoin d'un peu de temps pour se recentrer. De changer d'air.

— Je sais. Mais je déteste l'imaginer toute seule... sans protection.

Ils pourraient se lancer à sa recherche... » Je me tais en voyant le regard d'Amber partir dans le vague.

Elle me fixe sans me voir pendant un moment, puis murmure : « Elle n'est pas sans protection. »

Je me raidis. « Qui ? » Mais je sais déjà qui, et ça me donne envie de tuer cet enfoiré.

Le regard d'Amber redevient concentré sur mon visage. « Carlos la suit – pas pour l'agresser, précise-t-elle rapidement. Il a besoin de la protéger, mais je ne pense pas qu'il veuille lui imposer quoi que ce soit. »

Mon besoin instinctif de protéger Sedona se calme un peu, mais je grommelle en m'allongeant à côté de mon incroyable compagne : « Je n'aime quand même pas ça. »

Amber cligne plusieurs fois des yeux avant de dire d'une voix lointaine : « La grossesse assure la sécurité de ta sœur... mais pas celle du loup. »

~.~

Sedona

Mon téléphone vibre quand je reçois un sms. Je pose mon carnet à dessin et mon crayon sur le banc sur lequel je suis assise et sors le téléphone de mon sac. C'est Garrett. Par je ne sais quel miracle, ce n'est pas un message rempli de conneries d'alpha m'ordonnant de rentrer à la maison ou de ne pas sortir de ma chambre d'hôtel en attendant qu'il arrive. Non, il m'a envoyé une liste d'informations utiles ; les noms des chefs de meute dans chaque pays européen, où les trouver ou comment les contacter. C'est adorable, mais totalement inutile. Je n'ai pas besoin d'aide. Sauf sous la forme d'un rencard avec un vampire pour qu'il efface mes souvenirs de Carlos.

Mais j'imagine que je me demanderais comment je suis tombée enceinte. Soupir.

Je n'ai pas encore eu de nouvelles de mes parents, ce qui veut dire que Garrett n'a pas dû les prévenir. Ma mère comptait venir me rejoindre à Tucson dès que je suis rentrée mais je l'ai convaincue de ne pas le faire. Je sais que ça lui a fait de la peine, mais je n'ai pas envie d'être dorlotée par mes parents en ce moment.

Je gomme une ligne sur mon croquis de la statue antique de la *Victoire de Samothrace*. J'ai ajouté sa tête et ses bras à Niké mais j'ai créé un dessin simple, une version de livre pour enfants de la déesse grecque. Je dois reconnaître que ses ailes sont magnifiques.

D'un côté, j'ai l'impression que venir faire des croquis au Louvre est trop cliché, l'élève étudiant les maîtres, mais ça m'a vraiment permis d'oublier le Mexique et ma grossesse pendant un certain temps, ce qui est un cadeau.

Une fillette âgée de neuf ou dix ans s'arrête et regarde par-dessus mon épaule. « Ouah, maman, regarde, il y a une vraie artiste ! » Elle est Américaine. Très mignonne.

« Chut, ne la dérange pas, ma chérie. » Sa mère a ce ton indulgent qui indique qu'elle sait que sa fille ne dérange pas, mais qu'elle se sent tout de même obligée de dire quelque chose.

Des humains ont regardé par-dessus mon épaule toute la matinée en murmurant des commentaires en diverses langues, mais celle-là est la plus mignonne. Je détache la page du carnet et la lui tends en souriant.

« C'est... *gratuit* ? » Vu son regard incrédule, elle pense que je suis l'égale de Michel-Ange.

C'est pour ça que je veux illustrer des livres pour enfants. Ou créer des cartes de vœux. Certains artistes trouvent que faire de l'art commercial revient à vendre son âme, mais pour moi, la question n'est pas de gagner de l'argent. C'est juste le genre d'œuvres que je produis. Le public que je préfère toucher.

« Oui. Et il est pour toi. Comment tu t'appelles ? » Je prends mon crayon.

« Angelina. »

J'écris *Pour Angelina, de la part de Sedona, le Louvre* et la date.

Elle me fait un large sourire en prenant le dessin. « Merci beaucoup. » Sa mère pose la main sur son épaule alors qu'elles s'éloignent. Angelina se retourne. « Ton anglais est excellent ! »

J'éclate de rire et sa mère semble gênée. « Elle est Américaine, chérie. »

Tout à coup, sans crier gare, l'odeur de Carlos emplit mes narines. C'est déjà arrivé cinq ou six fois depuis mon départ. À mon avis, c'est parce que son odeur est maintenant imprégnée en moi.

De quoi rendre une louve complètement dingue.

Je ne sais vraiment pas comment je suis censée l'oublier alors que son odeur m'agresse à tous les coins de rue, même à un continent d'écart. Même si je ne l'oublie jamais, de toute manière, à part quelques rares instants quand je dessine. Tout me rappelle Carlos. Je me souviens du grondement dans sa voix quand il me parlait à l'oreille, de ses grandes mains sur ma peau. La manière dont ses yeux brillaient d'un éclat ambré quand son loup sortait à la surface.

Et je me pose un million de questions sur lui. Comment ce serait de courir ensemble sous nos formes de loups, ce qu'il penserait de Paris, de ma famille, de mes dessins. Serai-je capable de lui cacher ma grossesse, ainsi qu'à sa meute ?

Je ramasse mon crayon et me remets à dessiner. Pas Niké cette fois : un loup noir. Il est en train de gronder en montrant les dents, sa fourrure hérissée le long de sa colonne vertébrale. Quand j'ai terminé, j'ombre la fourrure autour de ses oreilles et tiens le croquis à bout de bras pour prendre du recul.

Ma peau se couvre de chair de poule. C'est Carlos, mais je ne sais pas pourquoi je l'ai représenté ainsi. Est-ce que je pense qu'il me protège ?

Ou qu'il va m'attaquer ?

~.~

Carlos

Je regarde Sedona rentrer dans sa chambre d'hôtel et m'appuie lourdement contre le mur d'un air abattu. Est-il possible d'attraper le mal de lune quand on a déjà une compagne ?

Parce que j'ai vraiment du mal à rester près de Sedona sans être avec elle. Le besoin de la toucher, de m'approcher d'elle me rend fiévreux. Je veux recevoir les sourires qu'elle réserve uniquement aux enfants. Putain, *heureusement* qu'elle ne sourit pas à d'autres mâles, sinon ils seraient morts avant d'avoir touché le sol.

Je sais que je n'ai pas les idées claires. Le besoin m'enivre. J'ai oublié ce que je faisais ici.

Ou plutôt, j'ai changé d'avis une centaine de fois. Tout de suite, j'ai décidé de séduire Sedona à nouveau... enfin, ce n'est pas comme si j'avais déjà réussi. Mais je ne la laissais pas indifférente dans la cellule. Si j'arrive à passer un tout petit peu de temps seul avec elle, je sais que je peux séduire ma compagne. L'attirance physique entre nous est puissante. On commencera par le sexe, et on verra où ça nous mène. J'apprendrai tout ce que j'ignore sur elle et je lui montrerai que je peux être le compagnon qu'elle mérite.

Bon. Comment me retrouver seul avec elle ?

C'est mal. Vraiment mal. Mais je suis un assez gros connard pour penser y arriver. Je sors de l'hôtel et trouve un sexshop. Le genre de magasin qui vend des menottes. Des cordes de bondage. Des bâillons.

Ça pourrait terriblement mal tourner. Ou alors, c'est exactement ce qu'il nous faut...

CHAPITRE NEUF

Sedona

JE MARCHE dans une énième flaque et l'eau de pluie trempe mes chaussures et mes chaussettes. Il a plu toute la journée, et je ne suis pas aussi excitée que je pensais l'être en marchant dans Montmartre sur les traces de Picasso, Renoir et Degas.

Je ne sais même pas ce que j'ai vraiment vu de Paris en déambulant dans les rues aujourd'hui. Ma poitrine me fait mal comme si j'avais reçu un coup. Quelques Français me lancent des regards bizarres, et je me rends compte que ma louve est en train de geindre. Elle n'est heureuse que quand je pense à Carlos, ou quand je dors et que je rêve de lui.

C'est le syndrome de Stockholm, c'est ça ?

Je m'arrête pour dîner dans un café en terrasse et me laisse tomber sur un siège protégé sous un large store bleu. La pluie dégringole des bords, éclabousse mes jambes et forme de petites mares près de ma table.

Quand il pleut à Tucson, nous célébrons la pluie parce que le désert est toujours assoiffé, mais elle ne fait que me déprimer aujourd'hui. Je fixe le menu sans le voir. Ça n'a aucune importance : je parle à peine français et personne n'a l'air de parler anglais (ou s'ils savent, ils ne prennent pas la peine de m'aider), alors j'ai commandé des *frites*, du *chocolat chaud* ou du *café au lait* partout. Je vais bientôt en être écœurée.

Le parfum de Carlos tourbillonne une fois de plus autour de moi et les larmes me montent aux yeux. Une petite partie de moi se demande ce qu'aurait donné notre rencard si j'étais restée à Tucson et l'avais laissé m'inviter à dîner. Il m'aurait tenu les portes et aurait payé la note comme un parfait gentleman. Je sais au moins ça. Mais aurions-nous ri ensemble ? Plaisanté ? Flirté ? Les mêmes étincelles auraient-elles crépité entre nous que pendant la pleine lune ?

Ha, comment puis-je en douter ? Il ne pouvait pas s'empêcher de me toucher à Tucson, alors qu'il essayait de s'excuser.

Mon regard est tourné en direction du café de l'autre côté de la rue sans vraiment voir quoi que ce soit. Jusqu'à ce que mes yeux se posent sur un homme qui a l'air d'un espion et jette des regards à la dérobée.

Une décharge électrique me traverse.

Carlos.

Il détourne la tête, la joue *cool*.

Une seconde, est-ce que c'est vraiment lui ? Je n'en suis plus sûre maintenant qu'il a tourné la tête. Mais c'est forcément lui. Il a les mêmes épaules larges, la même chevelure sombre et la même peau couleur bronze.

Putain de merde.

Qu'est-ce qu'il fout ici ? Est-ce qu'il me suit depuis le début de mon voyage ?

Je résiste à l'envie de traverser la rue et de lui mettre une beigne. Non, il ne sait pas encore qu'il est découvert, ce qui me donne l'avantage. S'il veut me suivre, je vais rendre les choses excitantes pour lui.

Je termine mon repas et paie la note, puis je joue l'Américaine qui se croit tout permis et ne se rend compte de rien et entre dans la cuisine pour sortir par la porte arrière qui donne sur la ruelle derrière le café.

Attrape-moi si tu peux, je murmure entre mes dents serrées.

Je suis sûre qu'il me retrouvera facilement et je suis assez remontée contre lui. Mais comment le punir de son incroyable atteinte à ma vie privée ?

Dans son message de la veille, Garrett a dit que son contact parisien fréquentait souvent un bar paranormal appelé le Donjon. Je n'ai pas envie de rencontrer son contact, mais un bar paranormal serait l'endroit parfait pour agacer Carlos.

Normalement, je ne me rendrais pas seule dans ce bar. On m'a prévenue depuis toujours d'éviter les établissements de ce genre. En tant que métamorphe, j'ai de bonnes chances d'être en sécurité dans un bar normal : aucun humain ne pourrait avoir le dessus sur moi à moins de me droguer. Mais un bar paranormal est synonyme d'ennuis, un endroit dangereux pour une femme seule. Ou alors, ce sont les bobards que l'on m'a servis toute ma vie.

Quoi qu'il en soit, j'ai le pressentiment que Carlos va partir en sucette en me voyant là-bas, et c'est bien fait pour lui. Ça lui apprendra à me suivre comme un pervers.

Je regarde l'adresse sur mon téléphone. La chance est avec moi, ce n'est qu'à six pâtés de maisons de mon hôtel. Je monte dans un taxi et rentre à l'hôtel, certaine que c'est là que Carlos ira quand il se rendra compte qu'il a perdu ma trace.

Je me sens presque guillerette pour la première fois depuis mon arrivée à Paris. Je me douche et mets la robe que j'ai emportée. Une robe rouge et courte. Je sèche mes cheveux et applique du mascara et du gloss. Ça doit être à cause de la grossesse, mais malgré mon humeur triste de cette dernière semaine, j'ai l'air radieuse.

Carlos, c'est bien fait pour toi.

J'enfile ma paire de bottes noires à hauteur du genou et sors de l'hôtel en balançant mon parapluie et en secouant mes cheveux. Maintenant que je sais qu'il me suit, je remarque lorsque la porte s'ouvre derrière moi, sens la présence du loup noir.

Tu voulais juste que je te pourchasse ?

Ouais, apparemment. Parce que ma louve adore ce jeu. Je marche d'un pas joyeux dans les rues pavées étroites à la recherche du Donjon. Je passe devant plusieurs fois avant de repérer la porte anonyme au bas d'une petite volée de marches. Bien sûr, le Donjon est situé en sous-sol. J'imagine que c'était évident.

Je tends la main vers la poignée en prêtant l'oreille pour m'assurer que je ne suis pas sur le point d'entrer chez quelqu'un. Non, j'entends de la musique. Je pousse la porte.

C'est comme la scène cliché de tant de films, quand quelqu'un craque une allumette et que plus personne ne parle dans la pièce. Tout le monde se retourne pour me regarder.

Ici, il y a des choses qui vont très bien ensemble. La foule dans le bar est glauque. Avec un G majuscule. Et je me tiens là comme un joli raisin juteux au milieu d'une pile de raisins secs.

Des odeurs agressent mon nez ; il y a ici des métamorphes de toutes sortes, des vampires et tous les autres êtres surnaturels de Paris. Ils ont tous l'air d'habiter dans ce bar, leurs visages rougeauds sont grêlés par la consommation d'alcool.

Nous ne sommes que trois femmes dans le bar et les deux autres sont de vieilles métamorphes peu séduisantes. J'avance lentement vers le comptoir. La saleté recouvre le plancher et les tables n'ont pas été nettoyées en profondeur depuis des années, si elles l'ont seulement été un jour.

Derrière le bar, un petit homme dégarni essuie un verre avec un torchon sale et me dévisage ouvertement comme tous les autres.

Je déglutis et m'approche en roulant des fesses, joue des coudes pour me faire une place entre deux hommes qui sont en train de me déshabiller des yeux et ne se donnent pas la peine de s'écarter. « Je vais prendre un soda », dis-je.

Le barman ne bouge pas, continue à nettoyer le verre comme si je n'avais rien dit. Il ne parle peut-être pas anglais. Je soupire et réessaie : « *Café au lait* ? »

Cette fois, sa lèvre supérieure se soulève et il secoue la tête.

Bon, super.

Même si je n'avais pas senti Carlos entrer, je n'aurais pas laissé le manque d'hospitalité de ce trouduc me mettre dehors. Je pose les coudes sur le bar comme si je comptais rester ici un moment. « Qu'est-ce que vous avez, alors ? »

Il prend une bouteille sans étiquette, verse une dose de liquide clair dans un petit verre et le pousse vers moi.

Ça sent l'alcool à brûler. Pour autant que je sache, c'est un alcool fait maison, peut-être mélangé à la dernière drogue du viol pour faire bonne mesure. Probablement ce qu'ils réservent à toutes les femmes assez débiles pour venir ici.

Je n'y touche pas.

Un métamorphe aux larges épaules avec un T-shirt noir moulant approche et pose son coude à côté du mien, un large sourire sur les lèvres. Je ne reconnais pas son odeur jusqu'à ce que je remarque la queue du tatouage de dragon qui s'enroule autour de son cou.

Incroyable. Je n'en avais encore jamais rencontré.

Avant de connaître Carlos, j'aurais pu être impressionnée. Le type est grand, séduisant et exsude l'assurance virile. Mais tout ce qui me vient, c'est que les muscles de Carlos sont bien mieux définis, que ses yeux bruns ourlés de cils noirs sont infiniment plus doux.

Et je remets soudain en question mon projet de venir me pavaner ici pour énerver Carlos. Je ne veux pas *vraiment* le rendre jaloux, pas dans le véritable sens du terme, et c'est ce que ce type risque de faire.

J'essaie de faire un pas en arrière, mais je suis coincée par un autre mec sur ma gauche. Un autre dragon. Ils chassent ensemble.

Le dragon murmure quelque chose en français et je secoue la tête en me tournant vers la salle avec une nonchalance forcée. Où est parti Carlos ?

Le dragon fronce les sourcils, ramasse mon verre et le lève vers mes lèvres.

Je tourne la tête et du liquide se renverse sur ma poitrine, des gouttelettes froides tombent entre mes seins. Les yeux du dragon se mettent à briller et il se penche en avant comme s'il allait lécher les gouttes. Je pousse sa tête pour essayer de maintenir sa langue à distance. Derrière moi, son ami m'attrape les bras et les bloque dans mon dos en ricanant. Je pousse un hurlement.

Je vois un éclair fugitif de peau et j'entends un os craquer. Le dragon métamorphe rugit et se lève en se frottant la mâchoire pendant qu'un loup furieux de quatre-vingt-dix kilos s'interpose entre lui et moi.

Carlos.

Je suis complètement dépassée par la situation. Je ne pensais pas qu'il aurait besoin de me défendre ou de se battre pour moi. Je voulais juste le provoquer un peu pour le pousser à se montrer.

Et maintenant nous sommes tous les deux en danger. Sous forme humaine, Carlos pourrait être à forces égales contre ce type, peut-être même contre lui et son ami. Mais s'ils mutent, un loup ne fait pas le poids contre un dragon. Bon sang, le dragon pourrait faire brûler le bar en un seul rugissement.

Le dragon derrière moi rit doucement, mais il a lâché mes bras. « Cette louve a un compagnon », dit-il en anglais.

Je prends le bras de Carlos et le tire vers la porte. « Carlos, tout va bien. Allez, on s'en va. »

Carlos n'arrête pas de gronder, et il ne quitte pas son adversaire des yeux.

Je tire de toutes mes forces. « Carlos, on y va. »

Les dragons n'ont pas bougé et n'ont pas l'air de vouloir se battre, mais je ne doute pas que ça changera si Carlos continue.

Je change de tactique et me place devant Carlos comme si j'allais le défendre. Il me prend immédiatement par la taille et essaie de me pousser sur le côté, mais je ne bouge pas. Je fais à nouveau mine de vouloir me mettre entre lui et les dragons. Mon plan a l'air de fonctionner ; Carlos fronce les sourcils. Je compte sur le fait que son instinct tiendra plus à me tirer du danger qu'à me prouver sa supériorité.

Carlos me soulève et m'entraîne vers la porte, en ne s'arrêtant que le temps de me jeter sur son épaule dès que nous sommes loin des dragons.

Par miracle, personne ne nous suit, personne ne s'interpose.

Il pousse la porte et monte les marches sans prononcer un mot. Il ne pleut plus et le brouillard s'accroche aux immeubles et aux lampadaires. Carlos respire à un rythme effréné, en cadence avec ses pas contre les pavés.

Un frisson d'excitation me traverse.

J'aime quand il est en colère.

Bien sûr, ça n'a aucun sens. Je ne sais même pas quoi en penser, à part avouer que sa démonstration de domination virile me rend toute chose. Je me sens peut-être aussi un tout petit peu coupable parce qu'il a failli se faire tuer dans le bar à cause de moi.

Il marche d'un pas décidé jusqu'à mon hôtel et me garde sur son épaule jusqu'à ce que les portes de l'ascenseur se referment derrière nous. Il me repose alors sur mes pieds, me tourne face au mur et me plaque les mains à plat contre la paroi d'une main, tandis que l'autre s'écrase plusieurs fois sur mes fesses.

Aïe.

Et... *miam.*

Ma culotte s'humidifie, mon cœur cogne rapidement contre mes côtes.

Carlos, espèce de démon.

« Ne va jamais, jamais dans un bar paranormal toute seule », lâche-t-il, son accent plus prononcé que d'habitude.

L'ascenseur s'arrête à mon étage. Il décolle mes mains du mur et me retourne brusquement, ce qui soulève le jupon de ma robe. « Viens. »

Il se dirige droit vers ma porte, prend mon sac sur mon épaule et en sort la clé de la chambre.

Son attitude sans gêne devrait m'enrager, mais il n'en est rien. Je continue à trouver sa colère attirante.

Je sais, c'est bizarre.

Dès que la porte s'ouvre, Carlos me montre le mur en face. « Les mains sur le mur comme tout à l'heure. »

J'essaie de trouver un peu de verve et pose une main sur ma hanche. « De quel droit... »

Carlos fond sur moi, me pousse contre la porte fermée et colle sa bouche sur la mienne pour me donner un baiser torride. Ses grandes mains courent partout sur mon corps, trouvent la fermeture éclair à l'arrière de ma robe et la tirent vers le bas. La robe tombe à mes pieds et je ne porte plus que mes sous-vêtements en dentelle blanche et mes bottes en cuir noir. Je reste ahurie.

« Enlève ta culotte. Garde le soutien-gorge et les bottes », dit-il d'une voix autoritaire.

Mon ventre est pris de petits spasmes excités. Ce loup ne m'effraie pas le moins du monde – ce qui est peut-être dingue. Mais on s'est retrouvés dans une situation bien pire et il a réussi à rester un gentleman. Il est peut-être en colère, mais je ne vois pas le loup dans ses yeux, uniquement une promesse sombre.

Une promesse sombre et *délicieuse*.

Malgré ça, je ne fais pas un geste pour obéir. J'ai peut-être juste envie de voir ce qu'il va faire. Jusqu'où poussera-t-il son attitude autoritaire ?

J'avais raison. Il ne se met pas en colère ; au lieu de ça, il déplace son sexe dans son pantalon, les yeux mi-clos. « *Muñeca*, mets-toi en position comme je l'ai dit. »

Mes tétons durcissent. Je suis sûre qu'il peut sentir mon excitation, parce que la chaleur se propage entre mes cuisses. Je suis trop excitée pour refuser. Uniquement vêtue de mes sous-vêtements et de mes bottes, je traverse la chambre en roulant des fesses, pose les mains contre le mur et cambre le cul.

« C'est bien, chérie. » Son ronronnement m'hypnotise. Il approche dans mon dos et glisse ses pouces sous l'élastique de ma culotte. Je pensais qu'il allait la descendre sur mes chevilles, mais il la baisse juste en dessous de mes fesses. Il approche ses lèvres de mon oreille. « Tu ne veux pas l'enlever ? Maintenant, tu dois la garder. Écarte les jambes, *ángel*. Si tu perds ta culotte, je recommence la fessée depuis le début. »

Ma chatte se contracte au mot *fessée*. Étrangement, entre toutes les choses coquines que nous avons faites, c'est ce qui m'a plu le plus, y compris quand il m'a baisée avec une mangue. J'écarte les pieds jusqu'à ce que ma culotte soit étirée entre mes cuisses. C'est à moitié humiliant, à moitié érotique. J'adore.

Mais quand la main de Carlos s'écrase sur ma fesse, plus fort que je ne l'aurais cru possible, je ne m'amuse plus du tout.

Je pousse un glapissement et me décolle du mur en sursautant.

« Aïe ! Ça fait *mal*. » Les métamorphes guérissent peut-être vite, mais ils ressentent la douleur aussi fort que les humains.

Carlos serre ma fesse dans sa main, ses doigts passent sur la peau qu'il vient de marquer de sa paume. Il colle son corps tout contre le mien, passe un bras autour de ma taille pour me tenir contre lui. Son membre gonflé appuie contre mon ventre, dur et insistant. « Je sais, *ángel*. Je veux que ça fasse mal. » Il lâche ma fesse et la frotte pour apaiser la piqûre. « Tu dois te remettre en position. »

Je ne sais pas comment il arrive à rendre ces mots autoritaires si séduisants. Est-ce le timbre rauque de sa voix ? La façon dont il tient ses lèvres si près de mon oreille ?

Pourtant, je ne me laisse pas avoir maintenant que je sais à quel point il frappe fort. « Non. »

Il mordille mon oreille, puis en trace le contour de la pointe de sa langue. « *Sí, mi amor*. Je dois te montrer que je tiens assez à toi pour te punir. Je ne te laisserai pas te mettre en danger. »

Mon cœur bat deux fois plus fort. Je sens qu'il est en train de me dire quelque chose d'important, mais ses mots sont complètement mélangés au sexe et à la douleur, et j'ai du mal à démêler le tout.

« Maintenant retourne te mettre face au mur et pose tes mains dessus. Tends ce joli cul en arrière pour que je le fasse rougir. Et la prochaine fois que tu penseras à faire quelque chose de dangereux, tu te souviendras à quel point je te chéris. » Il masse mes fesses à deux mains, et je ne peux m'empêcher de frotter ma chatte contre la cuisse musclée qu'il presse entre mes jambes.

« C-ce n'est pas logique. » J'ai l'air à bout de souffle.

« Ah non ? » J'entends un sourire dans sa voix. « On verra si ça paraît plus logique quand j'aurai terminé. » Il m'attrape le bras et me pousse vers le mur.

Je suis à présent trop curieuse pour ne pas obéir. Je pose mes paumes contre le mur et tends les fesses en arrière. La culotte est tombée par terre quand le premier coup m'a fait sursauter : mon cul est nu, mes jambes flageolent, et j'attends.

~.~

Carlos

Que le Seigneur soit loué, Sedona est en train de s'offrir à moi comme un savoureux petit morceau de paradis.

Elle est encore plus belle avec l'empreinte rouge de ma main sur sa peau crémeuse et son épaisse chevelure châtain qui retombe en cascade dans son dos. Je prends une photographie mentale pour toujours me souvenir de cette image. Ses bottes, ses cuisses musclées, ses exquises fesses nues. Je l'ajoute aux autres souvenirs qui me hantent depuis notre nuit ensemble dans la prison de Monte Lobo.

J'aurais réduit ces dragons en miettes s'ils m'avaient défié pour Sedona. Je suis sûr que c'est pour ça qu'ils ne l'ont pas fait. Ils ont dû comprendre qu'elle était à moi en sentant mon odeur imprégnée dans sa peau. Aucun métamorphe doté de deux sous de jugeotte ne se mettrait entre un mâle et sa compagne une fois qu'elle est marquée, quelle que soit son espèce.

Et toute cette agressivité a désormais besoin de s'exprimer. Si Sedona montrait des signes de peur ou de colère, j'arrêterais tout. Mais je peux sentir le parfum de son excitation. Ses mamelons sont dressés, ses halètements rapides soulèvent ses seins fermes et les font redescendre. Son regard est vitreux comme si je l'avais déjà baisée.

Elle a besoin de ça. On en a besoin tous les deux. Ça me permettra d'évacuer mon agressivité et de lui montrer combien j'étais inquiet.

Je lève la main et la fais descendre sur son derrière dans un claquement sonore. Elle sursaute, mais incroyablement, reste en place cette fois. Je lui donne une tape sur l'autre fesse, puis fais pleuvoir sur son cul parfait une volée de claques qui la laisse hors d'haleine, pantelante.

Son cul est si joli, coloré par les marques rouges de ma main. Juste assez pour le réchauffer. Elle est métamorphe ; la douleur ne sera que passagère et disparaîtra complètement en quelques minutes.

Je pétris une de ses fesses d'une main et serre sa chevelure dans mon poing de l'autre pour tirer sa tête en arrière. « Qu'est-ce qui t'a pris ? » J'assène une autre tape brutale sur son derrière.

Elle tressaille, mais ma poigne autour de ses cheveux l'empêche de bouger. « J-je savais que tu me suivrais. »

Je me fige. Elle savait que j'étais là. Évidemment. Je me suis tellement laissé emporter dans le bar que je n'ai pas remarqué son absence de surprise quand je suis venu à son secours.

« Je voulais juste te pousser à te montrer. »

Qu'est-ce que ça veut dire ? Elle veut que je sois là ?

Je lâche ses cheveux et me penche en avant pour rencontrer son regard, appuie mon front contre le mur. J'ai besoin de voir son visage, d'essayer de comprendre. « Tu savais que j'étais là ? Depuis quand ? »

Elle se mordille les lèvres. « Je t'ai vu pendant le dîner. »

Je ne peux m'empêcher de sourire. Petite louve futée. C'est pour ça qu'elle a disparu du restaurant. J'étais dans tous mes états en essayant de comprendre par où elle était partie après avoir payé sa note. À cause de la pluie, je ne trouvais pas son odeur autour de l'immeuble, mais je l'ai vue monter dans un taxi en levant la tête.

Je caresse sa peau lumineuse du dos de la main, trace le contour de sa pommette. « Tu étais en colère, ma belle ? Je voulais juste te laisser tranquille, mais j'avais aussi besoin de veiller sur ta sécurité. »

Elle humecte ses lèvres avec sa langue, ce qui envoie ma bite presser contre ma braguette. « J'étais en colère, oui. Un peu. »

Ses pupilles sont dilatées. Je serais le dernier des idiots si je choisissais ce moment pour avoir une discussion à cœur ouvert. Ma femelle est chaude comme la braise. Mes emplettes dans le sexshop n'étaient peut-être pas une si mauvaise idée que ça.

Je capture son menton entre mon pouce et mon majeur et lui fais lever la tête. « Alors tu t'es mise en danger pour me punir ? » Je hausse un sourcil sévère.

Les yeux mi-clos, elle a l'air d'adorer mes remontrances. « Je ne voulais pas vraiment nous mettre en danger. Je voulais juste te provoquer. Te rendre jaloux en recevant de l'attention dans le bar. »

Mon loup grogne en imaginant des mâles en train de s'intéresser à elle, mais je me concentre sur ce qu'elle est en train de dire. Ma compagne me *provoquait*. Ça *ne peut pas* être mauvais signe. Ça signifie qu'elle attend quelque chose de moi... Mais quoi ? De l'attention ? Une déclaration ? Que je la laisse avoir le dessus ? Quoi qu'il en soit, je prends ça comme une victoire, tout comme le moment présent. Ma magnifique compagne presque nue est en train de trembler pour moi, les jambes écartées, les fesses rougies, les lèvres enflées après notre baiser.

« Ce n'est pas bien, Sedona », dis-je d'un ton de réprimande en ôtant les cheveux devant ses yeux. Je baisse la voix. « Je vais encore devoir te punir. »

Je vois l'excitation faire briller son regard, mais elle tourne la tête et essaie de s'échapper.

Je la rattrape par la taille, la soulève en l'air et la jette sur le lit.

Elle pousse un cri aigu et roule sur le lit en riant pour se relever. Je bondis sur elle et la plaque contre le matelas.

« *Tut-tut, ángel*. Tu viens de gagner une punition encore plus sévère. » Je ne peux retenir un large sourire. Mon loup adore la pourchasser autant qu'elle aime le faire courir. Je maintiens ses poignets près de sa tête et prends un instant pour me repaître de cette vue. Si adorable. Son épaisse chevelure brillante est étalée autour de sa tête, ses joues sont joliment rosées.

Je penche la tête vers sa poitrine et mords chaque téton à travers la dentelle blanche, puis je referme mes mâchoires sur le soutien-gorge entre ses seins et tire sur le tissu.

« Attends, attends, attends, dit Sedona en essayant de libérer ses mains. Je vais l'enlever, Carlos. Ne le déchire pas. J'adore ce soutien-gorge.

— Moi aussi. » Je fais danser mes sourcils puis lâche ses poignets, l'aide à retirer les bretelles et ouvre l'attache du soutien-gorge dans son dos. J'utilise le sous-vêtement pour réunir ses poignets et les attacher à la tête du lit. « Ne bouge pas, Sedona, sinon tu vas déchirer ton soutien-gorge préféré. Je reviens dans deux minutes.

— Attends ! » Elle essaie de se lever avec un regard effrayé.

Elle n'aime pas être abandonnée dans une position si vulnérable.

Oh Seigneur, j'espère que ça ne lui rappelle pas de mauvais moments. Je ne souhaite créer que des bons souvenirs entre nous. Je reviens près d'elle et embrasse la peau sensible du creux de ses bras. « Tu sais que tu peux te libérer facilement, n'est-ce pas, *ángel* ? Je reviens tout de suite, c'est promis. Trois minutes, maximum. Je vais juste chercher quelque chose dans ma chambre. D'accord, ma belle ? »

Elle hoche la tête, visiblement rassurée.

Je baisse la fermeture éclair de ses bottes et les lui retire ainsi que les fines chaussettes en nylon qu'elle porte en dessous. Pour relancer l'ambiance sexy, je prends un air sévère. « Profites-en pour réfléchir à ce que devrait être ta punition, petite louve blanche. Nous verrons si nous avons eu la même idée à mon retour. »

Je suis rassuré en la voyant lever les hanches. Elle n'est ni terrifiée ni traumatisée. Ma louve aime ce que je prévois pour elle. Je prends la clé de sa chambre, sors dans le couloir et cours jusqu'à la mienne, deux étages en dessous, pour chercher mon sac de jouets.

Mes yeux se posent sur Sedona dès que je reviens dans la chambre, et je suis incapable de détacher mon regard de son corps. Tout en elle est fascinant ; sa douce peau pâle, la forme de ses seins. Son ventre plat qui palpite, son pubis épilé. Elle me regarde en serrant ses cuisses l'une contre l'autre comme si elle avait besoin de jouir. Je compte assurément m'en occuper. Après l'avoir torturée un peu.

« Oh, *ángel*. » Je déboutonne rapidement ma chemise et monte sur le lit. « Je n'arrive pas à croire que je n'ai pas encore léché ces jolis tétons. » Je me débarrasse de la chemise et me place au-dessus d'elle, me délecte du frisson qui la traverse dès que mes jambes se posent sur ses cuisses. Je donne un petit coup de langue à l'un de ses mamelons, une fois, deux, jusqu'à ce qu'il soit tendu à l'extrême, puis je referme ma bouche autour et le suce vigoureusement.

Elle gémit et se cambre, sa tête part en arrière, son menton levé vers le plafond.

« Quelle charmante, charmante fille.

— Carlos. » J'adore l'entendre prononcer mon nom de sa voix essoufflée.

« C'est ça, *ángel*, c'est Carlos qui te donne du plaisir. Seulement Carlos. »

Elle se tortille, halète, gémit. « Non.

— Non ? » Je cesse de torturer son incroyable mamelon et lève la tête.

Elle secoue la tête, puis la hoche de haut en bas. « Oui. Attends... »

Je ne bouge pas. Je sais qu'elle est un peu déboussolée – merde, moi aussi je suis paumé. Mais je ne veux pas aller plus loin si elle doit me détester ensuite.

« Carlos... Qu'est-ce que tu fais ? »

Je descends le long de son corps et m'installe entre ses jambes. Je passe les mains sous ses fesses, les soulève pour approcher son sexe de ma bouche et lui donne un lent coup de langue. « Je te punis. »

Tout son corps sursaute et le cri qui s'échappe de ses lèvres me fait grogner. Ma queue meurt d'envie d'être dans ma belle compagne.

« Tu mérites cette punition, pas vrai, ma belle ? Pour avoir été une horrible allumeuse ? » Je fais passer la pointe de ma langue sur son clito.

Elle pousse une sorte de *ooh-ooh* en soulevant son bassin vers ma bouche.

« C'est bien, poupée. » J'aspire son petit bouton gonflé et tire dessus.

Elle pousse un cri perçant, bat des jambes autour de mes oreilles.

« J'ai de grands projets pour toi, petite louve. Et ils impliquent tous que tu sois nue et à ma merci. »

Sa chatte s'humidifie abondamment et je dois user de toute ma volonté pour ne pas sortir ma bite et plonger dans son sexe étroit.

Mais je veux prendre mon temps avec elle ce soir. J'ai décidé de recréer de l'intimité entre nous, et pour ça, je dois faire durer le plaisir. Même si ça doit prendre toute la nuit.

~.~

Sedona

Dans un coin de ma tête se trouve l'envie de protester contre la tournure inattendue que prennent les évènements. J'avais prévu de punir Carlos en portant ma robe rouge dans un bar, et voilà qu'il m'a ôté tout contrôle.

Mais je ne me sens pas faible. Au contraire, être l'objet de toute l'attention de Carlos, voir le besoin sombre et le désir tourbillonner dans son regard m'emplit de puissance, même si c'est moi qui suis attachée.

Il tire à nouveau sur mon clitoris puis me fait rouler sur le ventre, en prenant soin de déplacer le soutien-gorge attaché autour de mes poignets pour que mes bras restent dans une position confortable.

Mon esprit émet peut-être quelques réserves, mais mon corps adhère totalement à ce qu'a prévu Carlos : je soulève mon cul et lui donne une meilleure vue de mes partie intimes.

« Mmm. » Carlos prend une de mes fesses dans sa main en un geste possessif, la serre fort. « Garde ce cul comme ça pour moi, *ángel*. Montre-moi que tu peux recevoir ta punition comme une bonne fille. »

Je me liquéfie, la chaleur s'accumule dans mon entrejambe. J'adore quand Carlos me parle comme ça, ce jeu auquel il joue avec moi. Je m'attends à ce qu'il se colle contre mon dos et me prenne par derrière ; en fait, c'est ce que j'espère, mais je l'entends fouiller dans le sac qu'il a apporté, puis un bruit qui ressemble à un capuchon en plastique qu'on ouvre.

Quand il essaie d'écarter mes fesses, je flippe. Je tire sur mes liens, ramène mes genoux en dessous de moi et m'éloigne de lui en rampant.

Carlos m'attrape le mollet et me tire en arrière pour me réallonger sur le ventre. « Ah ah, *mi amor*. Ce n'est pas recevoir sa punition sagement, ça. » Il essaie à nouveau d'écarter mes fesses, mais je me tourne sur le dos et presse mon derrière contre la couverture.

L'amusement illumine le visage séduisant de Carlos. Il est à genoux à côté de moi, un tube de lubrifiant dans la main, mais il lâche le tube et attrape mes deux chevilles. Il les rassemble dans une main, les soulève en l'air et me gratifie d'une fessée brutale.

Je pousse un cri, surprise à la fois par les tapes et par la position si incroyablement vulnérable, mon cul en l'air, mon sexe exposé. Carlos pousse mes jambes vers ma tête et fait couler du lubrifiant entre la raie de mes fesses.

« Carlos. » Je pleurniche, à présent. Je ne suis pas du tout prête à faire du sexe anal avec lui, peu importe à quel point je suis excitée.

Il se penche et embrasse mes fesses douloureuses. « Chut, belle louve. Tu n'as rien à craindre de moi. »

Les trémolos dans mon ventre ne sont pas de cet avis mais quand j'y réfléchis, je sais que c'est vrai. Je lui fais confiance ; il ne me fera pas de mal. Je secoue néanmoins la tête.

Carlos prend ce qui doit être un plug anal (je n'en ai encore jamais vu, mais je devine le rôle de cet objet) et l'approche de mon anus. « C'est ta punition, *mi amor*. » Il lève mes chevilles en l'air, cette fois pas suffisamment pour que mon bassin se soulève du lit, et presse l'extrémité arrondie du fin plug en acier contre mon petit trou.

Mon anus se contracte puis, involontairement, mon corps s'ouvre. Carlos en profite et fait entrer le plug en moi. La sensation est à la fois délicieuse et terrifiante. Je ne veux pas aimer ça, mais c'est le cas. Le plaisir me submerge alors qu'il enfonce le phallus en métal froid plus profondément en moi. Il n'est pas trop gros, et même si je me sens étirée et emplie, ce n'est pas inconfortable, mis à part ma gêne parce que j'ai un objet dans le cul. Carlos le fait pénétrer jusqu'à ce qu'il tienne tout seul, puis il me fait rouler sur le ventre et me donne une petite tape sur les fesses.

Curieusement, je suis mécontente. Pas parce que j'ai un plug dans les fesses ; mais maintenant qu'il est dedans, je suis trempée, excitée. J'en veux plus.

« Carlos ?

— *Madre de Dios, oui*, Sedona. Continue, dis mon nom avec cette jolie voix de gorge. Ça me donne envie de me branler et d'éjaculer sur toi. »

Un petit bruit choqué s'échappe de ma bouche, mi-rire, mi-gémissement. Comme tout à l'heure, je cambre les fesses, l'invite à prendre ce qu'il a déjà possédé.

Le ciel sait que j'ai envie de sentir à nouveau son sexe en moi, aussi désespérément que la nuit où il m'a marquée.

Il grogne. « Tu m'offres cette jolie petite chatte, *ángel* ? » Il passe ses doigts entre mes jambes et caresse mon clitoris.

Mes yeux se révulsent. « Oui, Carlos. » Je reconnais à peine mon gémissement teinté de désespoir.

Carlos plonge dans mes fluides et recouvre mes grandes lèvres avec ma lubrification naturelle, décrit des cercles autour de mon clitoris avec une lenteur exaspérante. Puis, au même moment, il commence à remuer le plug, le fait entrer et sortir de mes fesses.

Je pousse un cri de surprise, l'intensité du plaisir me fait perdre la tête. « C-Carlos !

— Tu aimes ça, poupée ?

— Oh, *par le ciel*, s'il te plaît !

— S'il te plaît quoi, ma belle ?

— S'il te plaît, continue. S'il te plaît, plus vite... Carlos ! » J'essaie de lui transmettre mon urgence en tapant mes pieds sur le lit, comme une nageuse, mais juste avec mes mollets.

Malgré mon manque d'expérience, je suis convaincue que ça pourrait être encore meilleur s'il pénétrait ma chatte en même temps. Comme si Carlos lisait dans mes pensées, il glisse deux doigts en moi et fait des va-et-vient en alternant avec le plug.

Mes gémissements se muent en un long cri guttural. Tous les clients du satané hôtel peuvent probablement m'entendre, mais qu'importe. On est à Paris. « Carlos, Carlos, *pitié* », dis-je d'une voix suppliante. J'ai réellement envie de pleurer : je suis tendue à l'extrême, j'ai terriblement besoin de jouir.

Carlos commence à plonger ses doigts et le plug en moi en même temps, rapidement, et des étoiles dansent devant mes yeux. J'ai l'impression de foncer à toute allure dans un tunnel de montagnes russes plongé dans l'obscurité. C'est exactement comme le Space Mountain : tout mon corps se précipite vers la ligne d'arrivée. Ce n'est pas une ligne mais plutôt un portail ; et dès que je le traverse, mon corps se crispe et se contracte, se gorge de tout le plaisir possible pendant que ma conscience s'envole. Je dérive dans l'espace, si loin et si haut que j'oublie mon prénom. Mon âge. Mon espèce.

Puis je reviens en moi. Je halète contre la couverture, Carlos sort ses doigts et le plug de mon corps. Il dépose une pluie de baisers sur le bas de mon dos avant de disparaître dans la salle de bains pour utiliser le lavabo.

Je suis toute molle, incapable de bouger de l'endroit où je semble avoir fondu sur le lit. Quand Carlos revient, il libère mes poignets et me prend dans ses bras.

« Ça va, *ángel* ? »

J'arrive à acquiescer sans trop savoir comment. J'essaie de remuer les lèvres, de lui demander comment lui rendre la pareille. Je l'inviterais bien à réaliser le fantasme qu'il a exprimé plus tôt, se branler sur moi, mais aucun son ne sort de ma bouche.

Carlos approche une bouteille d'eau de mes lèvres et me fait boire.

« Tu es tellement belle », murmure-t-il d'une voix émerveillée.

Je n'ai pas besoin qu'on me le dise ; je suis une louve alpha, j'ai toujours su que j'étais belle. Mais il ne semble pas le dire pour me faire plaisir, plutôt comme s'il ne pouvait pas s'empêcher de faire cette observation.

« Tu as faim, *mi amor* ? J'ai aussi apporté de quoi grignoter. »

Je hoche faiblement la tête. Il revient avec une boîte de fraises, une baguette de pain et un pot de Nutella.

« Quand est-ce que tu comptais me faire manger ça ?

— Je n'avais pas encore décidé. » Son sourire bourru est modeste et séduisant, et le peu d'agacement qui restait en moi se volatilise. C'est l'homme que je me souviens avoir rencontré dans cette prison au Mexique. L'homme avec qui je me suis liée, que ça me plaise ou non. Il trempe une fraise dans le Nutella et l'approche de ma bouche.

Je mords dedans, consciente qu'il regarde fixement mes lèvres. Un filet de jus s'échappe de ma bouche et Carlos plonge en avant quand je tire la langue pour le lécher. Il se retient au dernier moment et déglutit.

« Sedona. Je... Il y a tant de choses que je veux te dire, mais aucune ne semble suffire. Je suis navré. Je vais commencer par là. Je suis désolé. »

Je le regarde, paupières mi-closes. « Désolé pour quoi, exactement ?

— Pour ce que ma meute t'a fait. Je ne pourrai jamais l'effacer, jamais effacer ce tort. Pourtant, Dieu sait que j'ai envie d'essayer. »

Je prends une inspiration. Je dois lui poser la question. J'ai besoin de savoir dans quelle mesure ce qui s'est passé au Mexique était dû à notre instinct animal (la pleine lune, deux alphas enfermés ensemble) et ce qui est réel. « Et ce que tu m'as dit dans la cellule, que tu ne regrettais pas que ce soit arrivé ? »

Carlos serre les mâchoires. Il rompt un morceau de pain, le trempe dans le Nutella et le porte à ma bouche. « C'est également vrai. » Il a l'air de se confesser de quelque chose de très lourd, comme s'il n'avait pas envie de l'admettre mais ne pouvait pas mentir.

Je suis consternée de voir à quel point son aveu me rend légère. Est-ce que j'en pince déjà totalement pour ce mec ?

Je me régale du pain trempé dans le chocolat et lève la tête pour en avoir encore. Il m'en donne immédiatement. Je n'ai aucun point de comparaison, mais j'ai du mal à imaginer un amant plus attentionné.

« Sedona, je ne veux te forcer à rien. Te compliquer les choses est la dernière chose que je souhaite. Mais je suis aussi incapable de rester loin de toi. Je ne dis pas ça pour t'effrayer, j'essaie juste de t'expliquer pourquoi je suis là, à te suivre comme un chien errant qui aurait senti de la viande. »

Les coins de ma bouche se soulèvent à sa comparaison, et le soulagement passe sur son visage.

« Laisse-moi t'escorter au cours de ton voyage. Je sais que tu es venue pour m'oublier, pour oublier ce qui s'est passé. Mais je t'observe depuis des jours, *mi amor*, et tu es toujours aussi mélancolique. Tu as peut-être besoin d'un... *ami* pour partager ton voyage. Je parle un peu français, et je suis très doué pour tenir les parapluies et garder les hordes de fans à distance des futures artistes célèbres quand elles sont en train de dessiner. »

Je hausse un sourcil. « Un ami, hein ? Tu déshabilles toutes tes amies avant de les attacher au lit ? » Dès que je pose la question, la jalousie m'étouffe. L'a-t-il déjà fait ? Il avait l'air de savoir ce qu'il faisait. J'ai envie d'arracher les yeux de toutes les femmes avec qui il a déjà couché.

Ses lèvres tressautent. « Tu l'as bien cherché, *bianca*. Tu devrais savoir qu'il ne faut pas provoquer mon loup. » Il utilise ce ton autoritaire qui me fait mouiller.

« Ça veut dire quoi, *bianca* ? Blanche ?

— Oui. Alors, qu'en dis-tu, *muñeca* ? Me laisseras-tu rester auprès de toi ? T'accompagner ?

— Ça dépend. » Je sais déjà que je vais dire oui. Le poids qui pesait sur moi depuis le Mexique a disparu, et ce voyage à travers l'Europe devient soudain aussi excitant que je l'imaginais quand je rêvais de venir ici.

« Énonce tes conditions, *mi amor*. Je les respecterai. »

J'adore le respect qu'il me témoigne. « Si je dis que j'ai besoin d'être seule, tu me laisses tranquille. Je ne t'accepte pas comme compagnon. »

Il hoche gravement la tête. « Compris. Ce n'est pas ce que je demande. »

Tout à coup timide, je prends une fraise et mords dedans. J'adore l'expression affamée qui déforme le visage de Carlos en me regardant faire. Je me demande s'il va exiger de prendre son plaisir ou s'en passer pour me prouver qu'il se tiendra bien. Je suis tentée de lui avouer que la prochaine fois, j'adorerais essayer le plug anal en même temps que son sexe, mais je me retiens.

Il n'est pas mon compagnon de vie, juste un compagnon de voyage. Nous n'avons toujours pas discuté du fait qu'être ensemble est impossible et condamné d'avance, mais le sujet plane au-dessus de nous.

« On devrait peut-être aller en Espagne, dis-je pour arrêter de penser à lui sauter dessus.

— Pourquoi ?

— Tu parles la langue. Ça pourrait être plus sympa. »

Il pose son front contre le mien et pousse une autre fraise entre mes lèvres. « C'est une excellente idée, *mi amor*. Nous irons visiter les demeures de Gaudí et Picasso. Dalí. Miró. Qui d'autre ? »

Je m'illumine. J'ai beau avoir été la princesse de la meute de mon père toute ma vie, et même si beaucoup de gens diraient que j'ai été trop gâtée, j'ai toujours eu l'impression que personne ne me connaissait vraiment. Comme si je n'étais pas beaucoup plus qu'un objet ou un symbole. Carlos fait attention à moi. Il sait exactement ce qui me plaît, et j'adore avoir l'impression d'être réellement *vue*, pour une fois. L'idée de visiter des musées avec lui me donne presque envie de sauter partout.

Je pose ma tête contre son épaule, profite du réconfort qu'il me procure. Malgré mon courageux désir de voyager seule, avoir un partenaire est bien plus agréable. Surtout quelqu'un d'aussi capable et attentionné que Carlos.

SANS TITRE

Carlos

Je ferais mieux de quitter la chambre de Sedona avant que mon sexe qui pulse ne me fasse faire quelque chose de stupide qui briserait la confiance que nous venons de rebâtir. J'inspire son parfum, qui me torture et me soulage en même temps. Ma douce compagne s'est endormie sur mon épaule, et ça me procure un plaisir tel que je me décarcasserai pour le mériter toute ma vie. Rien ne m'a jamais paru si bon que prendre soin de ma compagne. La nourrir, l'abriter entre mes bras.

Enfin, rien sauf la faire jouir.

Mon loup roule encore des mécaniques après son dernier orgasme. Repousser ses limites comme je l'ai fait était risqué, mais la récompense en valait la peine. À Harvard, on nous a appris à évaluer les risques et à les minimiser. Il m'apparaît soudain clairement que me montrer prudent ne m'a jamais réussi. Ça va à l'encontre de ma nature de loup, d'alpha. Et c'est sans aucun doute la raison pour laquelle j'ai un tel merdier à gérer à Monte Lobo.

Merde, tant pis pour les risques. Ma meute a besoin d'être secouée. Le conseil a besoin de se faire botter le cul, et je suis le seul à pouvoir les renverser. Il faut changer les choses, introduire le progrès.

Quand je suis couché avec Sedona dans mes bras, tout devient clair. Comme si tout ce dont j'avais besoin pour prendre ma vie en main était de devenir le compagnon de Sedona. Si je suis un homme (enfin, un loup dans notre cas) digne d'être son compagnon, je suis devenu l'alpha qui saura correctement diriger sa meute. Et pour ça, je devrai peut-être faire les choses différemment de mon père.

Ouah. Ma réticence à changer les choses est-elle vraiment issue d'une volonté de ne pas surpasser mon géniteur ? Ahurissant et idiot, mais c'est là. Je me suis retenu par respect pour mon père. S'il n'a pas défié le conseil, qu'est-ce qui me fait croire que je devrais le faire ?

Une tristesse inattendue me serre le cœur. Je me sens déloyal juste en pensant que je peux faire mieux. Mais si je n'agis pas, je ne gagnerai jamais le cœur de ma compagne. Comment puis-je espérer faire venir Sedona dans une meute brisée ? Quelle vie pourrais-je lui offrir ?

Je dépose un baiser sur son front, me lève du lit et la rallonge sous la couverture. Je dois faire quelque chose pour mon érection dure comme la pierre, sinon il me sera impossible de dormir. Si j'étais un meilleur loup, je la laisserais et j'irais dans ma chambre. Mais putain, c'est inimaginable.

Je ne quitterai jamais Sedona de ma propre volonté. Pas à moins qu'elle me demande de m'en aller.

Je ramasse mes vêtements, marche à pas feutrés jusqu'à la salle de bains et entre dans la douche. Même en n'allumant que l'eau froide, je n'arrive pas à calmer ma bite.

Et merde. Je supporterai mieux de dormir à côté de Sedona si je me branle. J'ouvre l'eau chaude et prends mon érection gonflée en main. Je n'ai qu'à penser à Sedona, allongée à moins de dix mètres de moi. Nue.

Ma main va et vient autour de mon membre, mes yeux sont déjà en train de se révulser. Il me suffit de repenser au moment où je l'ai marquée à Monte Lobo, et j'explose, j'éjacule contre le mur de la douche, l'eau soudain beaucoup trop chaude.

Je remets l'eau froide pour me rincer.

Maintenant, avec un peu de chance, je peux m'allonger à côté d'elle sans risquer de l'attaquer pendant son sommeil. Je me sèche et enfile mon boxer. Mais quand je retourne dans la chambre, mon sexe se soulève dès qu'il la voit.

Merde. Cette nuit va être interminable.

~.~

Sedona

Je rêve que les mains de Carlos sont partout sur moi, caressent ma peau nue. Il grogne quelque chose d'un ton sévère et dominateur qui me fait grimper aux rideaux.

Non, une petite seconde. Ce *sont* les mains de Carlos sur mon corps. L'une glisse sur ma hanche, l'autre plonge dans mes cheveux.

Je suis réveillée.

Mais je ne suis pas sûre qu'il le soit. Il respire profondément et de manière régulière, comme s'il était endormi. Je crois que ses mains bougent toutes seules.

« Carlos ? »

Il retient son souffle un instant et suspend son geste. Puis, à en juger par sa lente expiration, il glisse à nouveau dans le sommeil et recommence ses caresses.

Tous les endroits qu'il touche s'éveillent, se réchauffent et picotent. Sa main remonte contre mon flanc et se pose sur mon sein. Il le serre entre ses doigts, frotte son pouce sur mon téton.

Sérieusement ? Ce type est tellement doué au pieu qu'il peut le faire en dormant ? J'aurais dû insister pour savoir avec combien de femmes il a déjà couché.

Je serre les cuisses pour apaiser le battement de désir renouvelé qui y grandit et me tourne vers le réveil sur la table de chevet en clignant des yeux. Il est quatre heures du matin. S'il continue, je ne me rendormirai jamais.

Je prends sa main et la glisse entre mes jambes.

À nouveau, son souffle s'interrompt avant de s'apaiser et de reprendre une cadence égale, mais ses doigts savent exactement quoi faire. Il me pénètre lentement. Je suis choquée d'être déjà si mouillée et si prête.

Je gémis ; Carlos pousse un grondement.

S'est-il réveillé ? Je n'arrive pas à savoir.

« Carlos ? »

Le grondement gagne en volume, ses doigts s'enfoncent plus profondément, écartent mes lèvres, plongent en moi.

Je pousse un cri étranglé et serre les jambes autour de sa main, j'en veux désespérément plus.

Un grognement s'échappe de la gorge de Carlos et je me retrouve soudain allongée à plat ventre, sa main posée sur ma nuque, ses genoux en train d'écarter mes cuisses.

Tout l'air s'échappe de mes poumons d'un seul coup quand il s'allonge de tout son poids sur moi et pousse son membre raide entre mes cuisses.

J'éclate presque de rire. Son boxer l'empêche de me pénétrer, mais il n'est pas assez réveillé pour comprendre ce qui se passe. Il lâche un grognement frustré et donne d'autres coups de bassin vigoureux. Si sa main n'était pas fermement posée sur ma nuque, il m'enverrait valdinguer contre la tête de lit.

Il comprend le problème, libère sa bite et, une demi-seconde plus tard, il l'enfonce en moi. Entièrement. Genre, jusqu'à la garde.

Je pousse un cri, pas de douleur, mais je suis stupéfaite par la force et l'abandon de ses coups de boutoir. Il fait des va-et-vient rapides, me pilonne avec des coups de reins puissants qui frappent contre mes fesses. Ses grondements emplissent la chambre et apportent un son de basse au soprano de mes cris haletants.

Oui, *ça*.

Je ne savais pas que ça pouvait être aussi bon. Si naturel.

Et en dormant, rien que ça.

Le râle de Carlos meurt sur ses lèvres, et il se pétrifie. Il pousse un soupir haché, lâche ma nuque et enlève les cheveux devant mon visage, mais ses hanches recommencent à bouger encore plus vite qu'avant.

Je me tords pour me tourner vers lui, et il me regarde fixement, ses sourcils si froncés qu'ils ne forment plus qu'une ligne.

« Sedona, oh *Seigneur*... » Il crie en jouissant, sa voix se répercute contre les murs.

Je jure que je sens sa semence chaude me remplir. Je passe une main entre mes jambes pour frotter mon clitoris et le suis vers l'orgasme.

Il grogne, encore en train de jouir, nous fait rouler sur le côté et tend les bras pour prendre mes seins dans ses mains tout en continuant ses coups de reins. Son souffle chaud brûle mon cou pendant qu'il pétrit ma poitrine, pince mes mamelons.

Je jouis encore une fois, une réplique presque aussi agréable que le premier orgasme.

Carlos lèche et embrasse mon cou en grognant. J'ai l'impression qu'il n'a pas encore entièrement repris ses esprits. « Sedona, je suis vraiment désolé. Je ne voulais pas... » Mes doigts posés sur mon clitoris effleurent la base de son sexe. Il attrape mon poignet, le lève au niveau de nos visages. « Qu'est-ce que c'est que ça ? » Son accent est prononcé, incroyablement sexy. Il prend mes doigts dans sa bouche et les suce.

Ma chatte se contracte comme s'il était en train de faire ça *en bas*.

« *Mi amor*, tu ne te touches pas quand tu es au lit avec moi. C'est *mon travail*. »

Mon cœur, qui bat déjà la chamade après notre intermède, redouble le rythme de ses battements en l'entendant me réprimander d'une voix rauque.

Il reprend mes doigts dans sa bouche. « Mmm. Tu as un goût délicieux, *ángel*. Pardon de ne pas avoir bien fait mon travail cette fois. J'étais, euh...

— Endormi ? » Je ris doucement.

Il pose la tête dans le creux de mon cou et éclate de rire. « Je suis vraiment désolé, dit-il avant de pousser un petit grognement. Je t'ai fait mal ? Est-ce que tu vas bien ?

— Je vais bien. »

Il lève la tête, me regarde avec une intensité qui affole mon rythme cardiaque. « Tu es sûre ? Je ne voulais pas te faire ça, ma belle. Je me suis branlé avant de venir au lit pour ne pas te sauter dessus, et voilà que je l'ai fait pendant mon sommeil. Sans protection. »

Son chagrin a l'air sincère.

« Je t'aurais arrêté si ça ne m'avait pas plu. »

Son expression devient interrogative. « C'était bien ? Ça t'a plu ?

— Je savais que tu dormais. J'étais épatée que tu puisses aller si loin sans te réveiller. Il devrait exister un genre de prix pour ce talent. »

Il se déhanche toujours lentement en moi, même si nous avons tous deux joui et que son sexe est en train de ramollir. Il passe la main entre mes jambes et tapote légèrement mon clitoris. « Je ne mérite aucun prix si tu as dû te satisfaire toute seule, *mi amor*. »

Une troisième onde de choc me traverse. Une petite cette fois, mais elle me procure autant de plaisir.

« Plus jamais. » Il emploie à nouveau son ton autoritaire. « C'est moi qui te donne du plaisir, *ángel*. C'est mon devoir. Un devoir que je promets de prendre très au sérieux. »

J'ai envie de glousser, mais il a l'air tout à fait sérieux. Comme s'il faisait un serment sur la tombe de son père.

« D-d'accord. » Je ne sais pas quoi dire d'autre.

Il me fait un baiser-suçon-morsure époustouflant dans le cou. « Personne d'autre ne te touche, grogne-t-il d'une voix menaçante. Même pas toi. »

La possibilité qu'il m'administre d'autres punitions si je désobéis me fait frissonner. L'idée de ravit et j'ai hâte d'essayer, mais je joue le jeu. « D'accord. »

Il mord le cartilage de mon oreille. « Bonne fille. »

Sa réponse m'enveloppe de chaleur et je me réinstalle entre ses bras. J'arriverai peut-être à me rendormir.

CHAPITRE ONZE

Carlos

JE RAPPORTE du café et des croissants du wagon-bar jusqu'à nos places, où Sedona est en train de dessiner dans son carnet de croquis. Le trajet en train entre Paris et Barcelone dure six heures et demie, et j'ai fait tout ce que je pouvais imaginer pour faciliter les choses et rendre le voyage agréable pour Sedona. Je nous ai acheté des billets en première, et j'ai réservé trois places au lieu de deux pour que l'on puisse rester seuls. J'ai branché son téléphone dans la prise entre nos sièges pour le recharger et lui ai proposé d'écouter de la musique avec mon iPod et mes écouteurs sans fil.

J'adore la regarder dessiner, totalement absorbée dans son croquis d'une fée posée sur une fleur.

Elle lève à peine la tête lorsque je pose les gobelets sur ma tablette, mais ça ne me dérange pas. Je ne veux pas empiéter sur son temps, je suis juste reconnaissant qu'elle m'autorise à prendre soin d'elle.

Je sors mon téléphone et appelle Monte Lobo. C'est dimanche, et lorsque je suis loin de la meute, j'ai pris l'habitude d'appeler ma mère ce jour-là. Bien sûr, elle n'a pas de téléphone personnel, puisque la technologie est interdite à tous sauf aux membres du conseil et à l'alpha.

J'appelle don Santiago, qui occupe une sorte de rôle de gardien de la meute. Presque toutes les communications passent par lui. Je n'aime pas don Santiago (je n'aime aucun des anciens), mais il est sans doute le plus compétent. Comme moi, il a étudié à l'université. Il possède un diplôme d'études supérieures et a même travaillé un temps dans un laboratoire génétique à Mexico. Il a suffisamment voyagé à travers le monde pour comprendre comment fonctionnent les choses, y compris la technologie et les meilleurs moyens de l'utiliser. C'est lui qui a fait relier la montagne au Wifi malgré les prédictions lugubres des anciens du conseil qui assuraient que nous ouvrir au monde mènerait à notre destruction.

Don Santiago répond à la deuxième sonnerie. « Carlos. » Il utilise toujours un ton chaleureux et paternel avec moi.

« Bonjour, don Santiago, dis-je en espagnol, comment ça se passe ? » Nous avons eu la même conversation chaque semaine pendant toutes mes études universitaires.

« Tout va bien, *mijo*. » Il m'appelle *mon fils*, ce qui me hérisse toujours.

Je ne laisse pas passer cette fois : « Carlos. Ou don Carlos. Pas mon fils. » Je suis content d'arriver à parler calmement.

« Bien sûr, pardonnez-moi don Carlos, dit don Santiago d'un ton apaisant. C'est seulement que je vous connais depuis que vous êtes bébé.

— Et maintenant je suis l'alpha.

— Oui, bien sûr. Personne ne le remet en cause. »

Bizarrement, à ces mots les poils se dressent sur mes bras. Il l'a dit trop vite, trop facilement. Comme si je devais en effet m'inquiéter qu'on remette en cause mon statut. Je range cette information dans un coin de ma tête pour y penser plus tard.

« Avez-vous retrouvé votre femelle, Carlos ? »

Je réprime un nouveau grondement. « Je l'emmène à Barcelone. Une lune de miel, en quelque sorte. » Je lance un regard en coin coupable vers Sedona, même si elle ne parle pas espagnol. Je ne sais pas si elle apprécierait que j'appelle ça une lune de miel alors qu'elle n'a pas accepté d'être ma compagne, mais je dis juste ce que Santiago a envie d'entendre pour qu'il me foute la paix. « Ma mère est disponible ? je demande avec impatience.

— Je me dirige vers sa chambre en ce moment même. Voyons si elle est cohérente aujourd'hui. »

Je grince des dents, même si l'état mental de ma mère n'est pas la faute de Santiago. En fait, j'ai toujours compté sur don Santiago pour me parler sincèrement de la maladie de ma mère. Mais après le sous-entendu de Maria José et son conseil de la faire examiner par quelqu'un d'autre, le doute s'est immiscé. Don Santiago a-t-il vraiment le bien-être de ma mère à cœur ? Et s'ils ne s'occupaient pas aussi bien d'elle que je le pense ? Aurais-je dû la faire rentrer dans sa famille après la mort de mon père ?

Il n'est pas trop tard : je peux m'en occuper à mon retour. Encore un autre problème à régler.

J'entends don Santiago parler et ma mère lui répondre, puis sa voix résonne dans le téléphone : « Carlos ?

— Bonjour, *mamá*. Comment vas-tu ?

— Carlos ? Où es-tu ?

— Je suis à Barcelone, *mamá*, avec la fille dont je t'ai parlé.

— À Barcelone ? » Elle a l'air confuse. Rien de nouveau.

« Oui, avec ma louve. »

Ma mère pousse un cri sonore, et une pointe de peur m'étreint avant qu'elle ne s'exclame : « C'est merveilleux ! Carlos a une compagne.

— Tu pleures, *mamá* ?

— Je suis juste tellement heureuse pour toi, Carlos. Quand vas-tu l'amener à la maison ?

— Je ne sais pas. » Ce qui me tue. « Bientôt, j'espère. » Ce n'est pas un mensonge – je peux toujours espérer.

« Des petits-enfants. Je veux des petits-enfants, Carlos. »

L'envie s'éveille soudain si fort en moi que j'ai besoin de fermer les yeux. *Sedona, enceinte de mon bébé.* Toute ma vie vaudrait la peine d'être vécue si c'était le cas. Et bon sang, je ferais tout pour m'assurer que leur vie soit parfaite.

Je m'éclaircis la gorge. « J'en ai envie aussi, *mamá*. »

Sedona me regarde avec curiosité, et elle retire les écouteurs de ses oreilles.

« Écoute, *mamá*, je dois raccrocher. Je t'appellerai la semaine prochaine. Prends soin de toi.

— Je t'aime, Carlitos, *mijo*. Ramène la louve ici. Je veux la rencontrer.

— Oui, *mamá*. Je t'aime aussi. *Adiós*. »

Je raccroche, me tourne vers Sedona et hausse les épaules. « Ma mère.

— Était-elle... » Sedona semble chercher ses mots. J'apprécie sa délicatesse.

« Elle était plutôt cohérente. Je lui ai parlé de toi. » Je tripote les croissants, en sors un du sac en papier et le lui propose.

« Qu'est-ce que tu lui as dit ?

— En fait, je lui avais parlé de toi le matin de ton départ, mais elle a oublié. Je lui ai dit que j'étais avec toi. Elle a pleuré. »

Sedona me regarde trop intensément pour que je sois à l'aise. Je déchire un morceau du croissant et le fourre entre ses lèvres.

« Je peux me nourrir toute seule, tu sais.

— J'aime te nourrir. »

Elle sourit tout en mâchant. « Je sais. Alors, pourquoi est-ce qu'elle a pleuré ?

— Elle est heureuse pour moi. Je ne lui ai pas raconté, euh, toute l'histoire. Seulement que j'étais là avec ma louve... avec une louve », je rectifie.

La tristesse que j'ai vue sur le visage de Sedona toute la semaine dernière est de retour, et j'ai envie de me frapper pour lui avoir rappelé cette épreuve. Il y a tant de laideur dans notre passé... à cause du conseil. Je n'ai pas envie d'en parler, mais je sais qu'il faudra bien le faire à un moment. J'inspire profondément.

« Écoute. On trouvera une solution. Je sais que ça fait beaucoup de choses à dépasser ; ce qu'on a vécu, nos différences, où on habite. Mais laisse-nous une chance, Sedona.

— Je ne sais pas, Carlos. On vit dans des mondes différents.

— Nous sommes deux loups cultivés et intelligents. On peut faire en sorte que ça marche. »

Elle fronce les sourcils, ses yeux se perdent dans le lointain.

Je lui prends la main pour qu'elle rencontre mon regard. « J'ai beaucoup réfléchi au fonctionnement de Monte Lobo. J'avais toujours prévu de changer les choses dès que je deviendrais alpha. Je ne suis revenu que depuis quelques semaines et ça n'a pas été aussi facile que je ne le pensais, mais je te promets que les choses vont changer. Sedona, tout d'abord, je veux que tu saches que j'ai essayé de venger ton kidnapping, mais quelqu'un l'a fait avant moi.

— Garrett. Mon frère. »

J'acquiesce.

« Ensuite, je veux te dire que ce que le conseil t'a fait, nous a fait, n'est pas normal. Quand j'y retournerai, je vais mettre de l'ordre dans tout ça. Il y a beaucoup de bons loups dans la meute, et ils méritent mieux. » Quelque chose en moi change pendant que je parle à Sedona. Je dis, et fais le serment dans mon cœur en même temps : « Je vais éradiquer la corruption et faire sortir la meute du Moyen-Âge. Je serai l'alpha dont elle a besoin. »

Sedona étudie mon visage. Je reste immobile, en me demandant ce qu'elle voit en moi.

« D'accord. » Elle paraît se détendre. « Je suis contente.

— Merci. » Je suis heureux qu'elle m'ait écouté mais je n'arrive pas à savoir si j'ai gagné sa confiance.

« Une chose est sûre, dit-elle. Ton conseil... » Elle secoue la tête. « Tu ne peux pas te fier à eux. Pas après ce qu'ils ont fait.

— Je sais. Depuis la mort de mon père, ce sont eux qui tirent les ficelles. J'étais trop jeune pour diriger et il n'y avait aucun autre alpha potentiel. Ils ont accaparé beaucoup trop de pouvoir. Réparer leurs dégâts prendra du temps.

— Alors tu vas retourner au Mexique ? » demande-t-elle, et mon cœur manque un battement. C'est précisément le sujet que j'évitais d'aborder.

Je prends une grande inspiration. « J'ai envie de répondre non. Tu vois, il y a cette superbe louve qui me captive... »

Sedona sourit.

« Mais elle ne me respecterait pas si je n'assumais pas mes responsabilités.

— Non, c'est vrai.

— Mais je devais la revoir. Même seulement quelques jours. Monte Lobo est un environnement tyrannique, mais voir cette louve me rappelle pourquoi je me bas. J'espère qu'elle appréciera les prochains jours en ma compagnie. On pourra faire comme si on était des touristes qui viennent de se rencontrer et qui ont décidé de voyager ensemble sur un coup de tête. »

Elle hausse un sourcil.

« Ce n'est pas gagné, mais j'espère qu'elle comprendra. J'en ai besoin, même si ça ne dure que quelques jours.

— Je comprends », dit-elle d'une voix douce. Une ombre passe sur son visage.

« Hé. » Je pose la main sur sa joue. « On n'est pas obligés de décider quoi que ce soit. Profitons juste de l'Espagne ensemble.

— D'accord. »

Un poids se soulève de ma poitrine. Je n'ai pas de réponses pour l'avenir, mais mon loup est content de rester dans le moment présent, de se délecter de la présence de la compagne qu'il a choisie.

Je place un autre morceau de croissant dans sa bouche. « Je peux voir ton dessin ? »

Elle tend la main vers le carnet, puis hésite, me lance un regard impénétrable.

« S'il te plaît ? »

Je retiens mon souffle lorsqu'elle me le passe lentement, et je croise les doigts pour dire ce qu'il faut. La fée est adorable : d'immenses yeux grands ouverts, une bouche ronde et des couettes rousses. De longues lignes délicates donnent l'impression que son corps est en mouvement, comme si elle était sur le point de voleter jusqu'à la prochaine fleur. Ses mains sont jointes dans son dos comme la *Petite Danseuse* de Degas, mais tellement plus mignonne. Elle dégage une impression joyeuse, espiègle... Je ne m'y connais pas assez pour comprendre comment Sedona a réussi à la transmettre, mais elle est là.

« C'est... *parfait*. Tu as vraiment du talent, Sedona.

— Oh, je t'en prie. » Elle essaie de récupérer le dessin, mais je le tiens hors de sa portée. « Ce n'est rien. Un croquis de dessin animé.

— Ce n'est pas rien. C'est beau. C'est enchanteur. Et surtout, c'est ce que tu as envie de créer. » Je ne peux m'empêcher de penser à monétiser son art – ça m'a été inculqué à Harvard. « Tes dessins feraient d'excellentes cartes de vœux. Ou des illustrations de livres pour enfants. Même des T-shirts. »

Elle se mordille les lèvres, mais je vois une lueur d'espoir dans ses yeux et j'ai envie de sauter de joie. J'ai dit ce qu'il fallait. « J-je ne sais pas trop. Je ne suis pas douée pour le marketing et les ventes. J'aime juste créer.

— Alors, laisse-moi les vendre pour toi. Je serai ton agent. Ou ton manager, je ne sais pas comment on appelle ça pour les artistes, dis-je en souriant.

— Ce serait cool. » Elle le dit comme si ne pensait pas que ça arrivera, ce qui m'agace. Ça me rend encore plus déterminé à lui prouver les efforts que je suis prêt à faire pour la rendre heureuse.

Elle essaie de m'arracher le carnet des mains quand je tourne une page. Je me détourne et le lève en l'air pour le regarder sans qu'elle puisse le prendre.

C'est moi, mon loup dans le moindre détail. Elle a réussi à trouver la couleur exacte de ma fourrure, de mes yeux. Elle s'est souvenue de tout alors qu'elle ne l'a vu qu'une seule fois.

« Sedona. » Je me tourne vers elle, sidéré. « Tu m'as dessiné *moi*. »

Ses joues sont roses. Elle hausse les épaules comme si ce n'était rien. « Pourquoi je ne le ferais pas ?

— Je peux l'avoir ?

— Non. » Elle tend le bras, et je la laisse prendre le carnet à contrecœur.

La déception me noue la gorge. « Pourquoi pas ?

— Je veux le garder », marmonne-t-elle.

Mon assurance en chute libre suspend sa dégringolade. Elle veut le garder. Le dessin de *moi*. J'ai envie d'attribuer à ce geste une signification beaucoup plus profonde, mais je sais que ce n'est pas judicieux. Elle ne m'a pas encore dit qu'elle avait des sentiments pour moi.

« Alors j'aimerais un dessin de toi. »

Elle renifle d'un air peu convaincu. « Je ne me dessine pas. » Ses joues prennent une envoûtante teinte de rose.

« Essaie. »

Elle lève les yeux au ciel, mais un sourire flotte sur ses lèvres. « On verra. »

Je me réinstalle au fond de mon fauteuil et bois mon café, une main posée sur sa cuisse. La toucher m'aide à garder les pieds sur terre et apaise mon anxiété tout en remettant en marche les moteurs de mon désir, qui tournent toujours à plein régime en sa présence.

Tout paraît si simple et naturel avec elle que même si j'ose à peine le penser, je commence à croire qu'on trouvera un moyen pour être ensemble.

Je ne sais pas encore lequel, mais je sais que j'ai envie d'essayer.

~.~

Ancien du conseil

Je m'installe à ma place de première dans l'avion pour l'Europe et sors mon ordinateur portable. J'ai énormément de résultats de laboratoire à examiner après les tests effectués à Mexico. Heureusement, ils se trouvaient au labo, pas à l'entrepôt. Je n'ai pas osé passer là-bas au cas où l'endroit serait encore sous surveillance. Pas par les agents fédéraux : ceux-là peuvent être achetés. Par des métamorphes. Il paraît qu'un loup d'ici a été libéré en même temps que les Américains et que sa meute chasse désormais les coupables.

Bonne chance à elle. Je me suis bien débrouillé pour rester en coulisses. C'est facile, quand on est prêt à payer le moindre service une petite fortune.

Je parcours les résultats, étudie les marqueurs génétiques de la louve américaine et des autres membres de sa meute. Tous en pleine santé. Dommage que je n'aie pas eu le temps de prélever des ovules et des spermatozoïdes pour amorcer une fécondation in vitro.

Raison de plus pour que Carlos engrosse sa compagne pendant ce voyage, si ce n'est pas déjà fait.

Barcelone.

Carlos n'aurait pas pu me faciliter plus la tâche. J'ai un entrepôt là-bas, avec deux louves, une femelle jaguar et deux ours en captivité, tous acheminés de Sibérie.

J'aurais pu les faire amener à Mexico, mais grâce à Carlos, le choix a été facile. Je ferai d'une pierre deux coups.

Si Carlos ne coopère pas, je l'emprisonnerai avec sa petite Américaine et j'obtiendrai leur progéniture d'une autre manière. C'est mieux que le tuer comme son père. Quel gâchis.

J'envoie un message à Aleix, l'un des trafiquants. *Il y a deux nouveaux loups dans ta ville. Trouve-les et surveille-les, mais ne les touche pas. Ils sont sous ma protection.*

~.~

Sedona

Carlos me tient la main pendant que nous marchons sur les Ramblas, l'avenue piétonne de Barcelone avec un marché en plein air. J'essaie de ne pas me demander si je dois le laisser me tenir la main, de ne pas trop réfléchir sur le message que ça fait passer. Il dort déjà dans ma chambre et me réveille la nuit pour me baiser comme un sauvage. Se tenir la main n'est probablement pas un problème.

La rue est remplie de touristes et de vendeurs, et je dois bien l'admettre, j'aime la sécurité et la protection que représente Carlos.

Je m'arrête un moment pour observer un artiste de rue qui fait semblant d'être une statue puis Carlos m'entraîne vers la mosaïque de Miró incrustée dans le sol, que les touristes piétinent sans se douter qu'il s'agit d'une œuvre célèbre.

Je regarde l'assortiment de sacs en cuir d'un vendeur ct Carlos sort son portefeuille, comme il l'a fait chaque fois que je me suis arrêtée à un stand. Il est si impatient de m'acheter tout ce que je désire. Dommage que je ne sois pas une artiste sans le sou, sinon il pourrait utiliser ma détresse pour obtenir ce qu'il veut.

C'était une pensée bizarre.

C'est juste qu'il me fait la cour tellement activement. Il veut me prouver qu'il peut subvenir et répondre à tous mes besoins. C'est super mignon, mais ça me tape aussi sur les nerfs si j'y pense un peu trop. J'ai l'impression d'être dans une émission de téléréalité, avec un temps limité pour apprendre à connaître un prétendant et décider si je vais passer ma vie avec lui.

Hum, non.

Il y a de l'alchimie entre Carlos et moi, aucun doute là-dessus. Mais à part ça, je n'arrive pas à savoir ce qui est réel. Est-il venu me séduire parce que sa nature animale le force à le faire ? Est-ce que son loup refuse de me laisser, maintenant qu'il m'a marquée ?

N'y a-t-il pas une autre fille qui serait mieux pour lui ? Quelqu'un avec la même culture, qui parle sa langue et que le conseil taré ne dérange pas ?

Mais je déteste instantanément cette compagne imaginaire. Elle ne serait pas bien du tout pour lui. Je le sais, c'est tout.

Je pose le sac en cuir que je regardais.

« Tu en veux un ? me demande Carlos.

— Non merci, Crésus. »

Il hausse un sourcil. « Crésus ?

— Tu essaies de me montrer que tu peux subvenir à mes besoins ? »

— Je suis vieux jeu, dit-il en éclatant de rire. C'est possible.

— Quelle est ta situation financière, au fait ? » Je me donne mentalement des coups dès que je pose la question. Maintenant, j'ai vraiment l'air d'une fille en train d'interviewer son prétendant.

« Ma meute est riche. Presque tout revient à l'hacienda et les autres sont laissés sans rien. »

Il le dit de façon détachée mais je sais qu'il n'accepte pas cet état de fait, sinon il ne m'en parlerait pas.

« Alors, tu vas redistribuer les richesses ?

— Ce n'est pas si simple. Je veux utiliser une partie de l'argent pour les infrastructures : la plomberie, l'électricité, de meilleurs logements. Mais je pense qu'on devrait aussi changer notre manière de faire du commerce pour augmenter nos profits. J'ai examiné les comptes de la meute, et on devrait gagner plus. Beaucoup plus.

— Tu penses que quelqu'un vole de l'argent ? »

Il rencontre mon regard. « Sincèrement ? Oui. »

Je lui serre la main. « Je suis sûre que tu vas découvrir qui c'est et y remédier. Tu es là pour ça, pas vrai ? »

Il passe un bras autour de ma taille et me serre contre lui. Ma poitrine se presse contre ses côtes. « Tout paraît possible quand je suis avec toi. »

Mon cœur manque un battement et je fonds contre lui, lève la tête pour l'embrasser.

Il plaque ses lèvres sur les miennes. « Tu me donnes une raison d'être », dit-il dans un souffle.

J'ai à moitié envie de me détacher de lui, de refuser d'être sa raison d'être. Je ne suis pas prête pour ce genre d'engagement. Mais des feux d'artifices se déclenchent dans ma poitrine et je lui souris comme une abrutie.

Son baiser est tendre, il contient quelque chose de plus profond que la passion.

Ça me fait flipper à mort.

Carlos

Je sors de la douche après une journée passée à visiter la maison-musée de Gaudí avec Sedona. Elle rend tout magique, c'est incroyable. L'architecture de Gaudí est impressionnante, sans aucun doute, mais la voir à travers ses yeux l'a rendue encore plus splendide.

Une serviette enroulée autour de la taille, je sors de la salle de bains de notre chambre d'hôtel et rejoins Sedona. Dans sa robe rouge.

« Oh non, *muñeca*. Tu ne portes pas ça pour sortir », dis-je avec une autorité inflexible. Je dois empêcher cette catastrophe, sinon je vais arracher les yeux de tous les mâles qui la regarderont ce soir.

Sans parler d'un problème supplémentaire ; on n'arrivera jamais à aller dîner parce que maintenant, j'ai envie de la plaquer contre le mur et de la baiser jusqu'à ce qu'elle perde connaissance.

« Enlève cette robe. Tu ne peux pas porter ça. » C'est une mauvaise idée de dire ça, mais je ne peux retenir l'interdiction qui s'échappe de ma bouche.

Elle plante ses mains sur ses hanches. « Va te faire foutre. Je mettrai ce que j'ai envie de mettre. »

Bon, ouais, j'ai complètement déconné sur ce coup.

Je m'approche lentement, un chasseur concentré sur sa proie. Cette fois, j'enferme mon loup en moi avant de parler. « Pardonne-moi, *mi amor*. Ce n'est pas ce que je voulais dire. » Mes mains se posent sur ses hanches et je tire le tissu vers le haut pour révéler davantage ses cuisses. « Je voulais simplement dire que si tu mets ça, je ne mangerai que toi ce soir. »

Un de ces beaux sourires illumine son visage. « J'y compte bien. »

Je grogne. « Mais tu es affamée. Tu l'as déjà dit deux fois depuis que nous sommes rentrés prendre une douche et nous changer.

— Tu devras te retenir jusqu'à ce qu'on ait fini de dîner. » Elle pose ses mains sur les miennes pour les immobiliser.

« Impossible. »

Elle hausse les épaules. « Alors, j'irai toute seule.

— Ça m'étonnerait. » Cette fois, je ne peux m'empêcher de la plaquer contre le mur et de l'emprisonner entre mes bras. « Enlève. La. Robe. »

Ses pupilles se dilatent. Les coins de sa bouche se soulèvent. « Non. » J'entends le défi dans sa voix. C'est le même qui me pousse à la poursuivre quand elle me fuit.

Mais dans un petit coin de mon esprit, je ne sais comment, je me souviens qu'elle a faim. C'est mon devoir de prendre soin de ma femelle ; je vais donc devoir faire vite. Je la tourne face au mur et remonte la robe dans son dos.

Elle porte un string en satin avec un carré de tissu minuscule entre les jambes.

Je le lui arrache, incapable de l'enlever avec délicatesse. « C'est pour qui, ça ? » Je suis incroyablement jaloux parce qu'elle a emporté ce string à Paris avant de savoir que je serais là.

« Du calme, mon grand, dit-elle d'une voix apaisante. C'est pour toi. Seulement pour toi. Comme cette chatte. » Elle passe la main entre ses jambes et touche son sexe.

Oh, elle ne vient pas de faire ça.

Je passe un bras autour de sa taille pour la tenir et je fesse son cul sublime, ma main s'écrase vite et fort contre sa peau. Mon autre main descend le long de son ventre et se pose sur son pubis. Elle est trempée. Je presse un doigt dans sa chaleur mouillée, m'en sers pour étaler l'humidité sur son clitoris. Elle pose ses doigts sur les miens et se cambre pour que je m'occupe de cet endroit.

Je prends une inspiration entre mes dents serrées et cesse la fessée pour masser son cul qui chauffe et caresser sa chatte mouillée. « Tourne-toi. » Ma voix est trois octaves plus grave que d'habitude, plus animale qu'humaine.

Elle se retourne et j'enlève la serviette autour de ma taille. Lorsqu'elle lève une jambe et la pose sur ma hanche, je passe mon avant-bras sous ses fesses et les soulève pour les faire venir à la rencontre de mon membre raide.

Et je suis en elle. Exactement là où j'ai eu envie d'être toute la journée. Là où j'avais besoin d'être hier soir, et la nuit précédente. Je m'enfonce plus profondément, pousse ses épaules contre le mur tout en attirant ses hanches vers les miennes. C'est une déesse échevelée, sa robe est entortillée autour de la taille, sa chevelure étalée contre le mur. Je la baise fort et profondément, sans relâche.

« Je voulais te prendre lentement ce soir, chérie. Prendre mon temps avec toi. Mais non, il a fallu que tu portes *cette* robe », dis-je dans un grondement tout en la pilonnant.

Elle s'accroche à mes épaules, ses ongles se plantent dans ma chair, elle me marque comme je l'ai marquée. « Carlos », dit-elle d'une voix étranglée. Le désespoir est déjà là, elle a besoin de jouir.

Tant mieux, parce que je ne pense pas tenir longtemps.

« Prends tout. Prends-moi tout entier, *muñeca*. Tu l'as cherché. »

Comme d'habitude, mes mots excitent ma femelle. Elle perd le contrôle, ses cuisses enserrent ma taille, sa chatte se contracte et se relâche tandis que son cri reste en suspens, semble flotter dans l'air entre nous parce qu'elle a arrêté de respirer.

Je lui donne encore trois coups de reins et plonge entièrement en elle pour jouir.

La poitrine de Sedona recommence à se soulever, elle baisse les bras, plante ses ongles profondément dans mon dos et ferme les yeux.

Je possède sa bouche, colle mes lèvres contre les siennes, les lèche et les suce jusqu'à ce que mon orgasme se termine. Puis je me fige. « J'ai encore oublié la capote. » J'en ai mis une hier soir, mais pas la nuit précédente quand je l'ai baisée pendant mon sommeil, et je viens de recommencer. C'est horrible à dire, mais je dois inconsciemment vouloir la mettre enceinte pour la lier à moi.

« C'est pas grave. » Elle enfouit son visage dans mon cou, encore en train d'essayer de reprendre son souffle. « Je ne peux pas tomber enceinte. »

Le soulagement m'envahit. Enfin, surtout du soulagement. Avec peut-être dix pour cent de déception. Elle doit prendre la pilule.

Étrange, je ne l'ai pas senti dans son odeur comme c'est le cas pour les humaines.

Son ventre gargouille.

« Ma belle, tu as faim », dis-je sur un ton de reproche. Je sors lentement mon sexe d'elle et repose ses pieds par terre. « Allons dîner. »

Je me penche pour ramasser la serviette et quand elle ne répond pas, je lève les yeux vers elle.

« Sedona. Merde. » Je reviens vers elle en enroulant la serviette autour de ma taille. « Je t'ai fait mal ? J'y suis allé beaucoup trop fort. Je suis désolé, *ángel*. »

Quand elle tend les bras vers moi, le soulagement manque de me laisser sur le carreau. Elle s'accroche à mon cou et me laisse l'étreindre. « J'aime ça, quand tu y vas fort », me murmure-t-elle à l'oreille. Mais son corps tremble, et je me sens comme le dernier des idiots de l'avoir baisée puis laissée s'écrouler par terre pendant que je m'essuyais la bite.

Je la tiens contre moi, caresse son dos, plonge mon nez dans son épaisse chevelure soyeuse. Je me repasse la scène et essaie de déterminer si je lui ai fait mal ou si elle a juste besoin d'un moment de tendresse, quand elle dit : « Tu me dois un string, par contre. »

J'aboie un rire.

« Et je porte quand même cette robe pour aller manger. »

Je grogne. « D'accord, *muñeca*, porte la robe. Mais tu seras responsable des coups de poing que je donnerai à tous les hommes qui te reluquent. »

Elle me lâche et je fais un pas en arrière, même si je n'en ai pas envie. « Tu seras sage. » Elle a l'air de le croire, et je me promets de ne pas la décevoir. Même si je dois en crever.

~.~

Sedona

. . .

Je n'ai pas menti. Pas vraiment.

Il ne peut pas me faire tomber enceinte parce que je le suis déjà.

Cette omission tourne dans ma tête et tous les problèmes auxquels j'ai évité de réfléchir me retombent dessus.

Dans peu de temps, il sentira l'odeur de mon changement hormonal. Bientôt, mon corps commencera à changer pour s'accommoder à l'être qui grandit en moi. Notre bébé.

Qu'en pensera Carlos ?

Je ne sais même pas ce que moi, j'en pense.

Par le ciel, le but de ce voyage en Europe n'était pas de l'oublier, c'était une dernière tentative désespérée pour profiter un peu de la vie avant d'avoir un enfant. Je fais comme si ce bébé n'existait pas, comme si aucun de mes problèmes n'existait pendant que je prends mon pied à voir des œuvres d'art célèbres et à me faire baiser contre le mur par un loup libidineux.

Mais je vais bientôt devoir affronter la réalité. Soit je quitte Carlos et j'essaie de lui cacher cette grossesse, soit on reste ensemble et il l'apprendra tout seul dans une semaine ou deux.

Et ensuite ?

S'il en fait déjà des tonnes pour me protéger pendant ce voyage, qu'est-ce qu'il fera quand il apprendra que je porte son bébé ? Est-ce que je crois vraiment qu'il acceptera de me quitter ?

Qu'a dit Garrett ? *Il faudrait une meute entière pour le tenir à distance.*

Je mets une culotte et lisse le bas de la robe pendant que Carlos s'habille.

Il me regarde comme s'il savait que je suis préoccupée et que ça l'inquiétait. Il est attentif, je dois le reconnaître. Dans ce genre de moment, j'aimerais qu'il le soit un peu moins.

Non, ce n'est pas vrai.

Carlos m'escorte hors de l'hôtel et nous descendons à nouveau les Ramblas jusqu'à une terrasse de restaurant où on pourra dîner tout en regardant l'activité dans l'avenue bordée d'arbres.

Je suis irritée et courbaturée à tous les bons endroits, mais je sais que ce sera passé dans une heure, alors je savoure chaque petite douleur.

Carlos commande une bouteille de vin après m'avoir demandé ce que je préférais. J'en bois une gorgée quand on nous sert, mais même si j'avais eu envie de boire de l'alcool, je ne peux pas. Mon corps le refuse totalement. Je peux à peine avaler cette seule gorgée.

Après avoir commandé nos plats, Carlos demande : « À quoi pense cette jolie petite tête, Sedona ? Tu es bien silencieuse. »

Je secoue la tête. « À rien. J'essaie juste de ne pas penser à ce qui se passera pour nous après. »

Son expression devient grave. Il me fixe intensément et je n'arrive plus à respirer. « Maintenant, j'essaie de ne pas te demander ce à quoi tu ne penses pas. »

Je laisse échapper un petit rire, reconnaissante qu'il se montre si vrai avec moi. Avec lui, parler d'un sujet difficile ne semble pas si compliqué.

Le serveur apporte nos assiettes et je commence à dévorer mon repas comme si je n'avais pas mangé depuis une semaine. J'espère que mon appétit décuplé n'est pas déjà dû à ma grossesse, parce que je n'ai pas envie de passer les neuf prochains mois à engloutir tout ce qui me tombe sous la main.

Pouah. Et voilà que je recommence à penser à la grossesse. Mais je n'ai jamais cessé de le faire.

Je tourne la tête vers l'avenue piétonne pour regarder un groupe de musiciens qui vient de commencer à jouer et Carlos suit mon regard. Il s'étrangle soudain sur son vin et je lui demande, amusée :

« Tout va bien ? »

Il s'essuie la bouche avec sa serviette. « Oui. Je vais aux toilettes, *muñeca*. Je reviens dans une minute. »

Il me faut environ trente secondes pour me rendre compte qu'il n'a pas pris la direction des toilettes mais celle de la sortie.

Mon instinct se réveille en rugissant, les poils de ma nuque se dressent, ma vue se réduit comme si j'avais besoin de muter et de fuir.

Mais quel est le danger ? Je regarde aux alentours et vois Carlos sur la Rambla, en train de parler avec...

Oh putain, non.

C'est un des anciens. Je reconnaitrais ce fils de chien n'importe où. C'est l'un des deux hommes qui ont accueilli les trafiquants à la grille.

Je jette quelques euros sur la table, me lève et sors d'un pas vif du restaurant. Je suis tellement focalisée sur Carlos et le membre du conseil que je ne remarque pas le groupe de jeunes qui approche jusqu'à ce qu'ils me rentrent dedans. Ils rigolent et parlent en espagnol... Non, pas en espagnol ; en catalan, la première langue parlée à Barcelone. L'un d'entre eux m'attrape le coude et dit quelque chose d'un ton amical, mais je libère mon bras et continue de marcher droit sur Carlos.

Quand je frotte mon bras qui picote, je vois du rouge sur mes doigts.

Ce n'est rien, mais ça rajoute de l'huile sur le feu de ma fureur et de mon sentiment de trahison. Une fureur que Carlos est sur le point de recevoir de plein fouet.

~.~

CARLOS

DON SANTIAGO EST À BARCELONE.

Je suis prêt à lui casser la gueule. Je ne sais pas à quoi il joue, mais je compte bien le découvrir. Tout de suite.

Si nous n'étions pas dans un lieu public, ma main serait déjà serrée autour de sa gorge.

« Du calme, *mijo*... don Carlos, je ne vous *espionne* pas, comme vous dites. J'avais des affaires à régler ici et j'ai pensé que ce serait l'occasion de vous rendre visite.

— Conneries. »

Don Santiago a toujours une expression amusée et indulgente, et je suis prêt à l'effacer de son visage avec mon poing. « *Bueno*. Vous avez raison. Le conseil aimerait aussi savoir comment ça se passe avec votre femelle. Je suis venu vous demander si je pouvais être utile.

— *Être utile* ? » Ne pas crier me demande un gros effort. « Quoi, vous allez faire livrer du vin et des mangues dans notre chambre d'hôtel pour nous aider à nous mettre dans l'ambiance ? »

Don Santiago croise les bras. « C'est nécessaire ? »

Je serre si fort les poings que mes ongles s'enfoncent dans mes paumes.

« Elle est enceinte ? »

Don Santiago regarde par-dessus mon épaule et au même instant, je détecte l'odeur de Sedona.

Carajo !

Je me retourne, mais c'est trop tard. Elle a entendu.

Son visage est blanc comme un linge, mais la fureur fait étinceler ses yeux.

« Sedona... ce n'est pas ce que tu crois. »

Elle a déjà tourné les talons et s'éloigne d'un pas décidé en direction de notre hôtel.

« Sedona, attends ! Laisse-moi t'expliquer. » Je cours derrière elle. Je m'arrête juste avant d'arriver à sa hauteur, parce que je suis sûr qu'elle me frappera si j'essaie de la toucher. Je choisis plutôt de marcher au même rythme qu'elle. « Je ne sais pas ce qu'il fait ici. Je ne savais pas qu'il allait venir. *Écoute-moi.*

— Non. » Elle s'arrête et pose une main sur mon torse, me faisant stopper aussi. « Je n'ai pas à t'écouter. En fait, je ne peux pas. Je refuse de le faire. J'ai entendu ce qu'il veut. Que tu sois au courant des sales petites manigances de ton conseil ou pas, tu n'es pas innocent. Tu en fais partie. Et je m'en vais. » Elle recommence à marcher.

« *Putain !* » Je ne peux retenir mon cri de frustration avant de recommencer à la suivre. « Ce n'est pas ce que... »

Mais si, ça l'est. Elle a raison. Je ne peux pas contredire sa vision des choses.

« Sedona, je ne suis pas ici pour te mettre enceinte. Je ne te vois pas comme un trophée. Je suis venu parce que je ne pouvais pas rester loin de toi. Tu m'as demandé de te laisser tranquille et je voulais le respecter, mais... je ne *pouvais* pas.

— Eh ben, tu vas devoir le faire, lâche-t-elle. Parce que c'est fini. »

Elle en a fini avec moi.

Ses mots enfoncent un poignard dans mes entrailles.

Je ralentis le pas, la laisse avancer sans moi. Je ne la convaincrai pas d'être avec moi en continuant de ne pas respecter sa volonté.

Elle ne jette pas un seul regard en arrière, marche toujours droit vers l'hôtel. J'ai l'impression que ma poitrine vient de se faire écraser par un poids-lourd. Je m'affaisse contre un immeuble, à peine capable de respirer.

Elle a raison. Nos problèmes sont insurmontables. Elle ne pourra jamais oublier ce que le conseil lui a fait, et je fais partie de cette horreur. Comment ai-je pu espérer un seul instant la ramener avec moi ?

L'idée est ridicule. Monte Lobo la briserait comme elle a brisé ma mère. Toute la lumière en elle disparaîtrait, et elle s'éteindrait un peu plus chaque jour jusqu'à ce que qu'elle devienne soit folle comme ma mère, soit aussi vide qu'une coquille.

Ce serait peut-être différent si j'avais autre chose à lui proposer. Une autre meute, une autre option. Si j'acceptais de quitter ma meute et de vivre avec la sienne. Mais je ne peux pas abandonner les miens. Mon absence fait partie des raisons pour lesquelles tout va si mal là-bas. La meute a besoin de moi.

Non, si je tiens à Sedona, si je tiens *vraiment* à elle, la seule chose à faire est de la laisser partir.

Même si ça signifie que ma poitrine va se briser à cause du poids qui la comprime.

~.~

Sedona

Je sens l'instant où Carlos cesse de me suivre et me laisse partir.

Je sais que je devrais prendre ça comme un cadeau, mais ça me blesse autant que son mensonge. Je continue à marcher vers l'hôtel, refuse de me retourner. Je ne veux pas voir l'expression sur son visage. Je ne veux pas penser à ce qu'il est en train de ressentir.

Elle est enceinte ?

Putain, je n'arrive pas à croire que le conseil est toujours en train de nous surveiller. Est-ce qu'ils ont tout vu ? Notre rencontre à Tucson ? À Paris ? Je les hais. Vraiment. Je les hais avec une amertume si profonde que je risque de me noyer dedans.

Mais non. Cette colère est liée au fait d'être une victime. Ce que j'ai décidé de ne pas être.

Ils ne me contrôlent pas. Ils ne décideront ni de ma vie ni de mon avenir, et ils ne décideront certainement pas de l'avenir de mon bébé.

J'entre en courant dans notre chambre d'hôtel et jette mes affaires pêle-mêle dans ma valise. Je rentre à la maison. Peut-être que je fuis, mais je ne dois pas seulement m'inquiéter de ma propre sécurité. Je dois aussi protéger mon bébé.

Et voir un membre du conseil ici m'a vraiment ébranlée. Mes bras se couvrent de chair de poule quand je repense à la scène. Il était en train de nous espionner.

Je croyais peut-être leur avoir échappé quand j'ai quitté le Mexique, mais c'était faux. Ils me suivent toujours.

Et ils me considèrent toujours comme leur reproductrice.

Je tire ma valise hors de la chambre, ma vue brouillée par les larmes. Je m'attends à moitié à trouver Carlos devant la porte, dans le lobby ou sur le trottoir devant l'hôtel, mais il n'est pas là. Personne ne me retient quand je monte dans un taxi et demande au chauffeur de me conduire à l'aéroport.

Je sais que je risque de ne pas trouver de vol à cette heure tardive, mais je m'en fiche. Chaque cellule de mon corps me crie de me barrer d'ici au plus vite. Je dois aller rejoindre ma famille. Ma meute, qui me protégera.

Je ne peux pas faire confiance à Carlos. Je ne sais même pas si je peux croire ce qu'il m'a dit, la moindre chose qui s'est passée entre nous. Ce n'était peut-être qu'un stratagème pour me faire tomber enceinte.

Je suis bien contente de ne pas le lui avoir dit.

Il est peut-être aussi mal intentionné que son conseil.

Cette pensée me fait plus mal que toutes les autres. En imaginant que Carlos m'a menti ou m'a manipulée, qu'il n'a jamais tenu à moi, je serre ma poitrine à deux mains pour me débarrasser de la souffrance intense qui l'étreint.

J'ai envie de croire que ses sentiments étaient réels, mais ça ne suffit pas. Il a peut-être un besoin biologique d'être près de moi et de me protéger parce qu'il m'a marquée, mais ça ne signifie pas qu'il m'*aime*. Ni que nous sommes des compagnons de vie compatibles.

J'étais vulnérable et j'ai laissé ses marques d'affection me monter à la tête, mais il est temps que je m'endurcisse.

Pour le bien de mon bébé.

~.~

Ancien du conseil

J'ouvre le petit tube de sang et inspire profondément.

Bien. L'Américaine est enceinte. J'ai chargé des humains de la bousculer et d'en profiter pour lui prélever un échantillon sanguin. Ce n'est pas assez pour un test en labo, mais l'odeur ne trompe pas.

Carlos ne nous est plus utile. S'il cause encore des problèmes, nous le tuerons trop vite pour qu'il ait le temps de pleurnicher *ne m'appelez pas mijo*.

Et maintenant, j'ai aussi l'ADN de sa femelle. Parfait pour mes tests de manipulation génétique. J'aurai bientôt des échantillons de toutes les espèces métamorphes au monde. Assez de données pour établir un profil génétique complet et déterminer quels facteurs favorisent ou limitent la capacité à muter, à guérir, à se reproduire.

Ce qui est arrivé à ma meute ne se produira plus jamais, parce que je serai en mesure de manipuler les gènes pour créer des super-loups, en sélectionnant les meilleures caractéristiques des loups et en les associant à celles des autres métamorphes.

Je traverse l'entrepôt et attache chaque résultat d'analyse à la cage correspondante. Un tigre se jette contre les barreaux métalliques et gronde quand je me tiens devant lui.

« Celui-là est superbe. Où l'as-tu trouvé ?

— Je l'ai acheté à un Iranien, mais il vient de Turquie, répond Aleix.

— Un tigre de la Caspienne ? Une trouvaille rare, son homonyme animal est éteint. Bon travail. Je paierai un joli bonus pour celui-là.

— J'y compte bien. » Aleix croise les bras. Il veut que je le paie tout de suite. J'ai rendu lui et son frère Ferran extrêmement riches au cours des dix dernières années. Ils ne s'occupent pas de chasser les métamorphes, seulement de leur achat et leur transport et d'effectuer les tests en laboratoire. Aleix est l'homme d'affaires, Ferran le scientifique.

Ils n'auraient jamais accepté de travailler pour moi si je ne leur avais pas promis de soigner leur sœur, atteinte d'une maladie génétique qui l'entraîne lentement vers la mort. En vérité, j'aurais pu la soigner il y a des années, mais je sais qu'Aleix et Ferran arrêteraient de travailler pour moi, et ils me sont trop précieux. Mieux vaut les garder au travail, leur faire chercher des réponses.

Le Moissonneur a besoin de ses hommes de main.

CHAPITRE DOUZE

Carlos

TRENTE-CINQ HEURES depuis que Sedona m'a quitté. Chaque minute, chaque heure me paraît une éternité. Chaque inspiration me demande un effort. Chaque battement de cœur blesse ma poitrine.

Je prends un taxi pour me rendre d'*el D.F.* à Monte Lobo. J'ai toujours le cœur lourd quand je rentre chez moi, mais cette fois le poids qui écrase mes épaules rend les choses encore plus difficiles. Voilà ce que doit ressentir un centenaire, la douleur de chaque année appuyant sur ses os. Dans mon cas, c'est le poids de chaque minute loin de Sedona.

Chaque minute passée à ressasser notre dernier moment ensemble. Je déteste qu'elle puisse penser que je partage l'obsession idiote du conseil pour ma future progéniture. Je déteste savoir que voir don Santiago a réveillé le traumatisme qu'elle a vécu.

Mais à présent, je sais avec une entière certitude qu'être ensemble est impossible. Je ne pourrai jamais la ramener ici. Elle ne se souviendrait que du mal qui lui a été fait.

Un grondement monte dans ma gorge. J'aurais dû tuer les anciens dès qu'ils nous ont libérés. Suis-je lâche au point de ne pas arriver à tuer ?

Je me passe la main sur le visage, mais ça n'éloigne en rien les toiles d'araignées qui pendent devant mes yeux. Si seulement j'arrivais à trouver un moyen de quitter cet héritage sordide.

Juanito court à ma rencontre. Son visage enfantin, qui paraît parfois si vieux à cause de ses soucis, est radieux. « Don Carlos ! » Il s'arrête devant moi et tend la main vers mon sac de voyage avec enthousiasme. Je le laisse le prendre, pas parce que c'est un domestique et que je pense que c'est son rôle, mais parce que refuser lui ferait de la peine.

J'ébouriffe ses cheveux. « Quoi de neuf, mon ami ? »

Le garçon hausse les épaules. « Rien. Vous avez ramené votre femelle ? Ils ont dit que vous alliez le faire. »

Le trou dans ma poitrine grandit encore un peu plus. « Non. Elle ne peut pas revenir ici. Elle ne pardonnera jamais au conseil de l'avoir emprisonnée. »

Juanito lève la tête pour rencontrer mon regard. « Et vous ?

— Non. » Je ne pardonne pas. Et je devrais vraiment faire le ménage ; tous les mettre dehors, au grand minimum. Mais je ne suis pas sûr d'avoir le moindre allié ici, à part mon jeune ami de neuf ans.

Juanito hoche la tête comme s'il s'attendait à cette réponse. « Moi non plus. » Il pousse la porte de ma chambre et dépose mon sac à l'intérieur.

Je pousse un soupir et vais rendre visite à ma mère. Plus vite ce sera fait, plus vite je pourrai sortir faire le tour du territoire. J'espère que les réponses se présenteront d'elles-mêmes.

Demain, des têtes vont tomber. Même si l'une d'entre elles sera peut-être la mienne.

~.~

Sedona

C'était plus simple d'obtenir un vol pour Phoenix que Tucson, alors c'est là que je vais. J'ai appelé ma mère pour lui demander de venir me chercher à l'aéroport.

Dès que je la vois, j'ai l'impression de redevenir une petite fille. Je fonds en larmes et me jette dans ses bras pendant qu'elle dit des phrases maternelles en un flot ininterrompu. « Par le ciel, Sedona, j'étais si inquiète, est-ce que tu vas bien ? Tu n'es pas blessée ? Qu'est-ce qu'ils t'ont fait ? Raconte-moi tout. »

Je m'écarte et essuie mes larmes du dos de la main. « Je suis marquée et enceinte. J'ai cru que j'étais amoureuse, mais ça ne marchera pas. Je reviens à la maison.

— Pour de bon ? » Ma mère ne peut cacher sa joie. Bien sûr, elle meurt d'envie d'avoir un petit bébé à gâter chez elle.

« Je ne sais pas, maman. » Mes sanglots reprennent. « Je ne sais pas quoi faire. »

Elle m'entraîne dehors, où mon père nous attend dans la voiture. Il sort du véhicule et me fait un câlin bourru. Pour une fois, il ne dit rien. Je lui ai peut-être fait de la peine en rentrant avec Garrett après ce qui s'est passé au Mexique.

Non, c'est idiot. Mon père n'est pas du genre à avoir de la peine. Il essaie sans doute juste de ne pas m'oppresser. Il y a une première fois à tout.

Il prend ma valise et la range dans le coffre.

« Sedona est enceinte », murmure ma mère quand que je m'installe sur la banquette arrière. Génial.

Mon père s'assied derrière le volant, démarre et s'insère dans la circulation. « Tu vas bien, mon bébé ? »

Je déglutis et hoche la tête. « Ouais.

— Ils te recherchent ? »

Un frisson me traverse. Est-ce le cas ? Est-ce qu'ils ont envoyé Carlos pour me ramener, puis sont venus eux-mêmes quand il a échoué ? Ou Carlos est-il vraiment la tête pensante du projet Opération Reproduction ?

Non. Au fond de moi, je sais que non. C'est impossible. Mon instinct ne peut pas se tromper pas à ce point.

« Je ne sais pas, papa, dis-je doucement. Peut-être. Ou alors, ils le feront quand ils apprendront que je suis enceinte.

— Tu vas rester ici, alors. Là où je peux te protéger. »

Ça m'agace, même si je savais qu'il dirait ça et que j'ai vraiment besoin de sa protection. C'est juste qu'il ne propose pas ; il ordonne.

« Garrett peut me protéger », dis-je d'un air buté. Mais je n'ai pas envie de retourner à Tucson. Pas maintenant, du moins. Il n'y a rien pour moi là-bas.

Mais il n'y a rien pour moi ici non plus.

Et il n'y avait pas grand-chose de plus pour moi en Europe avant que Carlos n'apparaisse.

Bon sang. Est-ce que c'est ça, avoir le cœur brisé ? Vivre sans celui qu'on aime, c'est juste de la merde ?

Est-ce que ce sentiment de perte et de solitude finira par s'estomper ? Pourrais-je retrouver une raison de vivre ? Peut-être avec notre enfant. Par le ciel, j'espère que je pourrai me débarrasser de cette tristesse écrasante avant qu'il ou elle naisse.

Mon père se contente de renifler d'un air légèrement sceptique. J'espère sérieusement qu'il n'est pas en train de sous-entendre que c'est la faute de Garrett si j'ai été enlevée. « Nous avons mené l'enquête. Ton frère a tué les hommes qui t'ont kidnappée, mais ils n'étaient pas les décisionnaires. Il y a quelqu'un au-dessus d'eux. Personne ne connaît son identité, mais il se fait appeler le Moissonneur. Il achète des loups et d'autres métamorphes.

— Pour quoi faire ? je demande d'une petite voix.

— Ce n'est pas clair. À part toi, aucun métamorphe disparu n'a été retrouvé. »

Quelque chose chatouille ma conscience, mon instinct s'éveille et je frotte un point sur mon bras. Je me souviens avoir vu du sang sur ma main après avoir été bousculée par le groupe d'humains sur la Rambla.

Je lève le bras et l'examine. Il n'y a rien. Alors, pourquoi est-ce que ce souvenir m'est revenu ?

Mon sang. Quelqu'un voulait mon sang ? Est-ce que ces humains m'ont bousculée pour prélever un échantillon de mon sang ? Mais pourquoi ?

Devine. Pour savoir si je suis enceinte. Mais était-ce un coup du conseil ou du Moissonneur ? Probablement du conseil.

« Je pense qu'on est bien après moi, papa. » Ma voix est si enrouée que je ne la reconnais pas.

« Qui ça ? Ton compagnon ou sa meute ? Les deux ?

— Je... je ne sais pas. Sa meute, je crois. » La nausée me tord le ventre. Je pose une main sur mon abdomen pour envoyer des ondes rassurantes à mon bébé.

Je ne les laisserai pas t'avoir.

« Nous pensons qu'une métamorphe à Flagstaff a appartenu à leur meute. Une vieille louve. J'ai demandé à la rencontrer.

— Qu'est-ce qu'elle a dit ?

— J'ai contacté son alpha, j'attends sa réponse. J'espère qu'il me rappellera aujourd'hui et que je pourrai aller lui parler.

— Je veux venir aussi. »

Mon père hésite. Il rencontre mon regard dans le rétroviseur intérieur, puis il hoche la tête.

Je suis surprise ; j'ai l'habitude qu'il me tienne hors du coup. Les choses sont en train de changer.

~.~

C<small>ARLOS</small>

J'<small>ENTRE DANS</small> le bureau de don José sans frapper. Je suis rentré hier, et il est temps de faire changer les choses. « D'après mes calculs, nous extrayons plus d'une tonne d'argent de la mine chaque année, pourtant nous en vendons à peine six cents kilos. Où va le reste ? »

De la surprise passe sur le visage de don José, mais il la masque rapidement. « Nous vendons tout ce que nous extrayons. Qu'insinuez-vous ? Que quelqu'un vole plus d'un tiers de l'argent ? Impossible. » Il pousse un rire incrédule et secoue la main comme s'il voulait me congédier.

« Allons, Carlos. Vous êtes de mauvaise humeur depuis que vous êtes rentré sans votre femelle. Je sais que vous reprochez cet échec à don Santiago et à nous, mais vous être en train de devenir paranoïaque. »

J'ignore sa pique et pose les vieux livres de comptes sur le bureau. « Voilà les rapports de rendement, dis-je en montrant plusieurs colonnes de chiffres. Ils ne correspondent pas aux rapports fournis par l'équipe de Guillermo à la mine. » Je place le cahier de comptes poussiéreux de la mine sur les autres.

Don José le ramasse, examine les chiffres puis les compare à ceux du livre de comptes du conseil. Ses sourcils se froncent momentanément.

« Qui entre ces chiffres ?

— C'est moi, répond-il sèchement. Mais je n'utilise pas les comptes-rendus de la mine. Je me sers des rapports que don Santiago me fournit. »

Nos regards se rencontrent. *Santiago*. Je sais que nous pensons tous les deux à la même chose. L'enfoiré. Il doit utiliser l'argent de la meute pour financer ses petits projets scientifiques. Mais don José contrôle son expression et dit : « Don Santiago pourra nous expliquer ce qui se passe. Je suis sûr que ce sont juste des chiffres bruts et qu'il note les résultats définitifs. S'il y a une différence, le conseil l'examinera. »

Je bondis et saisis sa chemise par le col. « Vous êtes sûr ? Vous êtes sûr de beaucoup de choses, hein ? Vous êtes sûr de savoir pourquoi et comment la richesse de cette meute a été drainée ces cinquante dernières années en laissant la plupart des loups dans la misère ? »

Il ne se débat pas, probablement parce que j'aurais le dessus dans un corps à corps, mais il ne me donne pas la satisfaction de paraître déstabilisé. Il reste calme, son expression est condescendante. « Vous êtes déséquilibré, Carlos. Reprenez-vous, ou nous devrons vous médicamenter comme votre mère. »

J'écrase sa tête contre le bureau et lui brise le nez. Quand je tire sa tête en arrière, du sang s'écoule de ses lèvres et sur son menton. J'approche mon visage tout près du sien. « *Essayez pour voir*, je gronde. Essayez, et je vous ferai la peau jusqu'au dernier. »

Don José lâche un petit rire forcé et sort un mouchoir de sa poche. « Vous êtes fou, Carlos.

— Tu es sûr, José ? » Je laisse tomber le *Don* et le vous, parce qu'il ne mérite pas ces marques de respect. « Je vais aller au fond de cette affaire jusqu'à ce que je découvre où est partie près de la moitié de la richesse de notre montagne. Et tu ferais mieux de prier pour que je ne trouve pas de lien entre sa disparition et le conseil. »

Je me tourne pour sortir de la pièce. Don José pince son nez avec le mouchoir.

Ma lutte pour reprendre le pouvoir a commencé.

~.~

JE VAIS RENDRE le cahier de comptes à la mine. J'ai honte de ne presque jamais y être allé. Je ne sais pas du tout comment elle fonctionne, je ne connais ni les noms ni les visages des hommes qui y travaillent. Je trouve le contremaître qui m'a donné le cahier, Guillermo, en train de travailler aux côtés de ses hommes.

La mine extrait principalement de l'argent et du plomb mais à l'origine, quand nos ancêtres espagnols se sont installés ici, ils en extrayaient aussi de l'or.

Guillermo se redresse quand il me voit. C'est un loup gigantesque, son visage prématurément ridé et marqué par son métier. Il me dévisage furtivement des pieds à la tête, remarque mon pantalon italien de qualité supérieure et ma chemise sans le moindre pli. J'ai l'air aussi incongru ici qu'une fleur sur un tas de merde. Ses yeux s'arrêtent sur le col de ma chemise, que je tire en arrière pour savoir ce qu'il regarde.

Oh. Quelques gouttes de sang de don José y sont tombées. Je ne lui donne aucune explication. Je n'ai pas à le faire : je suis l'alpha.

Je lève le cahier de comptes. « J'ai rapporté le carnet. »

Guillermo le prend. Je pourrais jurer que je vois de la suspicion sous son regard neutre, mais je ne sais pas pour quelle raison. « Vous avez trouvé quelque chose... d'intéressant ? »

J'acquiesce.

Je ne sais pas ce que je peux partager avec lui. J'ignore qui est de mèche avec le voleur, et je ne saurais pas dire si un seul loup ici sera de mon côté quand j'essaierai de faire tomber les coupables. À mon avis, le conseil est responsable, mais il me faut plus de preuves.

« Les chiffres ne correspondent pas aux rapports du conseil. » Je décide de dire la vérité et regarde les loups autour de moi l'absorber.

Certains ont l'air mal à l'aise, d'autres en colère. La plupart gardent prudemment des expressions vides, comme s'ils avaient l'habitude de devoir cacher leurs pensées.

Guillermo croise les bras sur son torse massif. « Mes chiffres sont justes.

— Je n'en doute pas. Si quelqu'un de la mine volait de l'argent à la meute, vous ne le noteriez certainement pas dans ce cahier.

— Volait à la meute, ou au conseil ? » marmonne l'un des mineurs. Je n'arrive pas à savoir qui a parlé, parce qu'ils baissent tous les yeux comme s'ils craignaient que je ne devienne agressif.

« La montagne n'appartient pas au conseil, elle appartient à la meute. Les richesses que produit cette mine devraient bénéficier à tous. » Je me mets à prêcher ma cause. Si je veux faire changer les choses, je vais avoir besoin de soutien.

Personne ne réagit à mes mots.

« Où est votre femelle ? » demande un loup vers le fond.

La question me fait l'effet d'un coup dans le ventre. J'aurais pu gérer n'importe quel sujet, j'étais préparé à toutes les discussions à part celle-là.

Carajo.

La meute veut un alpha avec une compagne. Ils ont besoin de savoir que je préserve notre lignée. Le conseil me l'a déjà dit, mais je constate à quel point c'est important pour ces loups.

Bordel de merde.

Un chef ne reproche pas ses propres faiblesses aux autres. Je ne vais pas accuser le conseil, même si je pense que leur interférence a gâché toutes mes chances avec Sedona.

Sedona... *Seigneur.* J'ai passé toute la journée à essayer de ne pas penser à elle, mais voilà qu'elle revient au premier plan dans mon esprit, comme elle était la dernière fois que je l'ai vue. Blessée, en colère et effrayée. Son visage blême de fureur, ses yeux bleus lançant des éclairs. *Ma Sedona.* Je manque de me plier en deux à cause de la douleur qui me prend aux tripes.

Je m'éclaircis la gorge. « Je suis à la recherche d'une compagne. Je vous promets d'en choisir une bientôt et de perpétuer la lignée Montelobo.

Les loups se dandinent, l'odeur de méfiance devient plus forte. J'imagine qu'ils savent quand on leur raconte des conneries.

Je leur dois plus que ça. Malgré la douleur dans ma poitrine, je réessaie : « Vous avez peut-être entendu dire que j'ai marqué une louve à la dernière pleine lune, et c'est vrai. Mais ma compagne a été amenée ici contre sa volonté après avoir été enlevée à sa meute en Amérique. Je refuse de la garder ici comme une prisonnière. Je l'ai libérée. »

Incroyablement, certains loups hochent la tête comme s'ils approuvaient ma décision. Peut-être qu'il faut juste que je communique plus avec eux pour leur faire comprendre les décisions que prend leur chef. Plutôt que laisser la culpabilité de mes échecs en tant qu'alpha m'engloutir, je continue péniblement, leur en donne plus :

« Je sais que je n'ai pas été un bon alpha pour vous. J'étais absent pendant que les conditions ici s'aggravaient. Je suis prêt à m'impliquer pour améliorer Monte Lobo pour tout le monde, pas juste pour ceux qui vivent dans l'hacienda. » Je fais un geste vers le cahier de comptes. « Je commence par les finances. Certains éléments ne correspondent pas, mais je vais bientôt découvrir où part notre argent. Notre meute a besoin de davantage de moyens pour moderniser les choses ici. Installer l'eau et l'électricité dans chaque foyer, pour commencer. »

Une fois de plus, je sens de la méfiance. Ou peut-être du scepticisme. Comment puis-je le leur reprocher ? Je n'ai pas fait mes preuves en tant qu'alpha.

Je fais une dernière tentative. « Ma porte est ouverte. Si vous avez quoi que ce soit à me rapporter ou à me demander, passez me voir à l'hacienda. Je veux entendre ce que vous avez à dire. »

Quelques loups hochent la tête.

J'incline légèrement la mienne et me retourne pour sortir de la mine, en sentant le poids d'au moins une vingtaine de regards sur moi.

« *Señor* ! » appelle quelqu'un lorsque je ressors sous le soleil. Je lève une main au-dessus des yeux et cligne des paupières jusqu'à ce que je discerne un visage ridé. C'est Marisol, la femme de Paco, le vieux fermier.

« Don Carlos, bienvenue chez vous, dit-elle en faisant une révérence.

— *Señora*. » Il y a au moins une personne qui est contente de me voir.

Elle s'approche de moi. « Mon mari me dit de ne pas vous déranger, mais... » Elle ne termine pas sa phrase, se mord les lèvres.

« Vous faites partie de ma meute. Vous pouvez toujours venir me parler. »

La vieille louve m'étudie. Je capte son odeur, et un peu de ses émotions ; l'inquiétude, la résignation et un soupçon de quelque chose qui est un peu plus que de la nervosité. De la terreur ?

« Vous n'avez rien à craindre de moi, dis-je pour la rassurer.

— Votre père, c'était un bon loup. Il voulait le bien de la meute. Et vous... vous êtes comme lui. Nous voyons votre père en vous. »

Je ne m'attendais pas à ça. Je garde le silence.

Elle baisse les yeux, ses épaules s'affaissent en signe de soumission. « Je ne voulais pas vous manquer de respect, alpha.

— Marisol, dis-je en touchant son épaule. Je vous remercie de me l'avoir dit. J'espère honorer la mémoire de mon père. » Je cherche mes mots. « Moi aussi, je veux le bien de la meute. Pas seulement pour quelques-uns, pour tous les loups. Je vous promets de travailler dur pour devenir l'alpha que vous méritez. » Je me penche vers elle. « Les choses vont changer par ici. Pour le mieux. » *Que ça plaise ou non au conseil*. Un jour, la meute se ralliera peut-être à moi. En attendant, j'œuvrerai pour gagner sa confiance.

L'espoir sur le visage de Marisol me dit que ce jour pourrait arriver bientôt.

« Soyez béni, don Carlos », murmure-t-elle en s'inclinant à nouveau. Je la laisse s'éloigner.

Je pensais chaque mot que je lui ai dit. À présent, il ne me reste plus qu'à tenir mes promesses.

Même si je n'ai plus la motivation de rendre les choses parfaites pour Sedona.

Même si je ne sais pas exactement comment mon cœur va continuer de battre sans elle.

Je vais me plonger dans le travail et améliorer les conditions de vie de ma meute. Et un jour, peut-être, je pourrai retenter ma chance avec mon adorable compagne.

CHAPITRE TREIZE

Sedona

Mon père et moi roulons pendant deux heures pour aller rendre visite à Rosa, la métamorphe mexicaine, à Flagstaff. Je tripote les boutons de la radio, mais toutes les stations me donnent mal à la tête. Depuis quatre jours, je vis dans une sorte de stupeur. La grossesse me fatigue (je dors quinze heures par nuit), mais une partie de mon épuisement doit être due à la dépression.

Je vois les regards inquiets qu'échangent mes parents quand ils pensent que je ne les regarde pas. Tout le monde me traite comme si j'étais en sucre. C'est exactement ce que je ne voulais pas. Par le ciel, je me sens encore plus mal qu'à mon retour du Mexique.

J'étais perdue alors ; mais maintenant, je suis brisée. Carlos a gâché tous les autres hommes pour moi. Il a gâché l'amour. Je n'ai vraiment aucun espoir pour mon avenir.

Non, ce n'est pas vrai. Le bébé sera là bientôt. Au moins, ça me donne une raison de vivre.

Nous nous garons devant un petit chalet dans les bois. C'est un lieu de vie agréable pour un loup. C'est le cas de tout Flagstaff, une petite ville entourée par les montagnes et la forêt.

Une petite femme latine sort sur la terrasse en bois et s'essuie les mains sur un torchon. Elle me regarde sortir de la voiture.

Mon père s'approche d'elle et lui serre la main. Sans savoir pourquoi, mon cœur bat plus vite que d'habitude. Elle a un lien ténu avec Carlos : c'est une louve de sa meute.

Je suis mon père à l'intérieur de la cuisine du petit chalet. Rosa nous invite à nous asseoir sur des chaises autour de la table ronde placée dans un coin de la pièce, sous une grande baie vitrée. Il y a quelques pins et une niche dans le jardin derrière sa maison. Le chien, un labrador noir, se tient poliment assis juste sous la fenêtre, les oreilles basses et la queue battante.

Rosa nous sert du café et apporte une brique de lait demi-écrémé et du sucre sur la table. J'ajoute deux cuillères de sucre et verse du lait dans ma tasse jusqu'à ce que mon café prenne une couleur blonde.

« Alors, dit-elle quand elle s'assied finalement avec nous. Comment puis-je vous aider ?

— Comme je vous l'ai dit au téléphone, ma fille a été enlevée par la meute de Monte Lobo. Nous l'avons secourue, mais nous aimerions savoir tout ce que vous pourrez nous apprendre à leur sujet.

— Ils vous ont enlevée pour leur alpha ? Comme trophée ?

— Oui. » Je m'éclaircis la gorge. « Pour Carlos.

— Carlos, oui. Je me souviens de lui, bien sûr. »

Elle ne continue pas, mais mon père et moi attendons. Notre silence l'invite à poursuivre.

« Je vais commencer par vous dire pourquoi je suis partie. Vous avez dû remarquer la disparité entre les riches et les pauvres. »

Je hoche la tête.

« Je faisais partie des pauvres. Mon père travaillait à la mine, ma mère dans les champs. Je n'étais pas malheureuse ; je ne connaissais rien d'autre. J'ai pris un compagnon jeune et j'ai suivi les traces de mes parents.

» J'ai eu des difficultés pour mener une grossesse à terme. Je n'ai réussi à accoucher que d'un seul petit et même s'il était parfait à mes yeux, à la puberté, nous nous sommes rendu compte qu'il ne pouvait pas muter. C'est arrivé à de nombreux enfants de cette génération. Trop de consanguinité, je le sais à présent. Nous étions tous de la même famille dans cette meute. Don Santiago, un des membres du conseil, m'a enlevé mon fils. Il m'a dit qu'il pouvait le guérir. Il l'a emmené à Mexico mais il ne l'a jamais ramené. »

Ses yeux s'emplissent de larmes. « Il m'a dit qu'il n'avait pas survécu à l'opération. Quand mon mari a fait un scandale, il a été enseveli au cours d'un accident dans la mine. »

Mon père se penche en avant. « Vous voulez dire que ce n'était pas un accident ? »

Elle hausse les épaules. « Tous les loups qui faisaient des vagues ont disparu dans les mines. C'est un moyen facile pour se débarrasser des fauteurs de troubles. »

Un grondement résonne dans la pièce. Je crois au début que c'est mon père, puis je me rends compte que c'est moi.

« Certains alphas dirigent leur meute d'une main de fer, punissent les loups et les condamnent même parfois à mort. En tant que loups, nous obéissons, nous acceptons. C'est dans notre nature. Mais ce conseil n'a rien de naturel. »

Ma peau se couvre de chair de poule. Je pousse un nouveau grondement.

« Des morts sournoises, en silence... La meute est terrorisée et ne dit rien. Les espions du conseil sont partout. Personne n'ose réagir de peur d'être le suivant. Mais après la mort de mon mari, j'ai compris que je devais partir. Ma sœur Marisol m'a aidée à m'échapper. Elle ne voulait pas abandonner son mari, mais elle m'a dit de m'en aller pendant que je le pouvais encore.

— Et l'alpha ? demande mon père. Vous ne pouviez pas aller le trouver pour lui demander de l'aide ?

— Ils l'ont tué. »

Ma mâchoire se décroche. Carlos ne me l'a pas dit. Est-il au courant ?

« S'ils ne peuvent pas contrôler un alpha, il meurt. Tout ce qui les intéresse, c'est que la lignée reste pure. Ils ne veulent pas vraiment d'un chef de meute régnant. Votre Carlos, il est en danger maintenant.

— Maintenant ? »

Elle acquiesce avec un regard hanté. « Maintenant que vous êtes enceinte. Ils n'ont plus besoin de lui. »

~.~

J'AI les jambes molles en retournant vers la voiture. Je savais que la meute de Carlos avait des problèmes, mais je n'avais jamais envisagé qu'il pouvait être en danger de mort.

J'aurais dû, pourtant. Ils le respectent si peu qu'ils l'ont enfermé dans une cellule avec moi. Leur propre alpha. Mon compagnon est en danger. Le père de mon bébé.

Je sors mon téléphone, les mains tremblantes.

« Qui appelles-tu ? » Mon père me regarde d'un air inquiet.

« Garrett.

— Pourquoi ? »

Je secoue la tête avec impatience et compose le numéro.

« Coucou sœurette. Tout va bien ?

— Ouais. Non, pas vraiment. Tu veux bien m'envoyer le numéro de téléphone d'Amber ? »

Je peux pratiquement entendre mon frère grincer des dents. « Tu vas me dire ce qui se passe ?

— Je veux juste vérifier une information qu'une métamorphe de Flag a donnée à papa et moi. Elle faisait partie de la meute de Carlos.

— D'accord. Mais sache qu'Amber n'est pas encore à l'aise avec son don, et elle n'aime pas être mise sur le grill.

— Ce n'est pas ce que tu lui as fait pour me retrouver ?

— Si, grosse maline. Bref. Vous êtes deux adultes, vous pouvez vous débrouiller entre vous.

— Merci.

— Dis-moi si je peux aider, d'accord, sœurette ?

— Ouais, promis.

— Tu reviens ici ? On a déménagé toutes tes affaires dans le nouvel appartement. »

Je jette un coup d'œil à mon père, qui fixe la route en fronçant les sourcils. Bien sûr, il a tout entendu. « Peut-être. Je ne sais pas. J'ai beaucoup de décisions à prendre.

— Je sais. » Sa voix douce est pleine de pitié, ce dont je ne veux pas, aussi je coupe rapidement la communication.

J'appuie sur le bouton d'appel dès qu'il m'envoie le numéro. Amber répond de sa voix professionnelle : « Ici Amber Drake.

— Salut Amber, c'est Sedona.

— Coucou, Sedona. Qu'est-ce qui se passe ?

— Je peux te poser une question ? Avec une réponse par *oui* ou par *non* ? »

Amber garde le silence quelques instants, et je suis sûre qu'elle réfléchit à une façon polie pour me demander d'arrêter de solliciter son don de clairvoyance, mais elle finit par répondre : « Je peux essayer.

— Est-ce que Carlos est en danger ? »

Elle se tait un moment, puis je l'entends inspirer brusquement. « En danger de mort, dit-elle d'une voix étranglée.

— Merde. Merci. Merci beaucoup. C'est très sympa. » Je raccroche.

Mon père fronce les sourcils. « Je savais que j'aurais dû mettre cette meute en pièces quand on est venus te chercher.

— Non, papa, dis-je d'un ton cassant. Parce que tu aurais tué Carlos aussi. Et rien de tout ça n'est sa faute. »

Le froncement de sourcils de mon père s'intensifie. « On va y retourner. Décimer le conseil. Ensuite, tu es libre de faire le choix que tu veux concernant ton comp– concernant Carlos. Je ne veux pas que tu prennes des décisions dictées par la peur pour ta sécurité, pour celle de ton bébé ni même pour celle du père de ton bébé. »

Je hoche la tête sans rien dire. C'est pour ça que j'adore mon père, bien qu'il soit un horrible tyran. Il agit.

Et je sais que Carlos ferait la même chose pour sa fille. Sans savoir pourquoi, je suis tout à coup certaine que notre bébé est une fille. Sa vision de la meute a été obscurcie par les mensonges du conseil. S'il apprend qu'ils ont tué son père, je suis sûr qu'il réagira immédiatement. Ce n'est pas un lâche, pas mon Carlos. Il souhaite seulement faire ce qui est le mieux pour sa meute.

Et pour moi. Je comprends soudain pourquoi il m'a laissée partir, comme une évidence. Ce n'est pas parce qu'il ne tenait pas à moi. C'est justement parce qu'il tient à moi. Il m'a laissée partir deux fois, parce qu'il ne me retiendrait jamais contre ma volonté.

Des larmes coulent sur mes joues, mais contrairement à ces derniers jours, ce ne sont pas des larmes de tristesse. Ma poitrine est emplie d'amour. D'amour pour mon compagnon, pour Carlos.

Et il est en danger.

Je pense que mon père peut neutraliser le conseil, mais je veux me rendre là-bas en premier. Pour dire à Carlos ce que je sais et pour l'aider à prendre des décisions avant que mon père ne débarque avec l'artillerie lourde. Je ne peux pas en parler à mon père : il ne le permettrait jamais.

Ce soir. Dès que je serai de retour à Phoenix, j'irai à l'aéroport.

CHAPITRE QUATORZE

Carlos

« Carlos, ils me l'ont enlevé », pleure ma mère. Je suis dans sa chambre et elle fait les cent pas devant la fenêtre, en s'arrêtant de temps à autre pour regarder par la vitre.

« Non. Je suis là, mamá. » Je pose les mains sur ses épaules et essaie de rencontrer son regard.

« Ton *père*, dit-elle dans un murmure. Ils ont pris ton père.

— Papi est mort, tu te rappelles ? Il a eu un accident dans la mine. »

Elle secoue rapidement la tête. « Non, pas un accident. Ils me l'ont *pris*. »

Je soupire et regarde Maria José, en train de se tordre les mains dans un coin de la chambre. « Vous pensez qu'on devrait lui donner des calmants ? »

L'espace d'un instant, je vois du jugement dans l'expression de Maria José, et je suis pris de court. Puis je me souviens de ce qu'elle m'a dit la dernière fois.

« Vous pensez que les médicaments aggravent sa condition. Je ne l'ai pas encore emmenée se faire examiner, dis-je en me passant la main dans les cheveux. « Je suis navré. Je la conduirai en ville dès demain. L'absence de don Santiago facilite les choses pour demander une seconde opinion. »

Maria José écarquille les yeux et fait un pas en avant. « Oui, oui, don Carlos. Ce serait bien. Emmenez-la loin d'ici. Elle est en danger... »

Elle s'interrompt, et je surprends de l'horreur sur son visage avant qu'elle ne se détourne.

Mon instinct s'aiguise, ma vision s'étrécit comme si j'étais sur le point de muter. Je me force à rester doux, mais j'agrippe ses épaules pour la forcer à se retourner. « Comment ça, elle est en danger ? »

Elle secoue rapidement la tête. « Rien, *señor*. Rien. »

Je serre ses épaules plus fort. « Ne me mentez pas. Ne me mentez *jamais* ! » Quand je vois le blanc autour de ses iris s'agrandir, je la lâche et respire profondément. Je n'irai nulle part en employant la force. « Maria José, nous parlons de ma *mère*. J'ai besoin de savoir ce que vous avez voulu dire.

— Les médicaments... » Elle recommence à se tordre les mains. « Et si les médicaments la *rendaient* folle, pas le contraire ? »

Je regarde ma mère qui nous observe avec incertitude, toute petite dans sa chemise de nuit à fleurs roses et blanches et sa robe de chambre jaune. Elle n'est plus elle-même depuis très longtemps, mais à cet instant j'entrevois dans ses yeux la femme qu'elle était. Comme si elle *voulait* comprendre ce dont on parle. Elle y arrive presque.

« Réfléchissez, quand est-ce que sa folie a commencé ? murmure Maria José.

— Après la mort de mon père. La tristesse lui a fait perdre la tête... » Je me tais quand Maria José secoue légèrement la tête.

« Pensez à ce qu'elle dit sur la mort de votre père. »

Ils me l'ont pris.

La prise de conscience me frappe comme une balle dans le crâne. « Ils la gardent sous silence. »

Maria José fait un pas en arrière, comme si elle n'arrivait pas à croire ce qu'elle vient de faire.

Je m'approche de la commode où sont empilés les traitements et les balance par terre. « Débarrassez-vous de tout ça. Plus de médicaments jusqu'à ce qu'elle ait vu un autre médecin. Et ne la quittez pas d'une semelle. Quelqu'un d'autre lui fait des injections, à part don Santiago ? »

Maria José secoue la tête.

« Bien. Je veux que personne ne l'approche. Personne à part vous, c'est compris ?

— Oui, don Carlos. » Elle hoche résolument la tête.

Je me tourne pour regarder ma mère. Elle a l'air presque lucide, comme si elle comprenait de quoi on parle. Elle montre le plancher près de son lit du doigt.

« Qu'y a-t-il, mamá ? »

Bon Dieu, les tremblements parkinsoniens de sa main me brisent le cœur. Un effet secondaire de son traitement.

Ma mère court jusqu'à l'endroit qu'elle désigne et tombe à genoux par terre.

Carajo. Une nouvelle crise.

« Mamá, lève-toi. Tout va... » Je m'arrête quand je la vois arracher une des lattes du plancher.

« Qu'est-ce qu'il y a là-dedans, mamá ? » Je lance un regard interrogateur à Maria José, mais elle secoue la tête.

Je guide doucement ma mère pour l'asseoir sur le lit, soulève la latte et regarde dessous. Il y a des centaines de pilules de différentes tailles, un arc-en-ciel de couleurs. Mais je trouve un journal sous les cachets. Je me rappelle l'avoir déjà vu quand j'étais enfant. Ma mère écrivait des poèmes dedans et me les lisait. Est-ce un moment de nostalgie, ou me montre-t-elle quelque chose d'important ?

Je la regarde par-dessus mon épaule, mais son expression est vide.

Je sors le journal, le secoue pour enlever les pilules et le range dans ma poche. Je ne sais pas si elle essaie de me dire quelque chose ou si c'est une autre manifestation de sa folie, mais je le prends avec moi pour le garder en lieu sûr.

Je me penche pour déposer un baiser sur le crâne de ma mère et hoche la tête en direction de Maria José. « Préparez des valises pour vous deux. On part demain matin. »

Quand Maria José hésite, je devine sa crainte. « On emmènera aussi Juanito. Je veillerai à votre sécurité à tous les deux, c'est promis. »

Elle se détend et me fait une révérence. « Merci, *señor*. »

~.~

Sedona

Par miracle, je trouve un avion qui part dans la nuit pour Mexico. J'appelle un Uber pour qu'il vienne me chercher à quelques rues de chez mes parents. Je ne veux surtout pas causer des ennuis à un des loups de la meute en lui demandant de me conduire à l'aéroport, et je sais que mon père ne m'autoriserait jamais à partir. Je sors discrètement de la maison avec juste un sac sur le dos, parce que, ouais, une valise pourrait signaler à ma famille que je m'en vais quelque part.

Je sais qu'ils vont me suivre dès qu'ils s'apercevront de mon absence, et c'est très bien. Je veux juste arriver la première.

J'embarque dans l'avion pleine de détermination. Je ne laisserai personne enlever son père à mon bébé. Ni à moi. Étrange comme tout devient clair quand on risque de tout perdre.

Je refuse de perdre Carlos. Il est à moi. Mon compagnon. Le père de mon bébé. Il a un cœur d'or : il adore sa mère, le petit domestique qui m'a libérée, sa meute.

Moi.

C'est désormais évident qu'il me respecte et tient à moi. Il a vénéré mon corps et m'a dominée, mais il a toujours veillé à me faire jouir. Je ne veux pas vivre sans lui.

Je ne sais pas comment on fera pour que ça marche entre nous, mais on trouvera une solution. Si le conseil n'est plus dans l'équation, mon traumatisme et mon ressentiment pourront s'apaiser. Je serais prête à l'aider à transformer sa meute comme il l'imagine. Si on est ensemble, je suis certaine qu'on pourrait accomplir de grandes choses.

Il suffit de voir ce que mon frère a bâti à Tucson avec seulement un petit capital de départ et une bande de jeunes loups. Maintenant, il est à la tête d'un empire immobilier, possède une boîte de nuit et sa meute est puissante, loyale et prête à tout pour lui. Et il a une compagne. La présence d'Amber va changer encore plus les choses – j'ai hâte de voir comment. Mon bébé aura peut-être bientôt un cousin ou une cousine.

Mais je m'emballe. Je dois d'abord sauver Carlos.

Le reste, on verra plus tard.

~.~

Carlos

Je me réveille le front contre mon bureau, de la bave coulant sur mon menton. J'ai dû m'endormir en examinant les livres de comptes. J'ai passé la nuit à compulser différents rapports financiers, à suivre les chemins de l'argent. Comme don Santiago est le seul membre d'*el consejo* avec quelques notions en informatique, il s'occupe des comptes bancaires en ligne. Tout porte à croire que c'est lui qui vole la meute. Avec la complicité d'*el consejo* ou pas, je n'en suis pas sûr.

Je pourrais jurer avoir vu passer de la surprise dans les yeux de don José quand je lui ai fait part de mes découvertes, mais il l'a rapidement masquée. C'est ce qui m'a mis en rogne. *El consejo* fait toujours les choses dans son coin, sans m'intégrer aux discussions ou aux prises de décisions. Je sais que ça ne devrait pas fonctionner ainsi.

Mon père était membre du conseil. Je me souviens qu'il restait enfermé dans la salle de réunion pendant des heures et en sortait l'air abattu et hagard, énervé et stressé par les discussions qu'ils venaient d'avoir.

Je n'ai même pas été invité à participer à ces réunions. Je suis prêt à dissoudre tout le putain de conseil. Si j'étais sûr d'avoir le soutien de la meute, je le ferais aujourd'hui. Dans la minute. Avant d'emmener à mère à *el D.F.*

Ce qui me rappelle que je n'ai pas encore ouvert son journal intime. Je le sors de ma poche et feuillette les pages. C'est ce dont je me souvenais : des poèmes, des citations. Des bribes de beauté que ma mère aimait partager avec moi.

J'ouvre le journal vers les dernières pages. Écrit-elle toujours dedans ? Je ne pense pas qu'elle en soit capable, avec ses mains tremblantes et son esprit confus. Non. Les dernières entrées datent d'il y a quinze ans.

Ce qui correspond à l'époque de la mort de mon père. Je ralentis pour lire les lignes. Son écriture est moins ordonnée, comme si elle avait écrit avec empressement ou sous la menace. L'encre sur les dernières pages est tachée de larmes.

Mon compagnon, mon Carlos a disparu aujourd'hui. Comment pourrai-je continuer à vivre sans lui ? Comment est-ce possible ? Je sais qui l'a tué. Je n'ai aucun doute là-dessus.

La dispute avec le conseil s'est prolongée tard hier soir. Quand il est rentré, il m'a dit qu'ils avaient pris le contrôle de tous les actifs monétaires et lui avaient annoncé qu'il n'avait plus le droit de prendre des décisions financières pour la meute. Il était furieux. Il a passé la nuit à tourner en rond dans la chambre et il est parti tôt ce matin, mais il n'est jamais revenu.

Don José dit qu'un accident est survenu à la mine, mais je sais que c'est un mensonge. Ils l'ont tué, comme ils tuent tous ceux qui osent se dresser contre eux. Tout le monde sait qu'il y a une montagne de cadavres dans cette mine. Tous les jeunes métamorphes qui pourraient constituer une menace. Tout loup qui montre un désaccord sur quoi que ce soit. N'importe quel membre de la meute qui n'obéit pas sagement sans rien dire.

Tout le monde vit dans la peur. Je n'ai qu'une seule option : emmener Carlitos loin d'ici avant qu'il ne devienne leur prochaine victime. Si seulement je savais à qui je peux faire confiance.

LE SANG se glace dans mes veines à mesure que je lis.

Le conseil a tué mon père. J'ai toujours cru qu'il était mort à cause d'un accident dans la mine, comme de nombreux autres loups. Mais d'après ma mère, aucune de ces morts n'était un accident.

Le délire d'une femme dérangée ? On ne dirait pas. Paranoïaque, peut-être. Mais totalement cohérente. Logique. Ils ont dû lui présenter les médicaments comme un moyen de se calmer, d'apaiser sa souffrance. Et ils ont réussi à la faire taire pendant toutes ces années.

Mais pourquoi ne pas la tuer ? Est-ce que ça n'aurait pas été plus simple ? Ils craignaient peut-être d'éveiller trop de soupçons.

Je me lève d'un bond et commence par me rendre dans la chambre de ma mère. J'ai soudain plus peur que jamais pour sa sécurité.

Je la trouve déjà habillée par Maria José, sa valise prête.

« Elle a pris son petit-déjeuner, on peut partir quand vous voulez.

— Quand ont-ils commencé à lui donner son traitement ? Immédiatement après la mort de mon père ? »

Une lueur de reconnaissance passe dans les yeux de Maria José. Elle sait ce que je sais. Elle acquiesce.

« Et ma mère les soupçonnait d'avoir tué mon père. Vous le saviez ? »

Elle hoche une nouvelle fois la tête.

« Alors, ils lui ont fait perdre la tête avec des médicaments pour la faire taire.

— C'est ce que je crains, don Carlos.

— Attendez-moi ici. Verrouillez la porte et ne laissez entrer personne à part moi. C'est d'accord ? »

Elle baisse la tête.

« *Sí, señor.* »

Je descends lourdement les escaliers en marbre blanc et trouve don José en train de prendre son petit-déjeuner avec don Mateo sur la terrasse supérieure.

Son nez cassé est déjà réparé, ce qui me donne envie de le briser à nouveau. Cette fois, je saisis le col de Mateo. « Qu'est-ce qui est arrivé à mon père ? Je veux la vérité.

— Un tunnel s'est effondré dans la mine. Vous le savez bien. » Mateo garde les yeux baissés, ne me sert pas les habituelles conneries condescendantes comme le fait toujours José.

Mon loup est proche de la surface, prêt à se ruer en avant pour éliminer toutes les menaces. Je secoue Mateo. « Conneries. Vous l'avez fait tuer. Comment vous y êtes-vous pris ? »

Des domestiques se rassemblent dans l'encadrement de la porte pour assister à la scène. Du coin de l'œil, je vois Juanito dans l'ombre. Mon envie de le protéger me rend encore plus brutal avec Mateo.

« Ma mère le savait et vous avez commencé à la droguer. C'est son traitement qui la rend folle, il ne la soigne pas.

— Calmez-vous, Carlos, dit José d'un ton apaisant. Votre mère est malade, et vous aussi. » Son téléphone portable vibre. Il le sort de sa poche et regarde l'écran. « Nous avons une brèche de sécurité au portail. »

C'est sans doute un mensonge, mais je recule parce que je comprends que je suis en train de tomber dans le piège de don José, qui cherche à me faire passer pour un fou. Je n'ai aucune preuve à part le journal intime d'une femme délirante. En revanche, j'ai des preuves de malversations financières.

Je lâche Mateo et lisse ma veste. Les domestiques ainsi que quelques loups de la meute se sont rassemblés à l'entrée de la terrasse pour assister à la scène. Du coin de l'œil, je vois Marisol en train de faire sortir son mari Paco, possiblement pour aller chercher les autres.

J'ai à présent un auditoire, et il est temps de faire une déclaration. « Je reprends le contrôle des finances de la meute. Quelqu'un siphonne presque la moitié des profits de la mine depuis au moins dix ans, et je vais découvrir qui. Quiconque, *n'importe qui* aura joué un rôle dans ce détournement de fonds *ou couvrira les coupables* sera puni. Sévèrement. »

Mes mots déclenchent de l'agitation parmi les domestiques. Mateo est devenu blême. Et maintenant, le coup de grâce.

« Je dissous aussi le conseil. » Ma voix porte sur la terrasse, résonne dans la vallée en dessous.

Des cris de surprise et des murmures circulent. D'autres loups sont apparus tout autour de nous, écoutent depuis des fenêtres, cessent de travailler dans les jardins et dans les champs. Je vois Paco revenir, suivi de Guillermo et de ses mineurs. Ce sont les loups les plus forts. Si un combat éclate, ce sont eux qui le gagneront. J'aimerais savoir de quel côté ils se rangeraient si les choses en arrivent là.

« C'est arrivé sous votre surveillance. Notre meute s'appauvrit et s'affaiblit. On ne peut pas vous faire confiance pour protéger les intérêts de nos loups. En tant qu'alpha, c'est mon rôle, et je l'accepte. Votre assistance dans la gestion de la meute n'est plus nécessaire, ni acceptée. »

Le bruit d'un moteur de voiture en train de monter sur la route se fait entendre.

José éclate d'un grand éclat de rire hypocrite. « Mon garçon, si tu crois que cette meute acceptera de te laisser la diriger, toi, un jeune loup sans expérience, tu es aussi fou que ta mère. Du sang d'alpha coule peut-être dans tes veines, mais tu n'as pas ce qu'il faut pour prendre les décisions difficiles. »

Les deux autres membres du conseil arrivent à pas pressés en resserrant leurs cravates et en lissant leurs vestes. « Qu'est-ce que ça signifie ? demande don Julio.

— Le conseil a été dissous. Et quiconque défiera mon autorité sera banni de la meute. Est-ce que c'est assez clair ? » Je crie pour être sûr que tout le monde m'entend. « Qui veut commencer ? » Je fais un geste de la main et me tourne pour rencontrer le regard de chaque loup présent. Je suis prêt à me battre, sous ma forme humaine ou celle de mon loup.

« Le garçon a perdu la tête ! proclame don José d'une voix forte. Il est dangereux. Saisissez-vous de lui et enfermez-le dans le donjon. »

C'est parti.

Trois domestiques personnels du conseil se déshabillent pour muter et les quatre anciens avancent vers moi. En combat singulier, je peux battre n'importe lequel d'entre eux. Probablement même les sept loups ensemble. Mais les autres vont-ils rester en arrière et se contenter de regarder, ou vont-ils se joindre à la bataille ?

Du coin de l'œil, je vois Guillermo enlever ses bottes. Il se prépare à se battre. J'imagine que je saurai bientôt quel côté il a choisi. En grondant, je déchire ma chemise et me débarrasse de mon pantalon. Je mute dès que mes habits tombent par terre.

Des grondements éclatent tout autour de nous. Je bondis sans attendre que les anciens aient le temps de muter. La cloche d'alarme sonne, appelle toute la meute à se joindre à la mêlée.

Je neutralise un des domestiques du conseil et projette son corps sur un autre. Je mords profondément dans son épaule. Nous roulons au sol mais il ne pousse pas le gémissement de soumission qui signalerait sa défaite. Jusqu'à la mort, dans ce cas. J'ouvre mes mâchoires, vise et plonge vers sa gorge. Deux autres loups attaquent mes flancs, mais Guillermo en fait tomber un à la renverse et lui brise le cou dans un craquement d'os. Je déchire la chair du troisième loup.

Dans un flou de mouvements, chaque membre de la meute se prépare à muter. Sans perdre de temps, je me relève et saute sur les membres du conseil, qui semblent croire qu'ils sont dispensés de se battre. Je bondis en l'air pour me jeter sur don Mateo.

J'entends des coups de feu, et une douleur terrible prend naissance dans ma poitrine. Trop tard, je vois le revolver dans la main de Mateo. Mon corps se tord dans les airs. Je perds mon souffle et mes repères et atterris sur le flanc. Des grognements et des glapissements, les bruits d'un combat acharné entre loups, emplissent la terrasse.

Je me relève en grondant sauvagement avant que ma vue ne soit revenue, je m'attends à ce que les loups qui se rapprochent de toutes les directions m'attaquent. Un flash de fourrure blanche passe devant moi. J'attaque instinctivement, puis pousse un gémissement et m'éloigne si vite que je glisse dans le sang qui commence à former des flaques sur le marbre.

Sedona.

Je ne sais comment, ma louve blanche est là, babines retroussées, ses pattes plantées devant moi.

Non, c'est impossible. C'est une hallucination. Les coups de feu m'ont-ils tué ?

Je me relève gauchement, j'ai la tête qui tourne. Un cercle étroit de pattes poilues se referme autour de nous, de nous seulement. Est-ce possible ? Les loups nous tournent le dos. Ils protègent leur alpha et sa compagne.

Sa compagne *enceinte*.

Le besoin furieux de la protéger me fait pousser un grondement quand je me rends compte du changement dans le parfum de Sedona. Je tourne en rond, à l'affût du moindre danger, mais nous sommes complètement protégés. Elle gronde à mes côtés ; putain, elle est sublime. Plus grande, en meilleure santé que tous les loups ici.

Les bruits féroces des loups qui se battent jusqu'à la mort arrivent jusqu'à mes oreilles, mais je ne vois rien derrière le mur protecteur créé par les loups qui nous encerclent. Laisser d'autres se battre à ma place va à l'encontre de ma nature. Je donne des coups de crocs dans les flancs de mes gardiens pour passer et ils finissent par s'écarter avec réticence, se couchent sur le ventre en signe de déférence quand je passe.

La terrasse est pleine de loups et d'humains, les membres de la meute qui ne peuvent pas muter. Toute la meute doit être là, les mines et les champs désertés. La terrasse est jonchée de cadavres. Un, deux trois... neuf. Tous les membres du conseil, sauf don Santiago qui n'est pas revenu d'Europe. Certains de leurs domestiques et gardes du corps personnels. Les autres se font pourchasser par de petits groupes de loups, et les gémissements et les jappements de la chasse sont en train de s'éloigner de nous.

Je me sens épuisé, mais je prends soin de ne pas le montrer. Je m'assieds sur mon arrière-train et pousse un hurlement. Des voix s'élèvent autour de moi, se joignent à la mienne et répondent à mon appel. Je suis empli de gratitude en sentant l'unité qui nous rassemble tous ; nous somme une meute, une famille.

Je reviens en boitillant près de Sedona, qui est toujours en train d'essayer de se frayer un chemin à coups de crocs à travers le cercle protecteur des loups. Dès qu'ils me voient arriver, ils s'aplatissent sur le ventre et elle court à ma rencontre. Nous poussons des gémissements et nous nous léchons en tournant l'un autour de l'autre, et chaque loup présent se couche par terre pour nous rendre hommage.

Leurs alphas.

Si j'arrive à convaincre Sedona de rester.

CHAPITRE QUINZE

Sedona

JUANITO ENLÈVE les serviettes tachées de sang et étale une couverture sur Carlos, couché dans le lit. Je m'allonge contre lui parce que c'est le seul moyen pour qu'il accepte de rester couché. Il refuse d'être séparé de moi et de me quitter des yeux une seule seconde.

Je remonte la couverture plus haut sur son corps pratiquement nu. Il a mis un boxer par respect pour sa mère, qui a insisté pour le nettoyer et enlever le sang. Elle m'a semblé lucide, même si elle a beaucoup parlé d'un combat de loups qui à mon avis s'est déroulé il y a longtemps.

Carlos tend les bras vers moi, et je me blottis contre lui pour qu'il ne bouge pas. « Reste tranquille et laisse ton corps soigner tes blessures », dis-je sur un ton de reproche.

Les métamorphes ont des capacités de guérison incroyables, mais dans un cas aussi grave que celui de Carlos, avec une grosse perte de sang, il faut quelques jours de repos. Ou une nuit, au grand minimum.

Nous sommes nez contre nez et il enlève les cheveux de mon

visage, pose son front contre le mien. « *Mi corazon*, je craignais ne jamais plus être proche de toi à nouveau.

— Qu'est-ce que ça veut dire, *corazon* ?

— Mon cœur. Tu es mon cœur. Qu'est-ce qui t'a décidée à venir ? » Il caresse ma hanche. « Tu es venue me dire que tu attends notre bébé ? »

Je secoue la tête, et ressens une pointe de culpabilité de le lui avoir caché quand nous étions en Europe. « Carlos... » Je m'interromps, ne sachant pas trop comment lui dire ce que j'ai appris.

Il se raidit comme s'il pensait que j'étais sur le point de rompre avec lui, encore une fois.

« J'ai rencontré une louve de ta meute. Elle m'a dit que le conseil avait tué ton père. » Je lâche tout d'une traite pour ne pas le torturer avec du suspense.

Il hoche gravement la tête.

« Tu le savais ?

— Non, mais j'ai découvert hier soir que ma mère le pensait. Maintenant, je pense que le conseil la droguait pour qu'elle ne parle pas. J'avais prévu de l'emmener en ville voir un psychiatre humain aujourd'hui. Je ne sais pas si certaines séquelles seront permanentes, mais j'espère qu'elle a une chance de retrouver ses facultés mentales.

— Tous les anciens du conseil sont morts aujourd'hui ?

— Tous sauf un : don Santiago, que nous avons vu à Barcelone. Il est toujours en déplacement, mais je m'occuperai de son cas à son retour. C'est lui qui volait la meute. »

Je frotte à nouveau l'endroit sur mon bras qui saignait et le lui montre. « Je pense qu'il m'a prélevé du sang ici.

— *Quoi* ? » Carlos se dresse brusquement, et je dois pousser son torse pour qu'il se rallonge sur le matelas.

« Pendant que tu lui parlais, des humains m'ont bousculée et quelque chose m'a piqué le bras. Je crois qu'il voulait savoir si j'étais enceinte. »

Carlos blêmit, son expression devient maussade. « Santiago... il a fait ses petites expériences médicales sur ma mère. Sur toi. Intéressé par la cartographie génétique. Des jeunes loups en pleine santé ont disparu de notre meute, comme le frère et le père de Juanito. D'énormes sommes d'argent qui disparaissent... Pourrait-il être celui qu'on surnomme le *Moissonneur* ? »

Je frissonne involontairement. « Il y avait plein de cages dans l'entrepôt où j'étais enfermée. De nombreux loups y ont été emprisonnés. Et ils ont enfermé mon frère et ses loups au lieu de les tuer. Tu crois qu'il... fait des expériences sur les métamorphes ?

— Oui. » Carlos se lève.

Par le ciel, il ne se ménage pas assez. « Carlos, attends. Il n'est pas ici, ça peut attendre. Ou fais ce que tu veux, mais dans le lit. Avec moi. » J'ajoute la dernière phrase en remuant mes sourcils, et son expression s'adoucit. Il sourit et se rallonge. « Bon, si tu le présentes comme ça... » Sa main se pose sur ma fesse et il la serre entre ses doigts.

Mais son sourire disparaît à nouveau et il me fixe intensément. « Dis-moi, Sedona. Pourras-tu me pardonner un jour ? Pardonner ma meute ?

— Oui. Je sais que tu n'avais rien à voir là-dedans. Et le conseil n'est plus là. Je dois te prévenir, mon père et mon frère seront bientôt là avec leurs meutes. » J'ai envoyé un message à mon père quand l'avion a atterri hier soir. Il m'a répondu qu'ils arriveraient ce matin par avion. Je sors mon téléphone pour lui écrire que je vais bien. « Après avoir parlé avec la louve de ta meute, il a estimé que le conseil représentait un danger pour moi et il a décidé de venir t'aider à faire le ménage. Je vais lui dire que c'est déjà fait.

— Alors il sera là pour notre cérémonie d'union. » Le ton de Carlos est léger, mais il me regarde sans ciller et je crois qu'il ne respire plus.

Je pose une jambe sur la sienne. « Il me semble qu'on est déjà unis. »

Il fait un bref sourire, sexy et charmant. « Est-ce un oui ? Tu m'acceptes comme compagnon ? »

Je hoche la tête, un peu tremblante. « On va s'arranger pour que ça marche.

— Bien sûr, dit Carlos en redevenant sérieux. Je ne te forcerais jamais à rester ici si tu n'es pas heureuse. Mais je te promets de tout faire pour que tu le sois, *mi amor*. Et si tu veux partager ton temps entre ici et les États-Unis, je comprendrais aussi. Tu seras comme Perséphone, qui prend des vacances hors de l'enfer.

— Non, dis-je immédiatement. Ma place est avec toi. Bien sûr, je compte rendre visite à ma famille, mais il n'y a rien pour moi là-bas. Pas sans toi. Et cet endroit n'est pas l'enfer. C'est magnifique ici. Un paradis, Carlos. »

Il cligne plusieurs fois des yeux. « Merci », dit-il d'une voix étranglée en prenant mon visage entre ses mains. Il pose ses lèvres sur les miennes, me coupe le souffle. « Je pense que ça peut être un paradis. Il y a beaucoup de travail mais si je le fais pour toi, il n'y a rien que je ne puisse accomplir. Seigneur, je n'arrive pas à y croire. Je croyais que je t'avais vraiment perdue.

— Je suis là », dis-je en un murmure.

Il m'embrasse encore. « Je te vois, *preciosa. Gracias.* »

Je plonge dans ses beaux yeux brun chocolat et sens l'amour qui irradie de lui. « Quand j'ai compris que tu étais en danger, tous les murs que j'avais érigés, tous mes doutes et mes peurs sur la sincérité de ton amour, à me demander si c'était juste ta nature animale qui voulait que tu me suives parce que tu m'avais marquée... Tout a disparu. J'ai su que je ne voulais pas d'un avenir sans toi et que j'étais prête à mourir pour te protéger. Alors, je suis venue.

— *Muñeca*, oui, il y a une part d'instinct animal... Seigneur, *une énorme part*, mais l'amour que je te porte va bien au-delà. Tu représentes tout ce qu'il y a de beau dans le monde. Et j'ai conscience que je ne sais pas encore tout à ton sujet. Je ne connais pas ta chanson, ton film ou ton émission préférés, je n'ai pas encore rencontré ta famille, je ne connais pas d'anecdotes sur ton enfance. Mais je sais que je chéris déjà chaque partie de toi, même celles que tu caches. » Sa main se pose sur ma nuque et il attire mon visage vers le sien. Il m'embrasse avec douceur, explore délicatement mes lèvres avec les siennes.

La chaleur envahit mon corps, mais je fais de mon mieux pour l'ignorer. Carlos a besoin de repos. Lui sauter dessus ne l'aidera pas à guérir. On aura tout le temps pour ça demain.

Il doit sentir mon excitation, parce que ses yeux étincellent quand il s'écarte. « Ne crois pas que tu ne seras pas punie. Tu t'es mise en danger, *ángel*. Ce n'est pas ton rôle de me protéger. Je préfère mourir plutôt que te voir blessée. »

Et d'un seul coup, je suis trempée. Je dois me retenir de toutes mes forces pour ne pas refermer la distance entre nous et me frotter contre la bosse dans son boxer. Je ne peux empêcher mes paupières de se baisser, mi-closes. Je m'humecte les lèvres. « Comment est-ce que tu vas me punir, Carlos ? »

Son sexe à présent complètement en érection étire son boxer quand il m'attire contre ses muscles durs. « Tu as de la chance d'être habillée, sinon je serais déjà en toi », grogne-t-il.

Je pousse contre son torse, mais il ne m'accorde aucune liberté ; ça tombe bien, je n'en veux pas. « Doucement, mon grand loup. Tu as encore cinq trous dans le ventre. »

Il serre mes fesses entre ses mains, passe un doigt dans ma fente et appuie jusqu'à ce qu'il sente mon anus à travers mon pantalon. « Demain, *muñeca*. Demain je vais baiser ce cul jusqu'à ce que tu hurles. C'est *ça*, ta punition. »

Un petit gémissement s'échappe de mes lèvres alors que tout mon corps prend feu, les flammes me brûlent jusqu'à la pointe des orteils. Je mords ses pectoraux bien dessinés. « C'est promis ? »

CHAPITRE SEIZE

Carlos

JE ME RÉVEILLE avec Sedona dans mes bras. J'enfouis le nez dans son épaisse chevelure et inspire son odeur. Je ne sais comment, j'ai réussi à dormir avec elle sans l'attacher au lit pour la baiser.

Ça doit être à cause de mes blessures par balle et de la convalescence.

Même si mon membre est dur comme la pierre, je ne bouge pas, satisfait de regarder ma compagne dormir. Je l'ai déjà marquée, mais aujourd'hui elle deviendra mienne devant ma meute et les siennes. Sa mère et la compagne de Garrett arrivent même à l'aéroport ce matin pour y assister.

La tonne d'emmerdes de la veille s'est mieux terminée que je n'aurais jamais pu l'espérer. Le père et le frère de Sedona ont passé quatre-vingt-dix bonnes minutes à me prendre de haut, mais je crois qu'ils ont fini par admettre que j'aime Sedona et que je donnerais ma vie pour la protéger et la rendre heureuse.

Nous avons passé la nuit dernière à organiser une recherche internationale de Santiago, qui est à mon avis le *Moissonneur*. D'après une amie hackeuse de Garrett, Santiago a disparu. Elle a trouvé tous les comptes en banque auxquels il est associé et a déclenché une fausse saisie de ses fonds par le FBI. Elle a aussi effacé ses procurations sur tous les comptes de la meute et j'espère que sans moyens financiers, ses activités seront rapidement bloquées. Le père et le frère de Sedona ont juré de continuer sa traque.

Les paupières de Sedona se soulèvent et ses yeux azur se posent sur mon visage. Elle entrouvre les lèvres et se penche en avant. Je crois qu'elle va m'embrasser le cou, mais elle me mord. Fort.

Un grand éclat de rire monte dans ma gorge. Je l'allonge sur le dos et rassemble ses mains au-dessus de sa tête. « Quelqu'un est prête pour sa punition. »

Elle rougit et se tortille, mais ses pupilles se dilatent et l'odeur de son excitation me confirme que j'ai raison.

Seigneur, comment ai-je pu être si chanceux ?

Je lui écarte les jambes avec mon genou et me penche pour lui mordre l'épaule.

« Tu es sûr d'être d'attaque ? » demande-t-elle innocemment en me regardant sous ses longs cils.

Je gronde et la fais rouler sur le côté pour asséner plusieurs claques sur son cul. Rien n'agace plus un alpha que lorsqu'on le pense incapable de faire quelque chose.

Elle glousse et secoue les fesses. Elle porte une culotte et un de mes T-shirts, ce que mon loup trouve terriblement plaisant. « Lève-toi. Utilise la salle de bains si tu en as envie. Déshabille-toi entièrement. Je m'occuperai de ton impertinence à ton retour. »

Elle file hors du lit, son excitation évidente alors qu'elle court jusqu'à la salle de bains et se douche en vitesse. Elle ressort humide et nue.

Des grondements montent dans ma gorge dès que je vois son corps. Elle se jette sur moi depuis l'autre bout de la pièce et me fait tomber sur le matelas quand je l'attrape. Je la retourne sur le ventre et ramène ses mains dans son dos. « Laisse-les là. Ne pense même pas à bouger les mains, sinon je double ta punition.

— Oui, monsieur. »

Une déflagration de désir me traverse en entendant sa réponse soumise. Elle est tellement sexy.

Je remonte ses hanches jusqu'à ce qu'elle soit à genoux, son visage pressé contre le matelas. « Écarte les jambes. » Ma voix n'a jamais été si rauque.

Elle écarte les genoux et j'empoigne ses cuisses pour les ouvrir en grand. Je la lèche, écarte ses grandes lèvres avec ma langue, trace l'intérieur de son sexe.

Sa chatte humide est aussi douce que du miel. Je lape ses fluides, donne des coups de langue à son clito. Ses cuisses se mettent à trembler. Je remonte ma langue vers son anus et le pénètre tout en donnant de petites tapes entre ses cuisses.

Elle pousse un cri, un bruit désinhibé alors je continue, tapote sa chatte mouillée tout en léchant son anus. « Non, arrête. Oh, par le ciel, oui. S'il te plaît, Carlos. »

Je la frappe plus fort, plus vite, jusqu'à ce qu'elle jouisse. Ses mains se décollent de son dos, elle serre les genoux.

Je change d'attaque et fesse son joli cul pendant tout son orgasme, la suis lorsqu'elle s'effondre sur le lit, son corps doux et docile après avoir joui.

Je fais rougir ses fesses, et la douleur doit commencer à s'installer parce qu'elle pleurniche en regardant par-dessus son épaule. « Pardon ! Je te demande pardon, Carlos. »

Je suis immédiatement sur elle, je malaxe et frotte ses fesses rougies tout en lui écartant les cuisses. Je laisse un chemin de baisers le long de son dos, admire ses courbes sveltes, les muscles fins de ma louve alpha.

Même si nous restons ensemble pendant quatre-vingts ans, sa beauté me coupera toujours le souffle. Je caresse sa nuque et rassemble ses cheveux sur une de ses épaules pour lui mordre l'oreille. « Ne bouge pas », dis-je en un souffle rauque.

Je vais chercher le tube de lubrifiant resté dans le sac de voyage que j'avais en Europe. Quand je reviens, j'écarte ses fesses et en dépose une noisette sur son anus. Ensuite, j'étire son trou avec un plug de taille moyenne. Elle pleurniche pendant que je le fais tourner pour l'enfoncer en elle.

« Qu'est-ce qui va se passer maintenant, Sedona ? »

Son anus se contracte autour du plug. « Je... je ne sais pas.

— Si, tu le sais. » Je donne une claque sur chaque fesse. « Qu'est-ce que je vais te faire maintenant, *ángel* ?

— Me... me baiser le cul ? »

J'empoigne brutalement ses fesses, les pétris et les écarte. « C'est bien ça, *mi amor*. » Je sors le plug et dépose encore un peu lubrifiant sur son anus. J'en recouvre aussi mon membre gonflé. C'est peut-être une punition, mais il n'y aura aucune douleur, seulement du plaisir.

« Tu vas la prendre dans le cul, tu sais pourquoi ?

— Non.

— Si, tu le sais. Parce que tu n'as pas été sage. Tu t'es mise en danger. Ce n'est pas permis, ma belle.

— P-pardon. » Elle halète, excitée, et lève son cul pour moi.

Je la chevauche, écarte ses fesses et pose mon gland contre son petit trou. « Prends-la. »

Instinctivement, elle sait comment se détendre, et mon gland entre en elle. J'avance lentement pour lui laisser le temps de s'habituer.

Elle respire fort et mord la couverture, la serre entre ses poings pendant que je continue, centimètre après centimètre.

« Bonne fille.

— Oui ! »

Je ne sais pas exactement à quoi elle dit *oui*, mais je le prends comme le signe qu'elle va bien et je continue, m'enfonce en elle.

Elle est étroite, sa chaleur enveloppe fermement ma queue. Je ne vais pas tenir longtemps. Il y a quelque chose de si tabou, de si foutrement excitant à la punir de cette manière. J'ai envie de la pilonner et de prendre mon plaisir, mais je me force à garder le même rythme.

Je passe une main sous sa hanche et la pose sur son pubis. Sa chatte enflée et trempée accueille mes doigts. Je la pénètre avec trois doigts, les plonge profondément en elle lorsque mon sexe sort et alterne.

« S'il te plaît, Carlos, s'il te plaît. Oh, par le ciel ! Oh, oui... » Ses cris deviennent un long hurlement aigu qui ne s'arrête plus.

Ma respiration commence à devenir irrégulière et je m'enfonce plus fort en elle, en faisant de mon mieux pour lui donner des coups de reins mesurés. Mes yeux se révulsent, des étoiles explosent sous mon crâne. Je plonge profondément dans son cul et jouis.

Elle jouit au même instant, ses muscles internes se contractent autour de mes doigts. « Carlos, Carlos, Carlos...

— Continue, dis mon nom, *mi amor*. Je suis le seul qui te fera jouir.

— Oui ! » Un autre spasme de sa chatte.

Je donne encore quelques petits coups de reins contre ses fesses puis m'allonge sur elle, l'embrasse dans le cou. « Je t'aime, ma belle. Je t'aime tellement. »

Elle pose ses petites mains sur les miennes. « Moi aussi je t'aime, Carlos. Comment est-ce qu'on le dit en espagnol ?

— *Te quiero. Te adoro. Te amo.* »

Son petit rire rauque fait redurcir mon sexe. « Tout ça. Et plus encore. »

~.~

Sedona

Je me tiens à l'entrée de la terrasse, mon bras posé sur celui de mon père. Le lieu a été transformé. Le marbre brille, tout le sang du combat de la veille a été nettoyé. Des guirlandes lumineuses scintillent depuis chaque rambarde et chaque arbre. Des tables rondes recouvertes de nappes blanches sont disposées un peu partout, et chaque place est occupée par les membres de la meute de Carlos et des miennes.

Les odeurs de plats traditionnels flottent dans l'air et une longue table de banquet attend les convives, avec des piles de viande savoureuse, de légumes, de fruits et de desserts. J'ai hâte de goûter le poulet au mole. Carlos m'a promis que c'était le meilleur de tout le Mexique.

Mon corps s'est déjà remis de la punition délicieuse que mon compagnon m'a infligée ce matin, mais je sens que je lui appartiens totalement.

Après m'avoir fait l'amour, il nous a emmenés, Garrett, mon père et moi faire le tour de la montagne, pour nous montrer son incroyable beauté et ses richesses et nous présenter les loups de sa meute.

Ma mère et Amber sont arrivées en fin de matinée et elles ont passé l'après-midi à m'aider à me préparer.

Amber a tissé un fil orné de petites perles dans mes cheveux et enroulé une tresse comme une tiare sur le sommet de mon crâne. Elle a fait des boucles anglaises au reste de ma chevelure, qui retombe dans mon dos.

Miraculeusement, je rentrais dans la robe de mariée de ma mère, une robe blanche et argentée droite à bretelles, avec un V qui plonge presque jusqu'à mes fesses derrière et un plus modeste à l'avant, qui dévoile le début de ma poitrine. Amber m'a prêté une paire de sandales argentées. J'ai l'impression d'être une princesse sur le point de devenir la reine d'un nouveau royaume.

Le groupe de mariachi termine une belle ballade et tout le monde se tourne vers Carlos, qui est monté sur l'estrade dressée au centre de la terrasse. Il est incroyablement séduisant ce soir dans son costume trois pièces. Il dit quelque chose de grandiloquent sur moi en espagnol. Même si je ne comprends pas les mots, je comprends leur sens, parce qu'il me regarde avec une adoration qui déclenche des vibrations dans tout mon corps.

À lui.

Chaque cellule de mon corps le sait. Ma place est auprès de lui. Je lui appartiens.

Il se tourne vers les tables des Américains et dit : « Dire que je suis honoré de prendre Sedona comme compagne serait un euphémisme. Elle est ma vie, ma lumière. L'ange qui m'a aidé à voir un moyen de faire disparaître l'oppression et la corruption qui pesaient sur ma meute. Je passerai chaque jour de nos vies à réparer les torts qui lui ont été faits. » En disant ces mots, il regarde mon père droit dans les yeux, puis mon frère.

Mon père hoche la tête comme si c'était le discours qu'il voulait entendre, et me guide vers l'autel. Ce n'est pas une véritable cérémonie de mariage comme le font certains loups Américains. C'est juste une célébration de l'union qui a déjà eu lieu. Quoi qu'il en soit, Juanito, très élégant dans son costume, lève un petit écrin vers Carlos, et mon compagnon en sort une alliance qu'il glisse au bout de son index.

Il n'a d'yeux que pour moi alors que je m'approche. Mon père s'arrête devant la plateforme surélevée et m'embrasse la joue. Carlos prend mon visage entre ses mains et me fait lever la tête pour me donner un baiser sur les lèvres.

Je gémis doucement contre sa bouche et il sourit. « Je t'aime, ma louve blanche. » Il me prend la main et passe un fin anneau d'or serti de trois émeraudes ovales à mon doigt. « Je te donnerai bientôt une vraie bague, mais je voulais t'offrir quelque chose ce soir. C'était à ma grand-mère. »

Elle est trop large pour mon annulaire, mais je l'enlève et la passe à mon majeur, où elle tient parfaitement.

Il prend mes mains et plonge ses yeux dans les miens. « Épouse-moi. »

J'éclate de rire. « Encore une fois, je pense que c'est déjà fait. Je porte la bague », dis-je en levant la main et en secouant mes doigts.

Il frotte le bout de mon nez avec le sien. « Je te veux de toutes les manières imaginables... un mariage officiel, une cérémonie en famille, te marquer à la pleine lune. »

Je pose mes lèvres sur les siennes. « Tu m'as. Je suis à toi. Entièrement. »

Carlos sourit et lève nos mains entrelacées en un geste victorieux en se retournant vers les tables. « J'ai trouvé ma compagne et nous sommes unis. Que le festin commence ! »

Le groupe de mariachi se remet à jouer et je me blottis contre Carlos, m'imprègne de sa présence si solide et tiède. Si parfaite.

« Je t'aime, Carlos. » Il le sait déjà, mais ça me paraît important de le lui dire maintenant, à cet instant.

Il me fait lever la tête et me regarde sans bouger.

« Qu'est-ce que tu fais ?

— Je mémorise cet instant. Je ne veux jamais oublier à quel point je me sens heureux que tu sois mienne. »

Je me dresse sur la pointe des pieds et l'embrasse. « Et tu es à moi, loup noir. Autant que je suis à toi. »

Un sourire radieux flotte sur ses lèvres. « C'est promis ? »

FIN

Merci d'avoir lu *Le Trophée de l'Alpha* ! Si vous avez apprécié ce livre, nous vous serions reconnaissantes de nous laisser vos commentaires ; ils sont très importants pour les auteurs indépendants. Découvrez bientôt le prochain livre de la série *Alpha Bad Boys* : *Le Défi de l'Alpha* !

REMERCIEMENTS

Merci à Aubrey Cara, Katherine Deane, Miranda et Margarita pour leurs bêta-lectures !

OUVRAGES DE RENEE ROSE PARUS
EN FRANÇAIS

Alpha Bad Boys
La Tentation de l'Alpha
Le Danger de l'Alpha
Le Trophée de l'Alpha
L'Amour dans l'ascenseur (Histoire bonus de La Tentation de l'Alpha)

Le Ranch des Loups
Brut
Fauve
Féral
Sauvage

Les Nuits de Vegas
Roi de carreau

À PROPOS DE RENEE ROSE

RENEE ROSE, AUTEURE DE BEST-SELLERS D'APRÈS USA TODAY, adore les héros alpha dominants qui ne mâchent pas leurs mots ! Elle a vendu plus d'un million d'exemplaires de romans d'amour torrides, plus ou moins coquins (surtout plus). Ses livres ont figuré dans les catégories « Happily Ever After » et « Popsugar » de USA Today. Nommée *Meilleur nouvel auteur érotique* par Eroticon USA en 2013, elle a aussi remporté le prix d'*Auteur favori de science-fiction et d'anthologie* de Spunky and Sassy, celui de *Meilleur roman historique* de The Romance Reviews, et les prix de *Meilleur roman de science-fiction*, *Meilleur roman paranormal*, *Meilleur roman historique*, *Meilleur roman érotique*, *Meilleur roman avec jeux de régression*, *Couple favori* et *Auteur favori* de Spanking Romance Reviews. Elle a fait partie de la liste des meilleures ventes de USA Today cinq fois avec plusieurs anthologies.

Abonnez-vous à la newsletter de Renee pour recevoir des scènes bonus gratuites et pour être averti·e de ses nouvelles parutions!
https://www.subscribepage.com/reneerosefr

À PROPOS DE LEE SAVINO

Lee Savino, auteure figurant sur la liste des bestsellers de USA Today, écrit des romans d'amour « brixy », c'est-à-dire « brillants et sexy ». Vous pouvez la trouver en train de rôder sur le groupe Facebook « Goddess Group » ici : https://www.facebook.com/groups/107347986339913/, ou sur sa page d'auteure là : https://www.facebook.com/Lee-Savino-Auteur-110048237376905/

Milton Keynes UK
Ingram Content Group UK Ltd.
UKHW040107160324
439374UK00001B/31